De boekwinkel voor gebroken harten

Robert Hillman

De boekwinkel voor gebroken harten

A.W. Bruna Uitgevers

Oorspronkelijke titel
The Bookshop of the Broken Hearted

Vertaling
Catalien en Willem van Paassen
Omslagbeeld
© Sawitree Pamee/Getty Images en © altanaka/Alamy Stock Photo
Omslagontwerp
bij Barbara

ISBN 978 94 005 1081 4
NUR 302

Voor Ida

1

Ze bleef niet lang, waar het huwelijken betreft: een jaar en tien maanden. Haar briefje was ook kort: *Ik ga weg. Weet niet wat ik moet zeggen. Liefs, Trudy*, en Tom Hope bleef achter met een kwetsuur die zeker zijn dood leek te worden.

Hij stond bij de houten tafel in de keuken en herlas haar woorden keer op keer. Hij dacht: het was de regen. Hij zag haar voor zich op de veranda in haar blauwe jurk en haar vest terwijl de regen dag in, dag uit neerviel vanuit een grijze lucht. Nu, halverwege de middag, regende het ook, niet hard, maar met een dof geroffel op het ijzeren dak.

Hij las het briefje nog maar eens, alsof er zo meer woorden zouden verschijnen. Het was geschreven op het roze briefpapier dat ze voor speciale gelegenheden gebruikte. Ze had ook een sneetje toast met een enkele hap eruit achtergelaten. De inham had de boog van haar tanden vastgelegd.

Nadat ze was vertrokken, bleef hij wekenlang op de boerderij. Hij wist wat er zou gebeuren als hij naar het stadje ging: 'Hoe gaat het met moeder de vrouw, Tom?' van alle kanten. En hij had geen antwoord. Hij werkte in een roes en hield zichzelf zo goed mogelijk op de been. Hij maakte de greppels in de boomgaard schoon, een klus van een goede vijf dagen, en repareerde daarna de afrastering op de heuvelweiden zodat daar in de lente schapen konden grazen. In de eerste maanden van hun huwelijk liep Trudy in haar rijbroek mee als hij de afrasteringen controleerde. Ze zei dan: 'Tom-Tom, wat is dat voor een vogel? Hoe heet hij?' Hij liet haar altijd gereedschap dragen, zodat ze zich nuttig voelde.

Wanneer hij nu aan het werk was, dacht hij soms dat ze nog steeds bij hem was, maar als hij dan om zich heen keek, was er niets. Niets dan de heuvels, de rode gombomen en de klauwierkraaien. Huilen was hem vreemd, maar nu waren zijn wangen voortdurend getekend door tranensporen. Wanneer hij het merkte, haalde hij zijn schouders op: wat maakte het uit?

Hij kon niet eeuwig op de boerderij blijven. Hij had tabak, suiker en thee nodig. En aspirine. Hij werd elke ochtend met hoofdpijn wakker. In het stadje toonde eerst de ene en toen de andere vriend zich verbaasd over zijn lange afwezigheid. Toen ze hem naar zijn echtgenote vroegen, zei hij: 'O, ze is ervandoor.' Hij ging er niet dieper op in. Mensen die hem spraken, kregen de indruk dat ze ruzie hadden, maar dat was alles. Niemand zou ervan opkijken als Trudy was vertrokken. Zij en Tom hadden toch al nooit een waarschijnlijk stel geleken.

Maanden na Trudy's vertrek hoopte hij diep vanbinnen nog steeds dat ze zou terugkomen. Elke ochtend staakte hij rond het tijdstip dat de post kwam zijn bezigheden en tuurde de oprit af. Stopte Johnny Shields in zijn rode busje bij de brievenbus langs de weg naar de stad, dan bloosde Tom, sloot even zijn ogen en liep er dan heen om te kijken of Trudy hem iets had geschreven.

Maar er was nooit een brief, al wilde hij het nog zo graag, en hij liep dan hoofdschuddend om zijn eigen dwaasheid terug naar huis. Hij dacht: ik ben voorbestemd om alleen te zijn.

Die gedachte werd hem niet alleen ingegeven door Trudy's vlucht. Hij was altijd al ongemakkelijk in de omgang geweest. Hij moest zichzelf dwingen om te glimlachen. Maar in zijn hart snakte hij naar mensen om zich heen. Ze moesten hem alleen niet vragen om te praten en almaar te glimlachen. Zeiden ze gewoon maar: 'Leuk om je te zien, Tom' en 'Tom, kom eens langs om de kinderen te zien.' Dieren vergaven hem zijn ongemak. De merrie die hij als rijpaard voor Trudy had gekocht, gehoorzaamde hém, nooit haar. Zijn hond Beau, een oude herdershond hield van hem zoals honden dat doen. Maar Beau hield nu eenmaal van iedereen.

's Avonds luisterde hij altijd naar de radio, naar een programma dat populaire liedjes draaide uit de jaren veertig, toen hij een jongetje was. Na Trudy's vertrek had Tom geen zin meer in muziek en gaf hij de brui aan luisteren. Maar toen er een lege kerst dreigde, begreep hij dat hij zichzelf bij de haren uit het moeras moest trekken. Hij zette de radio aan en ging in zijn leunstoel zitten. Trudy maakte zijn jarenveertigmuziek altijd belachelijk. Zij hield van pop op 3UZ. Ze danste in haar eentje, trok dramatische gezichten, zong mee en giechelde. Ze verwachtte niet dat Tom meedeed.

Maar Tom herinnerde zich vooral Trudy's eigenaardige kaartspel met drie stokken. Hij zag zijn vrouw nog altijd voorovergebogen op de bank zitten met haar kin in haar hand, de lage tafel vol stapeltjes kaarten. Opeens begreep hij een opmerking die ze kort voor haar vertrek had gemaakt. Ze praatte veel wanneer ze het spel met de kaarten deed en zei dan dingen als 'Slimme meid!' of 'Potdorie'. Het was echter een andere uitspraak die Tom zojuist te binnen schoot. Hij had destijds gedacht dat die bij het vreemde spel met drie stokken hoorde. Maar dat was niet zo. Het was voor hem bedoeld. 'Alweer een avond in het paradijs,' had ze gezegd terwijl ze een stapeltje kaarten naar de rand van de salontafel schoof.

Tom stond op uit zijn leunstoel en staarde recht voor zich uit. Waarom had hij het niet eerder begrepen? Alweer een avond in het paradijs. Hij banjerde door het huis, zijn armen strak over elkaar geslagen. Zijn hoofd liep over van dingen die hij had kunnen doen om het zijn vrouw naar de zin te maken. Een platenspeler. Liedjes die ze zelf kon uitzoeken. Een gehuurde televisie. Een fatsoenlijk bad, niet dat half verroeste ding van zink.

Hij rende naar de keuken en vond een stukje papier en een zwart potlood. Opgewonden maakte hij een lijst van dingen die hij zou doen als Trudy ooit terugkwam. Toen zijn eerste inspiratie was uitgeput, ijsbeerde hij door de gang om nog meer te bedenken. Telkens wanneer hem iets inviel, holde hij terug naar de keuken en voegde hij het toe aan de lijst: *4. Picknicks! 7. Huisdieren kat parkiet!! 9. 's Ochtends eerst vuur in fornuis aanmaken!!* Buiten rende Beau blaffend heen en weer over de veranda, opgewonden door de beweging in huis.

De dagen erna schoten hem meer dingen te binnen. *Vertel haar over de dingen die ze goed doet.* Zoals? *Zoals wanneer ze de worstjes niet laat aanbranden.* En toen hij zo'n buikpijn had, had ze hem drie keer gevraagd of hij zich al wat beter voelde. *Zoals wanneer ze vraagt hoe je je voelt.*

Maar toen hij op een middag in de keuken zat met een kop thee keek hij naar zijn lijst op de tafel en zag hoe hard hij met het potlood op het papier had gedrukt. Dit was toch gestoord, zulke aantekeningen maken? *Zeg Beau dat hij niet tegen haar op mag springen.* Er kwam een beeld op van Beau die naar hem zat te luisteren, de kop scheef.

Tom glimlachte en maakte een aantekening op een andere, denkbeeldige lijst: *Doe niet zo dwaas.* Trudy had hem ooit glimlachend verteld dat hij 'niet in balans' was: zoals hij zich urenlang vastbeet in een probleem op de boerderij, net zolang het gedrag van de fruitmot bestudeerde tot hij de fysieke en geestelijke processen van het insect min of meer in kaart had gebracht. Ze deed hem perfect na, zoals hij met gekruiste armen mompelend heen en weer liep. Hij vond het plagerijtje kostelijk. Net als Trudy's lage klaterende lach aan het eind van haar voorstelling. Hij had gebloosd, ervan genietend hoe ze met hem omging.

Na een tijdje begon Tom te denken dat het de boerderij zelf was die Trudy had weggejaagd, niet het gebrek aan een parkiet in een kooitje of een fatsoenlijk bad. Hij dacht: als ze me nog een kans geeft, verhuizen we naar de stad. Hij had de boerderij van een oom geërfd, en hoewel het werk op het land hem beviel, zat het hem niet in het bloed. Hij kon zonder problemen teruggaan naar de stad en zijn oude baan in de werkplaats van het trambedrijf weer oppakken. Trudy was immers een stadsmeisje. Hij had haar tijdens een van zijn jaarlijkse bezoekjes aan zijn zussen in Melbourne ontmoet in het pretpark. Geen wonder dat de regen en de modder haar te veel waren geworden.

'Nee, die vervloekte boerderij kan me gestolen worden!' zei hij hardop boven het geronk van de trekker uit, waarmee hij mulch naar de boomgaard bracht. Weg ermee, als Trudy maar terugkomt. In de stad konden ze elke week naar de film gaan. Op hun eerste afspraakje had hij Trudy mee naar de film genomen, *The Guns of Navarone* in het Odeon. Ze had in het donker zijn hand gepakt en die tussen de hare gehouden, en nog geen drie dagen later noemde ze hem al schat. Hoe graag zou hij haar nu vertellen over zijn plan om terug te gaan naar het trambedrijf en elke week een film te pakken!

Maar ze had nauwelijks familie; haar vader was vermist in

New South en haar moeder en zusje woonden bij een stel godsdienstfanaten die hen hadden meegenomen naar Phillip Island. Hij had twee brieven gestuurd naar de zaak waar ze werkte toen hij haar leerde kennen, Foy and Gibson aan Bourke Street. Geen antwoord. Hij had de eerste brief aan de afdeling Handschoenen en Sjaals geadresseerd, waar ze bijna de leiding had, en de tweede aan haar vriendin Val in de cafetaria. Er kwam geen enkele reactie.

Of misschien zou Trudy toch op de boerderij willen blijven. Dat zou hij dan doen. Hij zou de boerderij houden als ze dat wilde. Ze had er niet voortdurend van gewalgd. Zo nu en dan had ze aardige dingen gezegd over het leven hier aan de voet van de heuvels: het geluid van de wind in de bomen, de zang van de eksters, de bloeiende weiden in de lente. En ze was hem ook niet voortdurend beu.

Op een zomerochtend had ze, gehuld in haar peignoir en met heldere lichtvonkjes in haar ogen, over de ontbijttafel zijn hand gepakt. 'Kom mee terug naar bed.' Na afloop had ze zijn gezicht, zijn hals, zijn borst gekust. 'Je bent hier goed in, Tom. Weet je dat? Weet je dat je me goed neukt?' Het woord 'neukt' verijdelde elk mogelijk antwoord van Tom, ook al werd het met dankbaarheid uitgesproken. Maar op dit soort momenten had ze hem lief gevonden. Van hem gehouden? Nee. Maar genegenheid was toch ook iets waard.

Toms zussen kwamen vanuit Melbourne op bezoek in Patty's grote Ford. Tijdens hun jeugd was hij hun grote broer geweest, maar op een gegeven moment had eerst de ene en toen de andere zus een beschermende houding tegenover hem aangenomen. Het was alsof ze door hun ervaring met mannen waren gaan beseffen dat hun broer gespeend was van een bepaalde mannelijke onverzettelijkheid. Een onverzettelijkheid die vaak heel onnozel was, maar misschien toch ook noodzakelijk. Hij kon het goed vinden met mannen, werd door hen gerespecteerd, maar een vrouw van een bepaald allooi zou hem zo om haar vinger winden, was hun stellige overtuiging. En Trudy was beslist zo'n type.

Moet je horen hoe Tom in zijn brieven alle schuld bij zichzelf legt! De zussen waren naar de boerderij gekomen met de boodschap: vergeet haar, Tommetje lief, en ga verder met je leven. Tom had maar één strategie wanneer zijn zusters zich druk om hem maakten: hij ging de flierefluiter uithangen.

Toen Patty in de keuken thee stond te zetten, riep ze over haar schouder: 'Ze is stapelgek dat ze onze knappe Tom niet wil!'

Tom zei: 'Het is misschien maar beter zo!' en hij glimlachte alsof hij de situatie volkomen in de hand had.

Claudie zei: 'Zij met haar kruiswoordpuzzels!' Ze bedoelde de kruiswoordpuzzels waar Trudy helemaal in op kon gaan, kauwend op haar potlood.

Patty riep snedig: 'Ik weet ook een woordje voor haar, en dat laat niets te puzzelen over!' en ze lachten alle drie.

Toen de zussen halverwege de middag weer naar huis gingen, slaakte Tom een zucht van verlichting. Maar op de opluchting volgde een plens verdriet. Hij had omwille van zijn zussen een paar onaardige dingen over Trudy gezegd, en nu voelde hij zich een verrader. 'Klootzak!' zei hij tegen zichzelf. Hij voegde aan zijn tweedekanslijstje dit nieuwe item toe, nummer vierendertig: *Maak haar geen verwijten!*

Een zware zuidoosterstorm rukte een ijzeren plaat van het dak van de melkschuur op de dag dat Trudy terugkwam. Tom stond in de namiddag op een ladder de plaat weer vast te hameren toen hij haar zag. De bus uit Melbourne moest haar langs de hoofdweg hebben afgezet.

De hele wereld kwam tot stilstand, behalve Trudy dan, die haar koffer de oprit op zeulde. Het had een maand lang geregend, net zoals toen ze wegging, en ook nu regende het. Het eerste wat bij Tom opkwam toen er weer bloed door zijn hersenen stroomde, was: godzijdank. Hij haastte zich met twee sporten tegelijk de ladder af en liep op zijn vrouw af terwijl zijn hart volliep met alle ongebruikte vreugde van het afgelopen jaar.

Toen ze halverwege de oprit bij elkaar kwamen, sloeg hij zijn armen om haar heen, hij kon niet anders. 'Geef maar,' zei hij, en hij pakte haar koffer op.

Trudy snotterde. Zelfs in de regen lieten haar tranen nog sporen na op haar kletsnatte gezicht.

'Niet huilen, schatje,' zei Tom, maar Trudy's schouders bleven schokken onder haar hevige gesnik.

In de keuken hielp Tom zijn vrouw uit haar rode jas en liet haar naast het warme fornuis plaatsnemen. Hij gaf haar een handdoek voor haar haren, en hoewel ze die aannam met een gefluisterd 'Dank je', gebruikte ze hem niet. Ze zat te snotteren en te trillen met de handdoek op haar schoot.

Tom stond achter haar met zijn handen op haar schouders. 'Stil maar, liefje. Niet huilen,' zei hij.

Trudy bracht tussen haar snikken door zo nu en dan het woord 'sorry' uit, en één keer wist ze zelfs iets meer te zeggen: 'Tommy, het spijt me!'

Tom keek neer op haar verwarde, natte bos blond haar. Terwijl Trudy snikte, streek hij met zijn vingertoppen de haarlokken uit haar gezicht.

Hij ging ervan uit dat Trudy niet het echtelijk bed zou willen delen en bereidde zich voor op een nacht op de bank. Maar nee, ze stond erop dat hij naast haar kroop. Ze was inmiddels tot bedaren gekomen, en hij zag weer iets wat op haar vertrouwde zachte glimlach leek. Met haar eetlust bleek niets mis: ze at een enorm bord stamppot en ook nog een heel blik perziken, met slagroom. En toen Tom eenmaal de boiler had aangezet, zat ze voor het naar bed gaan bijna een uur in bad.

Trudy kwam naar bed in een roze satijnen nachtjapon die Tom nooit eerder had gezien. Voor ze ervandoor ging, had ze 's nachts altijd pyjama's gedragen. Tom hoedde zich haar aan te raken en lag stil naast haar in het donker, glimlachend om zijn geluk. Hij vroeg haar evenmin om een verklaring. Het was Trudy die als eerste sprak, en het was Trudy die tegen hem aan kroop. Toms hart barstte bijna toen hij de zeepgeur van zijn vrouw rook.

'Tom, ik werd een beetje gek,' zei ze.

'Ja,' zei Tom.

'Weet je wat ik wil? Ik wil het allemaal vergeten. Ik wil het voorgoed vergeten.'

'Ja,' zei Tom. 'Voorgoed vergeten.'

'Ik heb je zo verschrikkelijk gemist, lieverd! Heb jij mij ook zo gemist?'

'Heel erg,' zei Tom.

Ze kuste hem. Niets op aarde zo zacht als haar lippen, niets. Ze streelde zijn gezicht. Had hij er de woorden voor gehad, dan zou hij haar nu innig danken dat ze was teruggekomen.

Ze kuste hem vuriger en zei: 'Wil je met me vrijen?'

'Heb je daar zin in?' vroeg Tom. Daar had hij niet op durven hopen.

Trudy ging rechtop in bed zitten en trok haar nachtjapon uit over haar hoofd. Ze ging weer naast hem liggen en drukte zich tegen hem aan. 'Lieve schat.'

Tom brak zich het hoofd over de lijst met ideeën. Hij wilde hem aan Trudy laten zien, maar was bang dat zij de lijst mal zou vinden. Zij was degene met de opleiding: ze had twee jaar langer op de middelbare school gezeten dan Toms vader voor hem voldoende had geacht. Een onderlegd iemand zou zijn lijst misschien nogal kinderachtig vinden, dat begreep hij wel.

Uiteindelijk besloot hij de lijst toch aan haar te laten zien. Haar stemming was de eerste twee dagen na haar terugkeer beter geweest dan hij zich kon herinneren, maar op dag drie en vier leek ze terneergeslagen. Tom hoopte met heel zijn hart dat de lijst haar zou opvrolijken. Lachte ze erom, dan was dat toch altijd nog beter dan dat gestaar naar de heuvels vanaf de veranda? Als ze erom lachte, dan was dat omdat hij naïef leek door de lijst, een boerenpummel. Hij was helemaal niet zo naïef, maar het gaf niet als ze hem zo zag. Hij was loyaal in zijn liefde. En als de lijst haar niet kon boeien, dan zou hij haar vragen of ze terug wilde naar de stad.

'Wat is dit?' vroeg ze.

Ze lag nog in bed maar kwam overeind voor een kopje thee en Toms zes velletjes postpapier. Haar bedlampje was nog aan. Ze had liggen lezen in haar boek en was weggedommeld. Het boek lag met de kaft omhoog open op Toms lege helft van het bed. Op de omslagfoto stond een jonge vrouw met lang goudblond haar die haar borsten bedekte met los vallende karmijnrode stof. Twee mannen stonden over haar heen gebogen, bij elke schouder een. Een kruisridder en, vermoedde Tom, een sultan.

'Een paar ideeën van me,' zei Tom. Hij zat op de rand van het bed.

Trudy las langzaam en nam zo nu en dan een slokje van haar thee. Ze zei niets. Tom hield zich in en vroeg haar niet wat ze van de lijst vond terwijl ze nog las. Hij was tijdens haar afwezigheid vergeten hoe knap ze was, hoe het bruin van haar ogen het licht ving en glinsterde. Hij wilde haar haren strelen en de slaapgeur van haar huid inademen. Ik had me moeten scheren, dacht hij.

Trudy legde de lijst op het kleine tafeltje naast het bed. 'O, Tom,' zei ze. Ze ging weer op haar kussen liggen en bedekte haar gezicht met haar onderarm.

Tom was te bang om te bewegen. Vond toen de moed om het haar van zijn vrouw te strelen. 'Wat is er, Truus?' vroeg hij. 'Wat is er mis?'

Met haar ogen nog altijd afgedekt, zei ze iets wat Tom niet goed verstond.

'Wat zei je?'

Trudy haalde haar arm van haar gezicht. Haar ogen glansden vochtig. Ze strekte haar hand uit, pakte Toms overhemd net onder de boord vast en kneedde de stof tussen twee vingers. 'Ik ben zwanger.'

'Zwanger?' zei Tom.

'Ik zou het je niet kwalijk nemen als je me eruit gooide, Tom. Echt niet. Ik zou het je niet kwalijk nemen als je me wurgde.'

Toen Tom achteroverleunde, verliet de lucht zijn longen met iets wat klonk als een zucht. Het was alsof zijn lichaam niet goed wist of het wel moest doorgaan. Ten slotte vroeg hij: 'Was het een ander?'

Trudy zei niets. Ze keek naar het gezicht van haar man.

Tom zei: 'Neem me niet kwalijk.' Hij liep de veranda op en liet de hordeur met een klap achter zich dichtvallen.

'Mijn god,' zei hij zachtjes. Er lag zoveel in duigen. Toen zijn vader stierf, was het ook zo. Zoveel in duigen. Een gezonde man die als een koning door het leven ging, werd in een week gevloerd door een ziekte die niet eens een fatsoenlijke naam had. Tom keek op naar de heuvels en zei: 'Mijn god.'

Hoe geschokt en teleurgesteld hij ook was, hij wist dat er geen sprake zou zijn van eruit gooien, laat staan wurgen.

Hij hoorde haar stem achter zich.

Ze stond achter de hordeur, nauwelijks zichtbaar in de schaduw.

Tom zweeg. Haar gestalte tekende zich scherper af toen zijn ogen zich hadden aangepast. Hij zag de glans van tranen op haar wangen.

'We vinden er wel iets op,' zei ze. 'Alsjeblieft, laten we er iets op vinden, Tom? Dat kunnen we toch wel?'

Ze ging overal met hem mee naartoe, wat hij ook aan het doen was. Dit was 'er iets op vinden'. De boerderij was vrij klein, een eenmansbedrijf met inkomsten uit de bescheiden melkveekudde, uit de schapen, het fruit, het haardhout dat hij in blokken verkocht aan een handelaar in de stad, en uit Toms eigen vernieuwing, kerstomaatjes voor de conservenfabriek. Vrij klein, maar genoeg om Tom bezig te houden. Het melken hield nooit op, net als het schapen verplaatsen. Wat het werk ook was, Trudy was bij hem, steeds boller door de baby. Ze deed niet veel, maar ze zorgde voor een vrolijk refrein, zong liedjes van de radio, Gerry and the Pacemakers, Kathy Kirby, Cliff Richard. Voor ze een liedje begon, noemde ze de titel en de artiest.

Tom was lief voor haar, liever dan toen hij nog van haar hield.

Op het eind van een middag zei Trudy opeens: 'Wil je over Barrett horen?' Ze stond scones te maken in de keuken. Ze had zichzelf onlangs een paar dingen leren bakken: scones, appelflappen, een soort zandkoek die niet naar zandkoek smaakte. Tom stond een forel klaar te maken die hij had gevangen in het snelstromende beekje aan de noordrand van zijn land. Hij kon van hen tweeën het beste koken.

Trudy had nooit iets gezegd over de man met wie ze was tijdens haar afwezigheid, en Tom had nooit iets gevraagd. Maar nu ze erover begon, vond hij dat hij haar moest laten uitpraten.

'Hij is geen aardige man,' zei ze. Ze keek op van het sconedeeg en haar blik dwaalde naar het raam boven de gootsteen. 'Hij is... nou, hij is egoïstisch. Hij wil alleen maar wat goed voor hemzelf is.'

Tom zei niets, en Trudy ging verder met het rollen van het deeg.

Het bleef niet onopgemerkt in Hometown dat Trudy zwanger was, uiteraard niet. Ze moest nu hoe ver – vier, vijf maanden zijn? En ze was hoogstens drie maanden bij Tom terug, zoiets ongeveer? Of misschien was Tom voor haar terugkeer af en toe bij haar langsgegaan, waar ze ook had uitgehangen. Denk je echt? Wie het lef had Tom Hope te vragen of de baby van zijn vrouw de zijne was: veel succes. En als dat niet zo was, wist Tom dat dan? Bev Cartwright uit de riviervlakte, die goed bevriend was geweest met Toms oom Frank, zei tegen eenieder die erover begon: 'Dacht je soms dat hij achterlijk was? Tommy is een pientere vent.'

In de achtste maand van haar zwangerschap veranderde Trudy's stemming. Ze bleef elke ochtend tot na elven in bed en huilde vaak. Ze zei dat ze al het eten naar gif vond smaken. Tot ongeveer de zevende maand had ze Tom ertoe verleid met haar te vrijen, waarbij ze op haar zij ging liggen. Nu verdroeg ze hem niet in haar buurt en verwees ze hem naar de stretcher in de logeerkamer, de kamer die straks de babykamer zou worden. Ze zei dat de wereld vol oplichters en leugenaars was.

Toen Patty op bezoek kwam – Tom had er vier maanden over gedaan om zijn zussen te vertellen dat zijn vrouw terug was – zei Trudy: 'Zij is de grootste leugenaar van allemaal.' Claudie kwam twee keer in twee weken, een keer met Kerstmis, en deed haar best begrip te tonen. Trudy zei: 'Ze haat me. Ik heb altijd mooie tanden gehad, en de hare staan schots en scheef in haar mond. Je kunt haar toch niet elegant noemen? Dat vreselijke oude vest.'

Dit soort momenten, waarop Trudy een en al verbittering was, weet Tom aan angst. Ze was bang voor haar baby. Toch was niet iedere bange aanstaande moeder zo slechtgehumeurd en ongemanierd als Trudy. Hij probeerde haar met grapjes op te monteren, de enige strategie waarover hij beschikte, afgezien van bezorgdheid. 'Kop op, Trudy, de melk wordt zuur.' Liefdevolle gebaren? Nee. Hij deelde het huis met haar, meer niet. Hij zou een vreemde even vriendelijk bejegenen.

Wanneer Tom zijn vrouw naar de verloskundige bracht in het regionaal centrum, ver van Hometown, zat ze de hele weg te wiebelen en te kreunen. Tom moest de auto om de haverklap aan de kant zetten omdat ze moest plassen. Het was zijn taak om zijn jas als een scherm op te houden terwijl Trudy naast de auto hurkte. Ze bedankte hem altijd, en vreemd genoeg waren dit de enige momenten waarop hij zich nog steeds met haar verbonden voelde, alsof hij diep vanbinnen misschien nog steeds van haar hield.

Al die angst van Trudy was er ook in het ziekenhuis toen ze beviel. Ze schreeuwde moord en brand, en de vroedvrouw raakte zo geïrriteerd dat ze haar uiteindelijk vroeg wat meer puf aan de dag te leggen. De bevalling verliep probleemloos ondanks al Trudy's misbaar (zoals de vroedvrouw het noemde). Na afloop moesten ze haar opdragen het kind, een jongetje dat de naam Peter kreeg, de borst te geven.

De vroedvrouw zei tegen Tom: 'Ik benijd je niet de komende maanden, schat!'

Na zes dagen wilde Trudy nog steeds niet weg uit het ziekenhuis. Ze klaagde over ondraaglijke pijn in haar benen, nek en buik. Dokter Kidman gaf haar pijnstillers, maar zei onder vier ogen tegen Tom dat zijn vrouw van een mug een olifant maakte.

Tom zei: 'Maar met de baby is alles goed, hè?'

Dokter Kidman zei: 'O, ik dacht van wel.'

Hij was vermoedelijk te oud om dit werk nog te doen, dokter Kidman. Tom zag hem soms bij de rivier, waar hij stond te vissen met libellenlarven, drinkend uit een zilveren flacon.

Het ziekenhuis kon Trudy niet eeuwig onderdak bieden; ze moest naar huis met de baby. Het norse gezicht dat ze tijdens de rit naar huis opzette, was het gezicht dat ze de komende drie jaar zou houden. Haar constante klacht, meestal gemompeld, was dat ze het kind haatte. Het zat niet in Toms aard om dingen door te drukken, maar hij stond erop dat het kind het nooit zou horen. Hij zei tegen zijn vrouw dat ze zoiets nooit mocht zeggen als Peter wakker was en luisterde.

Het jongetje begreep de woorden niet die zijn moeder uitsprak, maar hij moest haar gebrek aan liefde hebben gevoeld, want al toen hij vier, vijf maanden was begon hij zijn troost bij Tom te zoeken. En Tom deed zijn best om tijdens de werkdag regelmatig naar huis te gaan. Hij legde dan zijn hekkenspanner, spade of kapmes neer en liep naar huis om iets liefs tegen het jongetje te zeggen, hem te knuffelen en erop toe te zien dat hij werd gevoed en verschoond. Trudy keek zonder belangstelling toe en krabde aan een uitslag die zo nu en dan over haar armen en schenen trok.

Mijn leven is naar de bliksem, maar het ventje zal het goed hebben, dacht Tom.

Op andere momenten overdacht hij hoe volstrekt onvoorspelbaar een huwelijk wel niet was. Je had geluk als het goed uitpakte, pech als het dat niet deed. Hij deelde vrijwel niets met Trudy, had geen interesses die hem aan haar bonden, en toch was hij stapelverliefd op haar geworden. Nu bezorgde ze hem alleen maar verwarring en zorgen. Als het jongetje haar niet gelukkig kon maken, wat dan wel?

Hij zou willen dat Trudy een vrolijker mens was. Dat ze haar vriend Barrett ging opzoeken, als dat zou helpen. Hij zou er alleen kapot van zijn als ze het jongetje meenam.

Hij probeerde haar te kalmeren door 's ochtends op haar bed te gaan zitten en haar voor te lezen uit de krant. Hij koos positieve verhalen, of in elk geval verhalen die niets met de dood te maken hadden. Trudy was vooral geïnteresseerd in de naderende executie van Ronald Ryan, die een politieman had gedood. Hij zou in februari worden opgehangen.

'Ophangen is te goed voor hem,' zei ze. 'Ze zouden hem met een bijl in stukjes moeten hakken.' Toen begon ze te huilen, en iets in haar gaf zich over. 'Van mij hoeft niemand te hangen,' zei ze door haar tranen heen. 'Het spijt me dat ik dat zei. Kun je vergeten wat ik zei, Tom? Kun je dat?'

Tom zei: 'Natuurlijk.'

Hoeveel maaltijden aten ze samen voor Trudy opnieuw wegging? Honderden en nog eens honderden, aan de cederhouten keukentafel, vrijwel zwijgend. Lamskoteletten met bloemkool, erwten en aardappelpuree, gegrilde forel, konijnenstoofpot met wortel en pastinaak, schaapsbout op zondag. Tom voerde Peter in de kinderstoel, dat kleine mannetje met zijn gitzwarte haar en bolle rode wangetjes dat zijn handjes naar Tom uitstrekte en niet naar zijn moeder. Tom noemde de jongen Petey; zijn moeder noemde hem zelden bij een naam. Ze kreeg echter zo nu en dan een aanval van wroeging en schonk hem dan wat meer aandacht. Kamde zijn haar plat tegen zijn hoofd en trok hem een vreemd klein tweed pakje aan dat haar moeder en zus uit Phillip Island hadden opgestuurd. Zo'n aanval duurde maximaal een halve dag maar eindigde er altijd mee dat het kind overstuur raakte en met een hoge smekende stem om Tom riep. En zo noemde het kind de man die niet zijn vader was: Tom.

2

Deze keer vertelde Trudy het haar man recht voor z'n raap. Ze zei dat Jezus Christus haar ertoe had geroepen op Phillip Island bij haar moeder en zus te gaan wonen. Jezus Christus had Peter echter niet geroepen. Nog niet.

Trudy vertelde Tom in de slaapkamer over haar roeping. Ze was heel vroeg uit bed geglipt om zich aan te kleden en een koffer te pakken. Toen Tom om vier uur wakker werd voor de koeien, zat Trudy in de keuken klaar om de bus van vijf uur naar de stad te pakken. Ze droeg haar kastanjebruine hoed van zacht vilt, haar groene pakje en beste schoenen. Zelfs in het licht van de keuken was ze knap, met haar opgemaakte gezicht, geheven kin en op haar schoot gevouwen handen. Ze zag er ontspannen uit.

Ze zei: 'Tom, ik kan niet meer bij je blijven. Ik kan niet meer bij Peter blijven. Ik verdraag dit huis niet meer, geen uur langer.'

Ze vertelde Tom over Jezus Christus. 'Ooit kom ik Peter halen, als ik de dingen beter begrijp,' zei ze. 'O, Tom, het spijt me zo. Snap je waarom ik weg moet? Snap je dat?'

Tom had gedacht dat hij opgelucht zou zijn als zijn vrouw eindelijk besloot voor de tweede keer bij hem weg te gaan. Maar in plaats daarvan drukte het verdriet als een loden last op zijn hart. Hij keek naar Trudy, zoals ze daar zat op die keukenstoel van buighout, met haar handen in haar schoot en haar blonde haar dat inmiddels zo lang was dat het over haar schouders krulde. Het viel hem op dat ze haar wenkbrauwen tot perfecte boogjes had geëpileerd.

Hij zei: 'Ja, dat begrijp ik.' Hij kon niet zeggen: 'Je gaat weg omdat je je verveelt en omdat je je niet hecht en een leeg hart hebt', dus hij liet haar geloven wat ze wilde.

Het geloei van de koeien was net begonnen, en het hek rammelde nu ze er in hun ongeduld tegenaan ramden.

Trudy zei: 'Ik ga dan maar.'

'Neem je nog afscheid van Peter?' vroeg Tom.

'Nee, *je m'excuse*,' zei ze. 'Daarvan raakt hij alleen maar van streek.'

Zo nu en dan sprak ze een woordje Frans.

Tom gunde zichzelf niet de tijd om na te denken over het grote probleem dat de zorg voor een jongetje van bijna drie vertegenwoordigde terwijl hij de boerderij draaiende hield. Voor Trudy's vertrek had hij hem altijd meegenomen als het kon; nu zou hij hetzelfde doen, en ook als het niet kon. Had hij er ook maar even bij stilgestaan, dan zou hij inzien dat het onbegonnen werk was, dus hij kon er beter niet bij stilstaan. Gelukkig waren de schaapscheerders weer vertrokken. Hij hielp altijd met het scheren, en je kon niet op een klein jongetje letten als je schapen onder handen had.

Boven op de ladder in de boomgaard riep hij naar de jongen: 'Wat dacht je ervan?' En de jongen, die in het gras met zijn gele vrachtwagen zat te spelen, riep: 'Mee eens.'

In de heuvelweiden liet Tom de jongen naast hem tussen de schapen door draven. Hij zei: 'Grote, dikke schapen hier!' en de jongen zei: 'Dikke donders!'

Toen ze een bruine slang vonden die zich naast de poel in de zon lag te koesteren, hurkte Tom neer om de jongen te vertellen wat hij moest doen als hij op een slang stuitte. 'Als je er een ziet, sta je stil. Helemaal stil. En dan roep je: "Tom!

Grote wriemelaar!" En dan maak ik korte metten met hem.'

Vooral als het regende was het moeilijk. Tom nam het eenpersoonstentje mee dat hij op vistochtjes gebruikte en zette het op voor Peter op de plaats waar hij aan het werk was. Hij zei tegen de jongen: 'Tom is even verderop de greppels aan het schoonmaken, oké? Luister. Als je me nodig hebt, sla je op dit pannetje met deze stok, begrepen? Als je je alleen voelt, sla je op het pannetje met de stok. En dan kom ik.'

Hij vond geen oplossing om de jongen bij zich te houden tijdens het melken tussen halfvijf en zes 's ochtends, maar wist Beau voor die taak te strikken. Beau zat gehoorzaam maar ernstig vertwijfeld naast het kinderbed en liet Peter zijn oren en neus aaien wanneer de jongen om halfvijf wakker werd. Tegen zessen kon Beau hem niet meer boeien, maar daar viel niets tegen te doen. In de melkschuur hoorde Tom hem roepen: 'Tom! Kom hier, Tom!' En dan: 'Alsjeblieft, Tom!'

Ze lazen twee keer per dag verhalen, boeken uit de bibliotheek van Hometown. Wanneer Peter 's avonds sliep, kostte het Tom moeite zijn ogen tot na negenen open te houden. Maar hij zorgde dat het vuur in het fornuis brandde en dat hij bij was met de rekeningen. Zelfs uitputting kon de vreugde die het leven hem gaf niet bederven. Met een glimlach lag hij in bed terug te denken aan de fijne momenten van de dag.

Hij wist dat Trudy de jongen op een dag zou komen halen. Die gedachte kwam altijd juist op het toppunt van zijn geluk bij hem op. Hij verjoeg haar door met zijn hoofd te schudden en met een hand voor zijn gezicht te wapperen.

Toen Patty en Claudie er uiteindelijk achter kwamen dat Trudy haar biezen weer had gepakt, haastten ze zich uit de stad naar Tom toe. Ze troffen hem aan in de schuur, waar hij het spruitstuk van de trekker repareerde terwijl Peter vlakbij met een oude versnellingsbak van de pick-uptruck aan het prutsen was. Patty zei: 'O, Tommy, dit gaat echt niet!' Tom zei dat het prima ging, en nee, Peter ging niet mee terug naar de stad om samen met Claudies kinderen op te groeien.

Claudie zei: 'Tom, luister. Hij heeft de hand van een moeder nodig. Spelen met auto-onderdelen is leuk en aardig, maar bij de opvoeding van een kind komt meer kijken.'

Tom hield echter voet bij stuk, en zijn zussen keerden zonder Peter naar de stad terug. In de auto zei Patty tegen Claudie: 'Ik zou die vrouw graag laten villen! Ik zou het nog zelf doen ook!'

'Arme Tom,' zei Claudie. 'Als iemand een normaal gezin verdient, is hij het.'

Het duurde twee jaar voor Trudy weer iets van zich liet horen. Er kwam een brief per post waarin het volgende stond over haar situatie en haar plannen met haar zoon:

Lieve Tom,

Het spijt me dat het zo lang heeft geduurd om je te schrijven over Peter. Hopelijk begrijp je dat ik een heel moeilijke tijd had toen ik op Phillip Island arriveerde. Tom, ik was heel ongelukkig toen ik hier kwam, maar Jezus Christus heeft mij de weg gewezen en ik ben zo blij dat ik je dat kan vertellen. Het was alsof ik uit een moeras werd getrokken! Het was alsof ik naar een warm, droog plekje werd gebracht.
Tom, ik dank mijn leven aan Jezus Christus, en ik zal Hem vanaf nu voorgoed volgen. Het was alsof alle kleur uit de wereld was weggetrokken en nu weer terug is! Maar ik weet dat

ik je om vergiffenis moet vragen, lieve Tom. Ons huwelijk was een vergissing, moet ik je helaas zeggen. Ik weet dat je zielsveel van mij hield, en misschien is dat nog steeds zo. Het valt me zwaar dit te zeggen, lieve Tom, maar ik heb nooit echt van jou gehouden. Mijn hart was als een droog weitje waar niets groeit, maar het is gaan regenen en ik volg Jezus Christus met heel mijn hart! Tom, ik moet Peter hier bij me hebben zodat ik hem in de Liefde van Jezus Christus kan opvoeden. Dat hebben mijn Gebeden mij geopenbaard. Je hebt mij op mijn slechtst gezien, Tom, maar je zou verrast zijn als je me nu zag. Ik kan nu op een zeer Liefhebbende manier een Moeder voor mijn zoon zijn. Ik kom hem op woensdag de zevenentwintigste van de maand ophalen met Mama en Tilly. Ik zou het heel fijn vinden als je Peter dan voor me klaar hebt staan. Tom, ik dank je voor je goedheid, je bent een goed mens, dat weet ik.

Met Christus in mijn hart,

Trudy

De hamerslag die je hebt zien aankomen, waarvoor je je schrap zet, komt niet minder hard aan dan een die uit het niets komt. Tom zat verbijsterd aan de keukentafel, alles deed hem pijn. Hij had Peter naar bed gebracht alvorens zich over de schade te buigen. Ze heeft het recht niet, dacht hij. Toen zei hij hardop: 'Ik smeer 'm. We gaan naar Queensland.' Hij stelde zich voor hoe hij zijn weg zou vinden in het achterland, met Peter op sleeptouw. Dat kon hij best. Hij was monteur, lasser en uitdeuker van beroep en zou altijd werk kunnen vinden. Als niemand een monteur nodig had, zou hij op een boerderij kunnen werken, of een ranch. Schapen scheren deed hij ook, dus dat was geen probleem. Hij kon altijd wel iets aanpakken.

Voor hij zich in een melodrama stortte, wat bepaald niet des Toms was, maakte hij een afspraak met Dave Maine in Shepparton, de notaris die zijn ooms testament had afgehandeld, een beste kerel die van de hoed en de rand wist. Peter moest mee, en het kereltje zat op een stoel in Dave Maines wachtkamer met een prentenboek en een zakje gomberen. Dave, met zijn altijd losse das en zijn pak dat eruitzag alsof hij erin geslapen had, vertelde Tom dat hij geen poot had om op te staan.

'Je bent niet de vader, beste man. Zij is de moeder. De rechter zal hem aan haar toewijzen.'

'Nadat ze jaren weg is geweest?'

'Maakt niks uit. Misschien als je ernstige morele verdorvenheid kunt bewijzen. Maar ze hokt nu met Jezus, dus zeg jij het maar. De rechter zal je niet eens bezoekrecht geven. Je kunt misschien samen iets regelen, dat zou een mogelijkheid zijn. Waar brengt ze hem naartoe?'

'Phillip Island,' zei Tom.

'Phillip Island? Kolere. Dat is mijlenver weg! Je bent beroofd, Tom. Sorry.'

Er kwamen andere strategieën bij hem op. Hij kon Trudy, haar moeder en haar zus van zijn terrein jagen met zijn geweer. Hij kon op de dag van hun komst in de stad zijn. Hij keek diep gekweld naar de jongen terwijl de dagen verstreken. Peter zou over een week voor het eerst naar school gaan, en Tom had boeken en een uniform voor hem gekocht, hem verteld wat school inhield en hem het gebouw aan High Street aangewezen. Tom had gezegd: 'Ik breng je 's ochtends naar school en haal je 's middags op. Je zult het leuk vinden. Allemaal kinderen om mee te spelen. En je leert van alles.'

'En het melken dan?' had Peter gevraagd, want daar had

hij de laatste maanden bij geholpen. 'Tom kannie in z'n eentje alle koeien melken.' Hij had de gewoonte om op bepaalde momenten in de derde persoon over Tom te spreken.

'Ik zal het toch moeten rooien, hè? School is belangrijk.'

Hij begon aan een brief aan Trudy waarin hij schreef dat Peter ziek was en dat ze een paar maanden zou moeten wachten. Maar hij verstuurde hem niet. Hij dacht voor de honderdste keer aan Dave Maines woorden: 'Zij is de moeder. De rechter zal hem aan haar toewijzen.' En hij begreep dat het spel uit was. Zelfs als hij naar Queensland ging, zouden ze hem uiteindelijk toch vinden.

Drie dagen voordat Trudy Peter zou komen ophalen, nam Tom hem mee naar de rivier om te vissen. Dat deed de jongen het liefst, vissen op de kleine regenboogforel waar de beek en de rivier samenvloeiden en het water over kleine ronde stenen kabbelde. Hij was heel handig met de hengel geworden, Peter. Zo klein als hij was, wist hij zijn worp toch de nodige hoogte te geven, en hij had geleerd de beugel op het juiste moment over de lijn terug te slaan en de lijn binnen te halen met een snelheid die hem van de rivierbedding hield. Wanneer er een forel in zijn aas hapte, wist hij er met de juiste spanning mee te spelen en de punt van zijn hengel omhoog te houden. Hij kreeg de forel nog niet in het net zonder de hengel los te laten, nog niet, maar hij was niettemin behoorlijk goed.

Tom liet hem vandaag drie forelletjes vangen voor hij het nieuws over zijn moeder vertelde. Een van de forellen was een bruine, iets groter dan de regenboogjes. Een bruine vangen was een triomf. De regenboogjes waren misschien mooier met hun kleuren en spikkels, maar bruine waren sterker en leverden meer strijd; het was zonneklaar dat ze de persoon aan de andere kant van de lijn haatten.

De jongen maakte in het ondiepe water van de rivier een met stenen afgebakend poeltje, en in de poel bleven de dode forellen vers. Hij ging elk kwartier kijken of er geen rivierkreeftjes de poel waren binnengedrongen om aan de forel te knagen. Het kwam wel voor dat een flinke rivierkreeft een kleine forel weer de stroom in sleepte en zich ermee liet wegvoeren. Het bouwen van de stenen dam om de stroming tegen te houden, bezorgde de jongen evenveel plezier als het vangen van forel.

Tom zei: 'Het zit zo, kerel, dat je moeder over een paar dagen hier komt. Je weet toch wie ik bedoel?'

'Trudy.'

'Ja, Trudy. En ze wil je meenemen. Dat je bij haar komt wonen.'

De jongen keek vragend, maar hij zei niets. In plaats daarvan draafde hij naar zijn poel om die op kreeftjes te controleren.

Tom liep naar hem toe en legde zijn hand op zijn kruin. 'Nogal een tegenvaller, hè?' zei hij.

De jongen reageerde zo zachtjes dat het onhoorbaar was.

'Wat zei je?' vroeg Tom.

'Ik kan het niet,' zei de jongen.

'Je kunt het niet?'

'Ik kan het niet,' zei de jongen weer. Hij huilde nu.

Tom ging op zijn hurken zitten, zijn hand nu op de schouder van de jongen. In het poeltje kropen twee kleine rivierkreeftjes op de ogen van de bruine forel af. Tom pakte ze op en gooide ze in de stroom.

'Het is niet wat ik wil, Peter,' zei hij. 'Ze is je moeder, snap je. Het is niet wat ik wil.'

Er klonken zachte piepende geluidjes nu de jongen zijn tranen probeerde te onderdrukken.

‘Ik kan het niet,’ wist hij weer uit te brengen. Daarna stak hij zijn hand in de poel, greep de bruine forel en gooide die in de rivier.

Tom had Peter om acht uur ’s ochtends klaarstaan, met al zijn spullen in een klein koffertje en twee kartonnen dozen. De drie delen van zijn bamboehengel waren samengebonden met touw. Zijn Ambidex-molen met gelagerde spoel zat in de koffer, met een van Toms sokken eromheen gewikkeld.

Het beloofde een warme dag te worden, de hemel was over de hele horizon diepblauw. Op dagen dat het warm zou worden, zeurde Beau normaal rond deze tijd om een vroege duik bij de poel. Nu keek hij echter naar Tom en de jongen, die maar wat voor het huis stonden, en hij verstopte zich onder een oude Humber die op blokken onder de cipressen was geplaatst.

Even na tien uur ’s ochtends draaide er een rode Volkswagen vanaf de snelweg de oprit op. Tom had de grote poort laten openstaan. De Volkswagen stopte bij de tweede poort en Trudy stapte uit aan de passagierskant. De andere twee figuren in de auto bleven zitten terwijl Trudy de poort opende en naar de veranda liep, waar Tom en haar zoon wachtten. Haar haren waren kortgeknipt en ze was slanker dan Tom haar ooit had gezien. Ze droeg een groene jurk met ceintuur die iets weg had van een uniform. Ze liep met haar armen onder haar borsten over elkaar geslagen. Er hing een zilveren crucifix om haar hals.

‘Hallo Peter. Hallo Tom.’ Ze stapte de veranda op, knielde toen en sloeg haar armen om haar zoon. Ze zei: ‘Ik heb je zo vreselijk gemist.’

Toen ze opstond en Tom omhelsde, vulden zijn neusgaten zich met de geur van lavendelzeep.

‘Ik heb iets voor je,’ zei ze tegen Tom. Ze diepte uit een zak in haar jurk een heel klein pakje van paars vloeipapier op. Ze vouwde het open en haalde er een klein gouden crucifix aan een teer kettinkje uit. ‘Hopelijk zul je dit gaan dragen, Tom. Als teken dat je me hebt vergeven.’

Tom maakte geen aanstalten om het crucifix aan te nemen, maar hij stond toe dat Trudy hem samen met het paarse vloeipapiertje in zijn jaszak stopte. Hij had zich voor de overdracht in zijn goeie goed gestoken.

Tom boog zijn hoofd dicht naar Trudy en zei zachtjes: ‘Dit is wreed, Trudy. Je hebt Peter in de steek gelaten. Hij had alleen mij. Ik hou van hem alsof hij mijn eigen vlees en bloed is. En Trudy, hij wil niet weg. Je hoeft maar naar hem te kijken.’

‘O, Tom, je begrijpt het gewoon niet,’ zei Trudy. ‘Tom, Peter komt in een huis vol liefde terecht. Tilly’s kinderen zullen hem met liefde omringen. Dit is maar een boerderij. Een heel eenzame boerderij. Op het eiland heeft Peter leeftijdgenootjes en een fatsoenlijke school, een goede school. We mogen niet egoïstisch zijn als het om kinderen gaat.’

‘Ik zou hem graag komen opzoeken,’ zei Tom. ‘Eens per maand, of zoiets.’

Trudy schudde zo abrupt haar hoofd dat ze de vraag moest hebben verwacht. ‘O nee, Tom. Dat lijkt me geen goed idee. Nee.’

Trudy’s zus en moeder waren uit de rode Volkswagen gestapt en stonden nu ieder aan een kant van de auto. Ze hadden dezelfde bril met jampotglazen en dezelfde brede glimlach, alsof dit de mooiste dag van het jaar was.

Tom droeg de twee kartonnen dozen, de hengel en de koffer in één keer naar de auto. Hij tilde de jongen op en omhelsde hem stevig. ‘Nou, ouwe reus. Je zult me toch wel schrijven? Je zult toch wel tijd vinden om een brief voor me op de post te doen?'

De jongen knikte op een verslagen manier en protesteerde niet toen Tom de passagiersstoel naar voren klapte om hem op de achterbank neer te planten. Trudy nam plaats naast haar zoon. Trudy's moeder ging op de passagiersstoel zitten, en Tilly kroop achter het stuur. De kofferbak in de neus van de auto stond open. Tom stopte er de koffer, de dozen en de hengel in.

De auto wilde niet starten. De motor sloeg aan en kwam kortstondig tot leven, maar een van de bougies vonkte niet. Tom wist wat het probleem was. Hij zei: 'Laat mij maar even kijken', maar het werd genegeerd.

Trudy's moeder zei: 'Dat doet hij altijd.' Ze draaide het contactsleuteltje keer op keer om. Peter keek door het raampje naar zijn vader met iets van hoop in zijn ogen.

Tom zei weer: 'Laat mij maar even kijken.' Hij tilde de motorkap aan de achterkant van de auto op en liep toen naar de schuur om zijn dopsleutels te halen. Toen hij terugkwam, was er op de achterbank een soort zwijgende worsteling gaande. Peter probeerde weg te komen en Trudy hield hem tegen, en dat alles zonder woorden.

Tom zei: 'Hij kan mij helpen.'

Trudy bevrijdde haar zoon uit haar greep en keek kwaad weg van Tom. De jongen klauterde naar voren, over zijn grootmoeder heen. Tom opende het portier aan de passagierskant voor hem. Tilly en Trudy's moeder bleven blijmoedig glimlachen.

Tom klapte zijn dopsleutelset open en vertelde Peter welke maat hij nodig had. De jongen pakte de dop van zijn plaats in de set, stak hem op de sleutel en gaf die aan Tom.

'Je hebt hier een lelijke oude bougie,' zei Tom.

Hij verwijderde de bougie die volgens hem het probleem

veroorzaakte en maakte hem schoon met een smal strookje schuurlinnen. Hij liet Peter de bougie terugplaatsen en vastzetten, evenals de stroomverdeler.

'Probeer maar eens,' zei Tom tegen Tilly.

De motor sloeg aan en kwam ronkend tot leven.

Tilly stapte uit zodat Peter weer op de achterbank kon klauteren. De jongen liet zich echter op het gras vallen, als een hond die weigert mee te werken ondanks de wetenschap dat hij er uiteindelijk toe gedwongen zal worden. Tom moest hem optillen en aan zijn moeder teruggeven. Ook op de achterbank hield hij zich dood. Hij lag ineengedoken en met zijn gezicht afgewend van Trudy.

Tilly keerde de auto niet, maar reed de hele oprit langzaam achteruit. Bij de snelweg kreeg ze de auto met horten en stoten in de goede richting gedraaid, en toen was hij verdwenen. Opgeslokt door de holte aan de stadskant van de snelweg even voorbij Toms poort, en vanaf dat punt aan het zicht onttrokken door de populieren langs zijn hek.

Tom zat op de veranda en rolde een Capstan. Hij keek steeds op in de dwaze hoop dat de rode auto zou terugkomen. Het deed vanbinnen zoveel pijn dat zelfs een rokertje geen verlichting bracht en hij drukte de sigaret na twee trekjes uit. Hij pakte zijn dopsleutelset, klikte het deksel dicht en liep naar de schuur. Beau, nog steeds ongerust, volgde op eerbiedige afstand.

3

De zon had dat jaar lang voor de herfst het vocht uit de heuvelweiden verdampt, maar de schapen graasden nog gretig. Tom groef vanaf een bron die boven de granieten rotsblokken opborrelde een geul naar de poel. Het bronwater kwam naar boven, keek rond en dook dan weer de aarde in. Varens die nergens anders op Toms grond groeiden, verdrongen zich langs de bedding van de bron. De schapen konden er zelf bij komen, maar Tom moedigde hen niet aan. Ze hadden de gewoonte daar rond te hangen tot het donker werd, en dan werden de ooien bang en blaatten ze dat het een aard had.

Peter was nu twee maanden weg. Tom wist zeker dat dit een van die dingen in het leven was die nooit meer beter worden. Hij was geen boer, maar hij was als vader uit het goede hout gesneden; dat hield hij zichzelf voor wanneer het gevoel van mislukking waaronder hij gebukt ging hem tijdens het werk te veel werd. Geen beste boer, geen beste echtgenoot, maar het vaderschap was hem goed afgegaan. Dat pleitte tenminste voor hem. En toen hij op een ochtend heuvelopwaarts naar de boomgaard liep met Beau, stond hij ineens stil en glimlachte; het drong tot hem door hoeveel zelfmedelijden er school in zijn mijmeringen over mislukking.

'Hij heeft z'n best gedaan, wat jij, Beau? Vind je niet? En ik lig bepaald nog niet te rotten, toch? Dus hou je bek. Niet jij, ik.'

Mensen in Hometown die alle details van Toms verhaal kenden – zes man: Nigel Cartwright en zijn vrouw Bev, Trevor Clissold, de Noonans, de slager Juicy Collins – toonden hun medeleven door geen stom woord over Trudy of Peter te zeggen. Juicy, die een vriend was geweest van Jack Hope, de oom die Tom de boerderij had nagelaten, kwam het dichtstbij. Hij had de gewoonte liedjes met een vrolijk thema te zingen als Tom langskwam voor worstjes en gehakt, wat hij elke dinsdag deed. Hij noemde Tom 'de ridder van het heuvelland' en zong met zijn fluwelen tenor de beginregels van 'Don't Fence Me In'. En toen: 'Don't fence young Tom in, begrepen? Don't fence our Tommy in.'

'Rustig aan, Juice,' zei Tom.

'Hij is de sjeik van Arabië, onze Tommy,' zei Juicy. 'Heuvel op, heuvel af op zijn dromedaris, met oog voor de vrouwtjes. Is het niet fijn om een vrij man te zijn, Tom?'

'Als jij het zegt, Juice.'

Juicy bleef grappen en grollen terwijl hij voor Tom een weekvoorraad vlees in de krantenpagina's van de *Herald* verpakte. Op de achtergrond klonk Radio 3XY, het soort eigentijdse rock-'n-roll dat favoriet was bij Juicy, de enige man van zijn leeftijd (drieënveertig) in Hometown die een goed woord voor The Rolling Stones overhad. Aan de witte tegelwand achter in de winkel hing een portret van de Hometown Robins van 1963 in rode sportshirts, de *Aussie rules*-footballkampioen van dat jaar. De jongens hadden de armen over elkaar geslagen, de helft zat, de rest stond erachter. Een paar verlegen gezichten, andere brutaal. De drie kwajongens van het team glimlachten onnozel.

Juicy's gegrap verhulde iets als minachting, Tom voelde het. De ware casanova van Hometown was Juicy zelf, die zich zo onbeschaamd aan overspel overgaf dat voormalige minnaressen altijd even de tijd namen om aan de toonbank naar de ontwikkelingen in lopende affaires te vragen. En het was Juicy die door het heuvelland trok – niet op een dromedaris, maar met zijn zwart-bronzen Monaro – en zo zijn eeuwige puberteit uitdroeg.

Tom had geen enkele behoefte om een vervangster voor Trudy te zoeken. Zijn vrouw had een echtscheiding aangevraagd. Bij de post zaten documenten van een advocatenkantoor in de stad. Als reden voor de scheiding stond vermeld: '*aanhoudende emotionele wreedheid en mishandeling*'. De bewijsstukken waren onder meer een brief van Trudy's moeder, waarin zij verklaarde dat haar dochter op 1 maart 1967 doorweekt en snikkend '*alsof haar ziel uit haar lichaam was gerukt*' in het Jezuskamp was opgedoken. Tom herinnerde zich tijdens het lezen van de brief hoe Trudy jaren geleden op de boerderij aankwam, ook doorweekt en snikkend. Sprak het tot haar gevoel voor drama, een aankomst in de regen? Misschien had ze destijds al een andere vent klaarstaan, voor het geval dat.

Tegen het einde van de zomer, toen alle appels, peren en nectarines waren geplukt en met Terry Nolans vrachtwagen naar de handelaren in Healesville waren gebracht, liep Tom met drie zagen en een ladder naar de boomgaard om aan de snoei te beginnen. Zijn oom had altijd liever aan het eind van de zomer dan in de winter gesnoeid, en hij kon daar maar beter aan vasthouden.

Het vorige seizoen had Tom tijdens het snoeien Peter bij zich gehad. Hij riep dan omlaag naar de jongen: 'Wat doen we met deze schurk, Petey? Hakken we hem af?' Het verbaasde hem vaak hoe weinig het uitmaakte dat hij niet Peters vader was. Hij dacht: zou ik dan meer van hem houden? Dat leek gewoonweg onmogelijk.

Hij verplaatste de ladder van de ene boom naar de andere, zaagde de groei van het afgelopen seizoen af met de kromme zaag, met de snoeischaar. Het was werk. Je kon er niet omheen. En de dag was moordend heet. Tom zei: 'Als je wist waar je mee bezig was, Tommy Hope, dan was je eerder begonnen.' Zijn blote armen strekten zich boven hem uit en dropen van het zweet. Zwarte vliegen zweefden rond zijn gezicht en stortten zich als het maar even kon op zijn vlees. Ze werden aangetrokken door de schapenmest onder de bomen en vervolgens door de bloedende krassen op Toms onderarmen. Hij zei hardop tegen zichzelf, alsof hij zijn eigen gesprekspartner was: 'Het leven is nog niet voorbij, Tommy. Godallemachtig.'

Hij had geen idee waar die uitspraak vandaan kwam, het leven is nog niet voorbij. Wie had dat beweerd? Het leven is nog niet voorbij. En aangezien zo'n ongevraagde gedachte de geest naar vluchtige regionen kan leiden, herinnerde hij zich een man met wie hij bij het trambedrijf had gewerkt, Graham nog iets... Graham Kent. Die had op een dag in de lasschuur zijn arm om hem heen geslagen en gezegd: 'Makker, misschien gebeurt het nooit.' Graham de fluiter, de hele dag door het ene deuntje na het andere, Hank Williams, Jimmy Rogers en ongeveer eens per uur 'Jambalaya'. Tom wist destijds wat 'misschien gebeurt het nooit' betekende, maar het bevreemdde hem dat Graham het nodig vond hem dat te vertellen. Zijn zus Claudie had ooit gezegd, ongeveer een jaar voor hij de boerderij overnam: 'Laat eens een glimlach zien, Tom', op de toon die mensen reserveren voor hopeloze gevallen van wie ze niettemin houden. Laat eens een glimlach zien, Tom. Hij was een pretbederver, was dat het?

Hoog tussen de takken van een grote appelboom probeerde hij te glimlachen. Hoe vaak had hij naar Trudy geglimlacht? Hij glimlachte voor Peter. Hij glimlachte voortdurend voor Peter. Dus dat bewees dat hij het kon. Hij probeerde er nog een, een heel brede. Dat voelde dom. Maar hij knoopte het in zijn oren: glimlach dan toch, man.

Dit was pas de eerste dag van het snoeien. Hij zou nog drie dagen nodig hebben om de appelbomen af te maken, en dan kwamen de nectarines en de peren. Hij kon zich geen knecht veroorloven. De boerderij gaf hem genoeg om van te leven, maar hij had geen idee hoe het verder zou gaan. Hij had minder zekerheid dan bij het trambedrijf. 'Dat is dan pech gehad, Tom,' zei hij, en hij glimlachte. Bij wijze van oefening.

Tom had de gewoonte om 's avonds de ongezonde troep te koken die hij wilde gaan eten en daarna naast de radio neer te strijken met een fles Ballarat-bier. Hij vond de liedjes op de radio leuk, werd sentimenteel als de drank begon te werken. Maar vanavond nam hij zijn bier mee naar de rotsblokken, klom op het grootste en ging naar de zonsondergang zitten kijken. Boven de heuvels in het westen strekte zich een enorme strook karmozijnrood en turquoise uit. Beau lag naast hem, na een tien minuten durende wanhopige worsteling om greep te krijgen op de steen en naar boven te krabbelen. Tom nam een teug uit de fles en aaide Beau met zijn vrije hand. Hij was hier om andere ervaringen op te doen.

Jaren geleden had hij met zijn oom Frank op deze rots gezeten, op dit uur van de dag, in deze tijd van het jaar, bij zonsondergang. Hij was er toen ook al weleens alleen heen gegaan. Veertien? Veertien. Zijn oom wilde hem laten genieten van de schoonheid van de hemel, en dat deed hij. Maar dat duurde nog geen twee minuten. Daarna zat hij er slechts uit gehoorzaamheid. Hij wierp vluchtige blikken op Franks profiel, op zoek naar een teken dat dit alles snel voorbij zou zijn en dat ze weer naar huis konden. Maar het duurde lang voor zijn ooms interesse in de zonsondergang voorbij was.

Tom probeerde nu te zien wat zijn oom destijds zag en moest toegeven dat de zonsondergang mooi was, maar wat vooral indruk op hem maakte was de eenzaamheid van zijn huis daarbeneden op de vlakte. Het was gepotdekseld met inmiddels verschoten botergele planken. Aan drie kanten een veranda, een roestbruin zinken dak. De riviervlakte, die je kon volgen door het lint van witte gombomen dat erlangs liep, strekte zich vanaf beide oevers anderhalve kilometer uit. Melbourne Road, de snelweg die veertig jaar geleden was gebouwd, sneed door de vlakte aan zijn kant van de rivier. Ze hadden hem buiten Toms boerderij om aangelegd, toen nog zijn ooms boerderij. Aan de andere kant van de rivier, een paar kilometer terug, tekenden de heuvels met de weiden van Henty zich scherp af. Alle bomen waren jaren geleden gerooid. De heuvels waren afgerond en verschilden in grootte, als de knokkels van een vuist.

Henty hield drieduizend schapen op zijn heuvels en de vlakte, keek door het jaar heen nauwelijks naar ze om en stuurde elke zomer tweeduizend corriedale-lammeren naar het slachthuis. Tom hield vijftienhonderd polwarths en stuurde jaarlijks vijfhonderd lammeren naar de slacht. Hij was de kudde aan het opbouwen nadat oom Frank in de laatste twee jaren van zijn leven, waarin hij kwakkelde met zijn gezondheid, alle schapen had verkocht op tweehonderdvijftig na. Zijn oom had elk jaar drie scheerders laten komen voor een klus die nauwelijks de moeite waard was. De scheerders voelden zich verheven boven boeren als hij en draaiden hem een poot uit. Tegen de tijd dat de wolbalen naar het spoor en door naar de handelaar gingen, bofte je als je drie of vier keer een pijpje kon stoppen van de winst.

Tom zorgde beter voor zijn schapen dan Henty voor de zijne. Henty zorgde dat ze water hadden en knalde elke uit Hometown afkomstige hond af die dol werd binnen zijn weiden, maar hij liet nooit de veearts komen voor een inspectie; een schaap dat er gammel uitzag, schoot hij af. En je hoefde bij Henty niet te beginnen over ziekten die heel de kudde aantastten. Dat was nog nooit gebeurd en zou ook nooit gebeuren. Hoeven kappen? Nooit. Geen dompelbad. Ontwormen, ho maar. De verweesde lammeren hoefden niet op hem te rekenen. Tom bemoederde zijn schapen als een weideverpleegster en werd erom geminacht door zijn collega-schapenfokkers. Het was geen stilzwijgende minachting, maar een hartgrondige en directe. 'Tering, Tommy! Straks ga je nog regenlaarsjes voor ze kopen!'

Het huis. Het was nu leeg. Maar zelfs als Tom op dit moment binnen zou zijn – deze gedachte kwam bij hem op – zou het huis er hetzelfde uitzien. Hij was de enige bewoner. Het huis had medelijden met hem. Het had de tijd van oom Frank de vrijgezel meegemaakt, de tijd van de ramp met Trudy, de korte bloeiperiode met Peter, en nu was het weer de wijkplaats van de ongetrouwde Tom.

Oom Frank had geen moment plezier beleefd aan het vrijgezellenleven. Hij bewonderde vrouwen, maar voelde zich geremd door hun complexiteit. 'Ze hebben een rare manier van doen,' zei hij tegen Tom tijdens een ander bezoek. Een oudere Tom, toen eenentwintig. 'Vind je ook niet? Ze stellen vragen waar je geen antwoord op weet. Zoenen en strelen, Tom, iets beters is er niet. Daar hoor je mij niet over klagen. Maar ze bij je houden... ik krijg het niet uitgeknobbeld.'

De tijd met Trudy had Tom geleerd dat je moest weten hóé je getrouwd moest zijn. Iedereen trouwde, iedereen knobbelde uit hoe dat werkte. Maar oom Frank was dat nooit gelukt, en Tom ook niet. Voor Tom was het altijd: wat wil ze? Als hij dat had uitgeknobbeld, had hij haar, Trudy, misschien gelukkig gemaakt. Als hij de liefde met haar bedreef, dacht hij dat ook werkelijk te doen: de liefde bedrijven. Zij had dat anders gezien. Ze vond het fijn wat hij met haar deed, hij dacht niet dat ze dat veinsde. Maar Tom wist dat het geen liefde was.

Hij reed zonder reden met de pick-uptruck naar Hometown. Nee, er was wel een reden. Hij verdroeg het niet langer alleen zichzelf te zijn, alleen Tom Hope. Het was hem gaan dagen op de kei met Beau. Het was niet goed. Hij was vijfendertig; hij had nog jaren te gaan. Als Trudy's echtgenoot had hij er weinig van gebakken, maar zo hopeloos was hij toch ook weer niet. Een andere vrouw was misschien blij met hem. Het was toch niet onmogelijk? Hij had nu een fatsoenlijke badkamer, en zeg nou zelf, wanneer zouden er nog zo'n herfst en winter komen als die waarvan Trudy gek was geworden, met dag in, dag uit regen? Het moest gezegd dat hij geen ideale echtgenoot was. Maar daar kon hij aan werken.

Hij kachelde in de pick-up naar het café, de River Queen, wilde eigenlijk niets drinken, vroeg zich af waar hij in godsnaam mee bezig was, maar kon niet naar huis gaan. Zijn huis stootte hem af, en hij kon het nog niet opbrengen daar weerstand aan te bieden. De River Queen had een tv; hij kon met een biertje gaan zitten kijken naar... wat? Te laat voor *Bellbird*, een spelprogramma dat hij daar een paar keer had gezien. Te laat voor *Pick a Box*.

Hij dacht aan Peter, aan hoe die werkelijk alles met een nieuwsgierige blik bekeek, vragen stelde waarvan je kon genieten voor je ze beantwoordde. Waar was een zwanenhalsafsluiting goed voor? Waarom moesten de contactpunten in de pick-uptruck worden vastgezet met van die lange metalen vingers? Legden kippen met opzet eieren? Peter maakte iets los in zijn hart. Kon een ander dat ook voor elkaar krijgen?

Hij liep door de lege winkelstraat en merkte dat donkere etalages bekijken niet beter was dan thuiszitten. Op zaterdagavond, en dat was het nu niet, was de Gala-bioscoop verlicht en dromden er mensen voor de ingang. Vanavond niet. Hij hoorde jongens naar elkaar roepen in het donker; ze zwierven door de stad op zoek naar afleiding, kattenkwaad, alles wat reuring gaf.

'Hé Johnno! Kom hier!'

'Neu!'

'Kom hier, ouwe rukker!'

Tom bleef stilstaan voor Moira's kleine winkeltje, waarvan de etalage vol tekens van verre culturen lag: gladde stenen, amuletten, inspirerende Bijbelteksten in versierde lijstjes. Er hing nog steeds een poster van het referendum van een paar jaar geleden voor het raam. STEM VOOR ABORIGINALRECHTEN. Het winkeltje was alleen open als Moira daar zin in had. Veel mensen (onder wie Moira) zeiden dat ze achter in het Cathedral-gebergte eersteklas marihuana teelde, haar werkelijke inkomstenbron. Tom mocht haar graag; ze was de enige hippie die hij ooit had ontmoet. Haar begroetingszoenen waren altijd vol op de mond. Toen Peter er nog was, begroef Moira hem telkens als ze hem zag in de lawine van haar boezem, en ze had Peter een pamflet over de oorlog in Vietnam gegeven. 'Hij is niet te jong om over moord te leren.'

Tom hield zich niet bezig met de oorlog in Vietnam. Zijn instinct zei hem dat die stom was of, erger nog, klinkklare onzin, maar hij ging niet naar Moira's protesten, met die melodramatische medestanders die maskers droegen die

Lyndon B. Johnson voorstelden met min of meer bloedkleurige vlekken om de mond. Bovendien was Morty Lewis' zoon Heath omgekomen in Vietnam, niet in de strijd maar door bloedvergiftiging, nadat hij zich bij een behendigheidsspelletje met een yankee-infanterist met een mes in zijn blote voet had gestoken. De ironie van Heaths dood – een bondgenoot, een idioot spelletje – maakte Morty's verdriet alleen maar groter. Tom was te wellevend om in het winkelcentrum slogans te gaan staan roepen met een handjevol helpers van Moira en daarmee Morty nog meer te kwetsen. Dat leek te veel op uitsloverij.

De laatste winkel in de rij was alweer leeg. Een vrouw uit de stad had er tot voor kort een lijstenmakerij gehad, maar niet één bedrijf had op die plaats echt weten te slagen. De winkel was het stumpertje dat je in elke kleine stad aantreft, de ene helft van het jaar leeg, de andere helft verhuurd aan mensen met een misplaatst optimisme. Een paar jaar voor de lijstenmakerij was de winkel gevuld met antiek terwijl het hele land worstelde met een kredietcrisis en niemand een cent uitgaf aan luxegoederen.

Tom kon in de winkel kartonnen dozen in stapels van vier onderscheiden. En langs de muren, in de schemer, houten boekenkasten: allerlei soorten, zelfs een paar behoorlijk chique met glazen deuren. Moest dit een boekhandel worden?

Tom mompelde: 'Krijg nou wat!' Hij kon het niet bewijzen, maar waarschijnlijk was er in Hometown nog geen handjevol mensen dat ooit een boek had opengeslagen. Tom zelf had in zijn leven maar één boek gelezen, een dat Trudy had achtergelaten. Het verhaal van een blonde vrouw ten tijde van de kruistochten die hartstochtelijk de liefde bedreef met zowel christenen als mohammedanen. Hij had gehoopt er een aanwijzing in te vinden die Trudy's denken verhelderde, maar nee. Hij had echter genoten van het verhaal. Het was niet uitgesloten dat hij ooit nog eens een boek zou lezen.

Er hing geen bord op de veranda voor de winkel, en er stond ook niets op het raam. Of nee, er was toch iets: een papiertje dat van een spiraalblocnote was getrokken en met plakband op de binnenkant van de ruit was geplakt. Tom tuurde ernaar, kon het niet lezen, maakte met zijn aansteker een vlammetje. De tekst was in een andere taal, geen Engels, een heel raar schrift. Hij hield zijn neus zo dicht bij de ruit dat de aanstekervlam zijn wenkbrauwen dreigde te verschroeien. Egyptisch, misschien? Maar geen kleine plaatjes, gewoon rare vormen.

'Geen idee,' zei Tom, en hij stopte zijn aansteker weg.

Op huis aan? Daar leek het wel op. Maar lieve hemel, er moest iets gebeuren. Iets. Zo kon hij de rest van zijn leven niet doorgaan. Hij stapte in de pick-uptruck en zuchtte als een blaasbalg.

De jongens riepen nog steeds naar elkaar, speurend naar iets wat ze nooit zouden vinden: een meisje om te kussen, een pot met goud, een visioen dat hen boven de muren van de stad uittilde en hen naar ijle besneeuwde bergtoppen voerde, alwaar ze samen met de goden uit zilveren bokalen zouden drinken.

Tom reed naar huis en koesterde zijn melancholie. Morgen heel vroeg de peren, de nectarines. Terwijl Beau zichzelf zat te krabben aan de voet van de ladder.

De taal die Tom op de etalageruit van de winkel had bestudeerd, de taal die hem zo had verwonderd, was Hebreeuws. Vertaald in zijn eigen taal zou er staan: AAN DE GOD VAN DE HOPELOZEN, ZEGEN DEZE WINKEL.

4

Tom hield in de gaten of de boekwinkel vooruitgang boekte. Nauwelijks, in de loop van veertien dagen. Het was niet Toms gewoonte om naar dingen te vragen die hem niet aangingen, maar na de derde week brak hij met deze regel.

'Juice, de nieuwe winkel verderop in de straat.'

Juicy Collins stond Toms koteletjes te wegen.

'Hannahs winkel,' zei Juicy. En toen: 'Je moet op me letten wanneer ik sta te wegen, Tom. Ik had zomaar mijn duim op de weegschaal kunnen drukken. Daar ben ik niet te goed voor.'

Dulcie Nash, wier man het tankstation in de S-bocht bij de zaagmolen runde, maakte een snuivend geluid dat niet geheel als lachen klonk. 'Maak je geen zorgen, Tommy. Ik hou die boef wel in de gaten.'

'Met jou op de uitkijk kan ik wel inpakken, Dulcie. Hannahs winkel, Tom. Dame van het continent, zeggen ze.'

'Joods,' zei Dulcie, alsof dat ene woord een catalogus aan belangrijke informatie inhield.

'Klopt,' zei Juicy. 'Een Joodse dame. Van het continent. Wat, had je soms bezwaren, Dulce?'

'Ik? Nee. Of toch? Ik weet het niet.'

'Hoe lang is ze al in Hometown?' vroeg Tom. Hij meende de vrouw die Hannah moest zijn een paar dagen eerder te hebben zien dollen met Vince Price in de kruidenier annex slijterij. Er was bij hem een schetsmatige indruk achtergebleven van een goedgeklede vrouw, aantrekkelijk, een dikke bos donkere krullen met wat grijs erdoor.

'Hoe lang?' vroeg Juicy. 'Een jaar, Dulce? Langer?'

'Dat kan best. Ze zijn meestal erg op zichzelf. Ze zal de enige Jood in Hometown zijn.'

'Horry Green,' zei Juicy.

'Nee!' zei Dulcie. Met haar tas voor zich in haar handen geklemd zette ze een paar snelle pasjes naar Juicy's toonbank, waarop een stapel kranten lag. 'Is Horry een Jood?'

'Joodser dan Mozes,' zei Juicy. Hij had het pakketje met Toms koteletjes klaarliggen om het over de toonbank aan te reiken, maar vond het daar nog te vroeg voor.

'Horry? Nee! Mijn hemel, ik zou dat nooit van Horry hebben gedacht. Horry is Australisch!'

'Joodser dan Mozes,' zei Juicy weer.

Tom vroeg wanneer de winkel zou openen.

'Hij opent... wanneer? Vrijdag over een week?'

'Heb je haar gesproken?' vroeg Tom.

Juicy gaf hem de koteletjes en sneed toen een vertrouwd thema aan: 'Tom, snij een van je schapen in stukken, dan heb je voor drie maanden vlees. Ik heb je graag als klant, maar bespaar jezelf het geld, Tom-Tom. Ik heb het je al eerder gezegd, sukkel.'

'Doe dat, Tommy,' zei Dulcie. 'Bespaar jezelf dat geld.'

Tom hield niet van slachten. Hij sprak er nooit over.

'Heb je met haar gepraat, Juice?'

'Inderdaad.'

Juicy nam de slagersmuts af die hij altijd in zijn winkel droeg en zette hem toen weer op. Hij was tijd aan het rekken, aan het plagen.

'Zie je iets in haar, Tom? De sjeik van Arabië? Ik zal je iets vertellen.' Juicy boog zich naar Tom toe. 'Een figuurtje als Cleopatra.' Juicy tekende een gestalte in de lucht. 'Allemachtig, reken maar dat ik een paar oneerbare voorstellen heb gedaan. Geen beginnen aan. Ze zette me op m'n nummer als de schurk die ik ben. Maar een jonge kerel als jij. Whoe! Cleopatra van de Nijl. Een weduwe. De sjeik van Arabië, Tom. Klim op de dromedaris!'

Dulcie, die aandachtig had staan luisteren, boog zich over de toonbank en gaf Juicy een speelse klap op zijn wang. 'Wee je gebeente als je Tommy aan zo'n schepsel koppelt! Luister niet naar hem, Tom. Je hebt op dat gebied genoeg problemen gehad.' Ze tuitte haar lippen. 'Oud genoeg om je tante te zijn.'

'Vijfenveertig?' zei Juicy. 'Ik neem alle tantes van die leeftijd die in de aanbieding zijn.'

'Dat heb je al gedaan. Geef me zes cervelaatworstjes en laat Tommy met rust.'

Drie dagen later had het een haartje gescheeld of Tom was naar de stad gereden om te zien waar de boekendame mee bezig was. Op het laatste moment zette hij de motor van de pick-uptruck af, en hij bleef even voor zich uit zitten kijken, verbijsterd door zijn eigen gedrag. Hij stapte uit met een zucht, pakte een ladder en gereedschap, en richtte zich op het solderen van een gat in de goot boven het woonkamerraam. Wanneer het regende, drupte het water op de vensterbank; het was inmiddels onder de verf gekropen. Tom schuurde de vensterbank en bracht een laag rode loodverf aan op het kale hout. Samen met het solderen was het een goede twee uur werk. Terwijl hij stond te schuren en te kwasten, kreeg hij herhaaldelijk een kopstoot van een oude verwarde ram die hij als een vriend beschouwde, niet hard, gewoon uit genegenheid. En Beau op zijn beurt knauwde op een poot van de oude ram.

Tom vroeg zich hardop af: 'Wat moet ze in godsnaam

tegen je zeggen, halvezool? "Hallo, wat een mooi weer." Schei toch uit.' Hij was een praktisch mens en dacht nooit na over het lot, dingen die voorbestemd waren. Hij kon een motor uit elkaar halen, zich omringen met de duizend onderdelen, uitvogelen wat eraan mankeerde en de motor weer in elkaar zetten. Misschien dagdroomde hij weleens, maar hij wist dat dromen bedrog waren. Hij dagdroomde erover dat Peter ooit contact met hem zou opnemen. Een brief. Er zouden geen brieven komen. Peter zou zich meer aan zijn moeder gaan hechten en hem vergeten. Hij zou een godvrezend christen worden, en het zou Jezus zijn van wie hij hield. Tom bleef tegenwoordig – sinds Trudy – trouw aan wat waarschijnlijk leek. Hij joeg geen hersenschimmen na.

Alleen deed hij dat dus wel. Hij dacht overdag aan Peter en bedacht gebeden voor zijn geluk. Hij zei dan: 'Niks mis met Jezus. Hij mag Jezus hebben.' En dan dacht hij: ik rijd een dezer dagen naar Phillip Island en parkeer voor dat Jezuskamp. Ik kijk of ik een glimp van hem kan opvangen als hij naar buiten komt. Tom hoopte op niet meer dan dertig tellen. Daarna zou hij terugrijden naar de boerderij. Zes uur rijden, heen en terug. Zeker de moeite waard.

Het was middag toen hij klaar was met solderen, schuren en verven. Nadat hij het gereedschap had opgeruimd, zei hij bij zichzelf: 'Waarom niet nu?' Beau zou 's avonds een paar minuten tegen de schapen blaffen om hen eraan te herinneren dat de boerderij niet onbewaakt was. Hij kon Juliet Henty van de overkant voor deze ene keer laten melken. De merrie Josephine en de blinde pony Stubby, die hij van de Clissolds had overgenomen, zouden zichzelf wel redden in het eikenweitje, zolang ze maar zijn koplampen zagen als hij terugkwam. Stubby was het enige wat Josie in haar leven verlangde.

Hij nam een sandwich met lamsvlees en een fles thee mee, hield dezelfde kleren aan en reed de Melbourne Road naar de snelweg op. Hij had de oude Studebaker gepakt die oom Frank hem had nagelaten, om die eens goed op z'n staart te trappen nu er nieuwe ringen en klephoedjes in zaten. Hij dacht tijdens het rijden aan Peter, aan momenten waarop hem was ingevallen: beter dan dit kan niet. Peter met zijn stok boven het omgedraaide pannetje, op de uitkijk voor slangen. 'Wanneer komt er een slang, Tom?' Hij wilde op het pannetje roffelen, alarm slaan.

Maar Tom dacht ook aan de nieuw-Australische dame. Die Joods zou zijn. Hij wist niets over Joden, behalve dat ze in de oorlog van het kastje naar de muur waren gestuurd. Hij kende Horry, uiteraard, bij wie je kon wedden op de races in de stad, alles netjes geregeld met de politie, met name met Kev Egan op het bureau, die zelf ook wel van een wedje hield. Horry was wat mensen kek noemden. Mooie pakken, hoeden met een smalle rand. Op belangrijke racedagen in Flemington, Caulfield en de Valley liep Horry in een groenfluwelen vest met gouden knopen door Hometowns winkelcentrum, met in zijn kielzog een jonge klerk die gefluisterde inzetten noteerde in een notitieboekje dat hij op tien centimeter van zijn neus hield.

Mensen gooiden munten in de doos van de plaatselijke brandweer op de Zaterdagse Zangavonden in de River Queen om Horry voor de open haard in de saloon de strijd te horen aangaan met Juicy. Horry's bariton, Juicy's tenor. Horry zong 'On the Road to Mandalay', 'Goodbye' uit *The White Horse Inn* en 'White Christmas', en Juicy kwam met 'Your Cheatin' Hart', 'Cool Water' en 'Let's Call the Whole Thing Off'. Meestal won Juicy het duel door algemene bijval, vanwege het vibrato dat hij in de E boven de centrale C wist te leggen. Hij zei dan: 'God heeft het goed voor met de baritons' en stopte zijn prijs van twaalf shilling onmiddellijk in de doos van de brandweer.

Misschien had de Joodse dame iets van Horry's flair. Toen Tom haar die keer met Vince Price in het supermarktje had gezien, had ze zich twee tellen naar hem omgedraaid. Ze had gezien dat hij naar haar keek, naar hem geglimlacht en haar hoofd scheef gehouden. Twee tellen.

Hij kwam bij de stad, met zijn duizenden en duizenden mensen, met zijn krankzinnige verkeer, en reed toen verder over de Nepean Highway, hele stukken in zijn drie. Langs beide kanten van de weg stonden winkels, en elke winkel had zijn uithangbord. De winkels en de uithangborden en het gewoel bedrukten hem. De jaren op de boerderij hadden hem veranderd. Een maand geleden, toen hij op een ladder de appel-, de nectarine- en de perenbomen stond te snoeien, voelde hij zijn hart zoeken, zelfs terwijl hij ongelukkig was, zelfs terwijl er tranen in zijn ogen opwelden bij de gedachte aan Peter. Wat had je hier te zoeken?

Om kwart voor drie 's middags stak hij de brug bij San Remo over, de hemel een hoog hardblauw, de zon nog steeds heet hoewel het inmiddels halverwege de herfst was. Magere diep gebruinde jongens sprongen vanaf de reling in het vloedwater onder de brug. Op de stoel naast hem lag een stukje papier met daarop het adres van de kerk aan de hoofdweg buiten Cowes.

Hij vond de twee gebouwen van Jezus Genade op een kaal stukje grond zo'n vijftig meter van de hoofdweg. Een bord achter een laag hek van harmonicagaas kondigde ze aan als de Kerk van Jezus Genade en de Kerk van Jezus Genadeschool. Een groter bord dat iets verder naar achteren stond, vermeldde slechts JEZUSKAMP. Pastor Gordon Bligh werd als schoolhoofd genoemd. De gebouwen waren precies hetzelfde: grijs eterniet, schuine roestbruin geverfde daken. Op de nok van het gebouw dat dienstdeed als kerk verhief zich een houten kruis dat verweerd was tot wrakhout-grijs. Het kruis was te groot, te pompeus voor de bescheiden afmetingen van het kerkgebouw.

Tom had het zo gepland dat zijn aankomsttijd samenviel met het einde van de schooldag, ervan uitgaande dat Jezus Genade dezelfde uren aanhield als de lagere school van Hometown. Hij had alleen die dertig tellen nodig. Hij besefte dat hij Trudy misschien ook zou zien, maar daar zat hij niet mee. De grote verwondingskracht die Trudy ooit had, was geweken. Hij keek toe vanuit de Studebaker, raampje omlaag.

Om halfvier begonnen er, zonder waarschuwende bel, kinderen door de voordeur te dwarrelen, van allerlei leeftijden, en daar had je hem, Peter, in een donkerblauwe schooltrui en een grijze korte broek. Tom stak zijn hoofd uit het raampje om naar hem te roepen, maar bedacht zich. Toch was het heerlijk om hem daar te zien schuifelen, zijn hoofd omlaag, enigszins afzijdig, een hand om het handvat van zijn leren schooltas geklemd. Tom zei: 'Doen ze hier niet aan haren knippen?' Zelfs van een afstand zag Peters haar eruit als de opgezette kuif van een zwarte kaketoe. Tom beet op zijn lip, voelde de schreeuwende behoefte om uit te stappen, op hem af te benen, te hurken en de jongen in zijn armen te laten vliegen.

Peter kende de Studebaker. Hij had Tom vaak genoeg met de motor geholpen, hem zinnetjes autopraat geleerd. 'Is de carbu kapot, Tom? De timing klopt niet, hè? Zwarte rook uit de uitlaat, Tom! Niet goed.' Toen hij bij het hek was, keek hij op en zag de auto, crème en rood, de karakteristieke grille. Zijn gezicht lichtte op van vreugde. Hij liet zijn schooltas vallen, stormde door de poort en rende met bonkende passen op zijn zware kistjes naar de passagierskant van de auto. Hij wrikte het portier open, klom naar binnen, trok het portier dicht en wierp zich in Toms armen. Hij zei: 'Rijden, Tom! Rij weg!'

Tom kuste hem, probeerde zijn haar glad te strijken, maar terwijl hij dat deed vertelde hij de jongen dat hij niet kon gaan rijden, niet weg kon gaan. Peter klampte zich aan hem vast, greep handenvol overhemd.

Er verscheen een gezicht voor het passagiersraampje, een groot gezicht, brede glimlach. De man, wie hij ook mocht zijn, wit overhemd met korte mouwen en bretels, gebaarde met zijn hand dat Tom het passagiersraampje moest opendraaien. Peter bleef zich aan hem vastklampen toen Tom zich over de bank boog en aan de hendel draaide. De man duwde zijn hoofd en schouders naar binnen.

'Je laat die jongen gaan,' zei de man. Zijn gezicht was knalrood; zweet druppelde over zijn voorhoofd vanuit een grote dos wit haar. 'Hoor je me? Je laat die jongen gaan.' Zijn glimlach week niet van zijn lippen.

'Wij gaan nergens heen,' zei Tom. 'Ik ben Tom Hope. Ik ken deze jongen.'

Peter spoorde Tom opnieuw aan om weg te rijden, zijn stem verzwakt tot een gepiep.

De man trok zijn hoofd terug en opende nu het portier van de Studebaker. Hij stak zijn armen naar binnen, pakte Peter met twee handen vast en tilde hem uit de auto. Tom schoof over de voorbank en stapte uit langs de kant van de weg. De man stond met Peter onder een arm; de armen en benen van de jongen hingen slap omlaag. Het was een grote man met een brede borst en sterke onderarmen. Zijn gezicht was gegroefd door de jaren maar knap, behalve de stralend witte lach – misschien een kunstgebit – die eerder dreigend dan vriendelijk was.

'Deze jongen heeft een paar jaar bij mij gewoond nadat zijn moeder hem in de steek liet,' zei Tom. 'Ik ben geen vreemde.' Hij probeerde te vermijden dat zijn stem verontschuldigend klonk.

De man knikte. 'Ga nu maar,' zei hij. 'Ga nu maar, Tom Hope.' Zijn glimlach verzaakte niet.

Peter had intussen Toms veiligheidsgordel vastgegrepen. Tom werkte zijn vingertjes los. Hij tilde Peters kin op en keek hem recht aan. 'De man heeft gelijk, Peter. Ik ben niet je vader. Ik had niet moeten komen. Ik wilde je alleen maar even zien. Maar dat was verkeerd.'

'Ga nu maar, meneer Hope,' zei de man. 'Ik ben hier de pastor. Ik zal contact opnemen met de politie.'

Een handjevol kinderen en drie volwassenen keken vol aandacht toe bij het schoolhek. Trudy en haar zus en moeder waren er niet bij. De predikant knikte in de richting van de Studebaker. Tom stak zijn hand uit om in Peters haar te woelen, maar nu die onder de arm van de pastor hing, bedacht hij zich. 'Ik kan maar beter gaan, makker.'

Toen hij de weg op draaide en wegreed, zag hij hoe Peter, die weer op beide benen stond, werd afgevoerd. De pastor bukte zich en raapte Peters schooltas op. De kinderen en de drie volwassenen gaven Peter klopjes op zijn rug, alsof ze hem troostten.

Hij kwam om zeven uur 's avonds thuis; de drie uur durende rit van het eiland naar de boerderij had in het teken gestaan van boze spijt. Het was dom geweest. Peter zou nu overstuur zijn. Hij had verder weg moeten parkeren. Hij had beter niet met de Studebaker kunnen komen. Misschien zou de politie bellen. Wat kon hij zeggen? 'Ik wilde Peter zien. Nee, hij is niet mijn zoon. Nee, geen familie.'

O, maar wat was het fijn geweest om de jongen te zien.

'Rijden, Tom! Rij weg!' Ja, Peter, maar waarheen? We horen nergens bij. En je snapt het standpunt van de wet. 'Ik hou van hem, zij niet, geef hem aan mij.' Schei toch uit, Tom.

De paarden, Josephine en blinde Stubby, stonden te wachten bij het hek. Tom toeterde naar ze. Ze gooiden hun hoofden op van plezier en liepen langs het hek met de auto mee naar de achterste poort. Tom liep de schuur in en kwam terug met voor beide dieren een appel in zijn hand, gebutste appels die hij apart hield van de oogst. Beau leed op de voorste veranda onder zijn eigen gehoorzaamheid, ervan doordrongen dat hij moest wachten tot hij werd geroepen.

'Beau! Kom overeind, vriend! Kom!'

De hond vloog de trap af en bereikte Tom zonder dat zijn poten de grond raakten, zo leek het. Hij sprong tegen Toms schouder op en duwde zijn neus in diens oor, waar hij met klikkende tanden aan begon te lebberen. De schapen waren op de heuvelweiden onder de rotsblokken gebleven, wat goed was. Tom voerde de paarden elk een schep graan en pakte voor Beau een blikje hondenvoer uit de kast op de achterste veranda. En daar lag, half onder de deur geschoven en half eronderuit stekend, een stukje papier dat precies in vieren was gevouwen. Hij vouwde het open en las in het laatste avondlicht wat er geschreven stond.

Beste meneer Hope,

Ik ben Hannah Babel. U kent me niet, maar ik woon al een tijd in dit stadje. Ik wil een boekhandel openen in het winkelcentrum en heb iemand – u – nodig voor een klus. Ik wil een uithangbord ophangen en kreeg te horen dat het moet worden gelast. Meneer Collins van de slagerij zegt dat u dat soort dingen kunt, en dus schrijf ik u. Ik heb geprobeerd u vanmiddag te bellen, vergeefs, dus ben ik naar u toe gegaan.

Zou u me willen bellen op het nummer boven aan dit papier? Anders komt u morgenmiddag in de winkel langs, voor vijven. Misschien voor een 'bakkie'? Ik schuif dit onder de achterdeur omdat mensen zeggen dat de voordeur de 'zakelijke kant' van een boerderijwoning is. Maar voor alle zekerheid zal ik dit briefje overschrijven en er ook een onder de voordeur stoppen.

En een handtekening; boven aan het papier en vetgedrukt:

Hannah Babel muziekdiploma Muziekinstituut Boedapest
Fluit- en pianolessen op afspraak
Harp Road 5 Hometown Telefoon Hometown 0817

En inderdaad, er zat ook een briefje onder de voordeur, met precies dezelfde tekst, plus nog het volgende: *Uw hond is erg vriendelijk!*

Tom zat met de briefjes aan de keukentafel. Hij las ze allebei twee keer, trok een blikje bier open, stak een sigaret op en las ze nog eens. Buiten liet de grote witte uil die 's nachts op de achterste dakspanten van de oude schuur neerstreek om de negentig seconden zijn drietonige roep horen. Tom hief zijn hoofd en luisterde. Zijn oom had hem verteld dat het geluk bracht als er een uil in de buurt roestte. Hij had dit ooit aan Trudy verteld, en zij zei toen dat zijn oom zich had vergist. Het bracht ongeluk. Dat wist iedereen, zei ze.

5

Jasje en een das? Tom probeerde zijn corduroy jasje op een wit overhemd met blauwe das. Hij bekeek zichzelf in de spiegel aan de binnenkant van de kastdeur. Hij schrok van de uitdrukking op zijn gezicht: alsof hij naar een begrafenis ging. Hij probeerde een glimlach, nog een, een reeks glimlachjes van verschillende breedtes, en wapperde toen geërgerd met zijn handen. Waar was hij in godsnaam mee bezig? Hij ging naar mevrouw Babel om een lasklus te bespreken. Waarvoor had hij dan in vredesnaam zijn corduroy jasje, overhemd, das en bruine pantalon nodig? Hij rukte het jasje uit, ontdeed zich woest van de das en het overhemd, legde de broek op het bed en trok zijn werkbroek en groene, keper overhemd weer aan. Hij gaf zichzelf een tik tegen de zijkant van zijn hoofd. Zou hij dan nooit – nooit! – verstandig worden? Nou?

Hij reed binnendoor naar de stad omdat die route ongeveer een minuut langer duurde. Hij had tijd nodig om na te denken. Of beter: om zichzelf te berispen. Hij vroeg zich af waarom hij zich zo gedroeg. Die mevrouw Babel – Hannah – had een klus voor hem. Ze was slechts geïnteresseerd in zijn kwaliteiten als lasser. Ze zou hem echt niet meevragen naar de film. Ze was een muzieklerares, jaren ouder dan hij. Dus waarom, Tom? Kon hij die simpele vraag beantwoorden: waarom? Hij wist niets van muziek. Beethoven. Nelson Eddy. Beethoven was de grote favoriet van oom Frank; hij had hem ruim twintig langspeelplaten nagelaten. Een buitenlandse kerel met een viool. En o – nu herinnerde hij het zich weer – die fiedelaar was ook Joods. Dat had oom Frank gezegd toen hij de naam verklaarde.

'Een Joodse gabber op de viool, dat zijn ze vaak.'

'Wat zijn ze vaak?'

'Musicus. Violen, piano's.'

Het was iets geks van oom Frank, iets heel geks dat hij al die platen had. Hij leunde achterover in zijn leunstoel en sloeg met de artritische vinger die hij niet kon strekken de maat in de lucht. 'Luister, Tom. Hoe doet een mens dat? Nou? Hoe doe je dat met een viool?'

Toms interesse zou niet minder zijn geweest als zijn oom naar een opname van piepende deuren had geluisterd.

Hij trof Hannah aan in haar winkel in wording, waar ze de werking van een oude kassa, een ouderwets gevaarte, probeerde uit te vogelen. Het was die dag zo warm dat ze een gele zomerjurk met een patroon van kleine rode bloemetjes had aangetrokken. De jurk liet veel van haar boezem zien, en ze droeg hoge zwarte pumps, alsof je je als winkelier stijlvoller moest kleden dan welke vrouw in de omgeving ook. Tom wist meteen dat de boezemonthullende gele jurk funest voor haar reputatie in Hometown zou zijn en jammerde zachtjes. Die bos haar, die dikke massa krullen. Het grijs dook slechts hier en daar op.

'Meneer Hope! Wat fijn om u te zien. Help me eens met dit ding. Als ik op de toetsen druk, zo, gebeurt er niets. Niets! Doet u het maar.'

Ze duwde hem zachtjes naar de kassa, legde haar handen op zijn schouders en zette hem voor de toetsen. 'Goed. Ben ik opgelicht, meneer Hope? Denkt u dat? De man in de winkel waar ik hem heb gekocht, zei: "Een kind kan de was doen." Een Griekse man, vlak bij Victoria Market in de stad. Een Griek. Pas op voor Grieken met koopjes.'

'Pardon?' zei Tom.

'Krijg hem aan de praat, meneer Hope. Madame Babel ligt op haar knieën, ze smeekt u. Maar hij is wel heel erg mooi. Is hij mooi? Ik vind van wel.'

Toms aandacht werd getrokken door een beweging bij een van de stapels dozen. Het was een geel vogeltje dat boven op de bovenste doos zijn veren opschudde. Toen Tom de vogel zag, zag de vogel Tom. In een beweging die te snel was om te volgen, zat hij op zijn schouder.

'Hoei!' zei Hannah Babel, en ze lachte opgetogen. 'David, wat ben je opeens vrijpostig! Meneer Hope, hij heeft u uit duizenden gekozen. Zeg iets tegen hem. Wees zijn vriend.'

Tom draaide blozend zijn hoofd naar het vogeltje en zocht koortsachtig naar iets om te zeggen. Ten slotte zei hij: 'Hallo kereltje.'

De vogel hipte boven op Toms hoofd.

'Hé!'

'Ontspan je,' zei mevrouw Babel. 'Hij is geen adelaar, meneer Hope. Hij zal u geen kwaad doen. Fluit voor hem. Hij heet David.'

Tom probeerde een paar tonen van 'Mary Had a Little Lamb'.

'Probeer het in C-majeur, meneer Hope,' zei mevrouw Babel. 'Werk binnen uw beperkingen.'

De vogel fladderde op van Toms hoofd en streek neer op Hannah Babels schouder. Hij had een oprechte blik in zijn volmaakte oogjes. 'Ook David komt van Victoria Market,' zei ze. 'Ik was daar ongeveer een maand geleden voor boekenkasten in Abbotsford Street. Die Griek. Ik liep over de markt waar ze vogeltjes verkopen, u kent het wel, de huisdierenmarkt? En geloof het of niet, ik kwam naar buiten met David op mijn schouder. Kunt u een voorspoediger teken bedenken, meneer Hope? Vriendjes geworden met een vogel.'

Tom vermoedde dat 'voorspoedig' betekende dat iets geluk bracht. Hij zei: 'Mooi.'

'Hij ging met me mee in de auto en zat de hele weg naar huis op het dashboard. Kunt u het zich voorstellen?'

'Mooi. In de auto. Mooi.'

Hannah bood de vogel een vinger aan en zette hem weer boven op de stapel dozen.

'Wilt u iets voor me lassen? Zal ik u Tom noemen?'

'Ja, graag.'

'En dan noem jij mij Hannah.'

Madame Babel – Hannah – liet Tom de klus zien. Aan de veranda van de winkel hing een rechthoekig metalen frame waarin een uithangbord paste. De vele mislukte bedrijfjes die de winkel eerder had gehuisvest, hadden allemaal een uithangbord gehad, dat steeds door de verschillende eigenaren uit het frame was verwijderd toen de totale nederlaag niet meer ontkend kon worden. Hannah had van Juicy Collins gehoord dat het frame voor die uithangborden er slecht aan toe was en dat het opnieuw vastgelast moest worden aan de ijzeren ophanging waarmee het aan het dak van de veranda vastzat. Tom haalde een trap uit de laadbak van de pick-uptruck en klom omhoog om te zien wat de schade was. Hij krabde met de punt van een schroevendraaier wat roest weg, keek kritisch naar wat het onderzoek had blootgelegd, maakte een paar bezorgde klokgeluidjes, van het soort dat ambachtslieden altijd lieten horen, ongeacht het werk, en riep naar Hannah: 'Juicy heeft gelijk.'

'Zei je "Juicy"?'

'Meneer Collins. Bob Collins.'

'Ah!'

Hannah, die naar het westen gericht stond, schermde haar ogen af tegen de middagzon. Ze glimlachte alsof zijn beoordeling van haar uithangbord haar oprecht verheugde. Wat logisch gezien onmogelijk was, tenzij alles haar verheugde. Omdat Hannah glimlachte, glimlachte Tom ook. Een paar tellen lang glimlachten ze naar elkaar, voor elkaar, met de ongedwongenheid die we soms ervaren voor er intimiteit is.

Toen besefte Tom waar hij mee bezig was, en hij zette weer het gezicht van een verontrust vakman op. Een frons, hoofdschudden, een bezorgde blik in zijn samengeknepen ogen.

'Tsja, ik weet het niet,' zei hij.

Hannah zei: 'Wat is er? Onmogelijk? Het lassen?'

Tom zei: 'Tsja, ik weet het niet. Misschien.' Hij krabde met de punt van de schroevendraaier boven zijn rechterslaap. 'Misschien,' zei hij.

Hij kwam van het trapje af en deed nog altijd alsof hij volkomen opging in het probleem van het roestige frame. Hannah was blijven glimlachen. Ze stak haar hand uit en plukte een schilfertje roest van de schouder van Toms keper overhemd. Ze stond ongeveer een armlengte dichter bij hem dan mannen en vrouwen in Hometown gewoonlijk deden. In Melbourne, meer algemeen in Australië. En die glimlach. Ze legde haar hand even lichtjes op Toms borst, boven zijn hart.

'Bakkie?' vroeg ze. Ze sprak het woord uit alsof ze er de spot mee dreef. 'Bakkie, Tom Hope? Ik heb speciale Hongaarse thee. Magyaarse vruchtenthee. Kom binnen.'

Op de vloer stond bij het stopcontact een waterkoker. Een zakje suiker, twee kop-en-schotels, een half flesje melk, een porseleinen theepot, knalrood, een theebus, theelepeltjes. Hannah hurkte neer bij de waterkoker op een manier waarbij haar elegantie intact bleef.

'Welnu, wat is je vonnis, Tom Hope?' zei ze. 'Kan het bord gerepareerd worden? Vertel.'

Tom stond schutterig tussen de dozen en wierp om de haverklap een blik op de gele vogel, bang dat hij weer een roest zou worden. Al sinds zijn kindertijd leed hij nu eenmaal onder het gevoel dat hij overkwam als een idioot. De vogel bestudeerde hem plagend, met zijn kopje schuin.

'Tja, ik zal die ophanging moeten vervangen,' zei hij terwijl Hannah glimlachend naar hem opkeek naast de borrelende waterkoker. 'Roest kun je niet lassen, mevrouw Babel. Maar ik kan wel... pardon?'

'Hannah,' zei Hannah. 'Je moet me Hannah noemen. Oké?'

'Ja, ja, Hannah, sorry. Ik bedoel dat ik die stangen door nieuwe kan vervangen, als jou dat wat lijkt. Pardon?'

'Dat doet het,' zei Hannah weer. 'Het lijkt me wat, Tom Hope. Zeer zeker.' Hannah schepte theeblaadjes in de pot. 'Hongaarse thee. Goed voor je teint. Glanzende huid. Heb je weleens Hongaarse thee gedronken? Vruchtenthee?'

'Nee, nooit. Nee.'

'Mijn vriendin stuurt me die vanuit Boedapest. We doen geen suiker of melk in dit soort thee. Maar ik moet het je wel vragen. Suiker en melk?'

'Nee,' zei Tom, met een aan zekerheid grenzend voorgevoel dat de thee die hij zo dadelijk zou krijgen een beproeving werd. 'Nee, ik hoef niks.'

Hij kon maar beter blijven praten om Hannahs moeilijke opmerkingen te vermijden, dacht hij, en daarom vertelde hij dat dit de oudste winkel van het stadje was, negentig jaar geleden gebouwd, met dat glas in lood aan de zijkant en in het bovenlicht boven de deur. En de lijsten van de vensterruiten waren van koper. Als Hannah het patina met

staalwol wegschuurde, zou het koper gaan glimmen.
'Wat staalwol doet ze goed, mevrouw Babel...'
'Hannah. Hier is je thee. Laat hem wel even afkoelen.'
'Hannah. Sorry. Dat doet ze goed, Hannah. Patina, dat groene spul. Patina.'
Hannah stond voor hem met haar kop-en-schotel. Ze hield het theekopje omhoog en draaide het een stukje naar links en rechts. 'Het kopje komt ook uit Boedapest,' zei ze. 'Zie je het patroon? De bloemen en de vogels? Zie je hoe mooi dat is?'
Tom zei: 'Hm.'
'Wanneer kun je aan het werk beginnen?'
'Wanneer? Tsja. Wat zou jij willen?'
'Nu.'
'Nu?'
De thee was afschuwelijk. Tom nipte eraan, maar nauwelijks.
'Niet zo lekker?' vroeg Hannah. 'Vind je het vies?'
'Nee! Nee! Heerlijk.'
'Je vindt het smerig. Dat geeft niet. Ik vind het zelf ook smerig. Alleen voor de teint. Kun je meteen beginnen?'
Tom reed terug naar de boerderij om het lasgerei te halen, kwam terug, sneed stalen stroken voor de nieuwe ophanging en laste het frame op zijn plaats. Tegen die tijd was het halfzes, het licht begon te wijken. Hannah vroeg hem of hij ook nog wat boekenplanken voor de winkel kon maken. Verscheurd tussen zijn drang tot zelfbehoud en zijn genegenheid voor deze dame van het continent, zei hij dat hij de planken zou maken. Hij zou de zaak opmeten en de volgende dag terugkomen. Als ze ceder wilde: hij had een hele stapel in zijn werkplaats liggen.
'Ceder. Goed,' zei Hannah. 'Dus je komt morgen terug? 's Ochtends? En tot drie uur. Daarna krijg ik leerlingen.'

De gele vogel was neergestreken op Hannahs schouder. Hij draaide zijn kopje snel alle kanten op, zijn oogjes op Tom gericht. Opeens liet hij een riedeltje horen; het geluid vulde de winkel.

'David! Ja, ik begrijp het, schatje, ik begrijp het heel goed.'

En tegen Tom: 'David vindt je aardig. Dat zei hij daarnet.'

Tom knikte. Hij had geaccepteerd dat Hannah stapelgek was. Hij mocht haar er geen greintje minder om.

'Eén ding, mevrouw Babel. Hannah. Sorry. Eén ding, Hannah. Ben je niet bang dat je verlies gaat lijden? De mensen in Hometown lezen geen boeken.'

Hannah sloot haar ogen en verbreedde haar glimlach. Ze sloeg haar ogen weer op. 'Ze zullen lezen. Ze zullen naar madame Babel komen. Maak je geen zorgen.' Ze stak een hand uit en legde die op Toms wang. 'Je hebt een mooi gezicht, Tom Hope. Wist je dat?'

Wat kregen we nu? Toms mooie gezicht liep rood aan tot aan de haargrens. Hij probeerde iets te zeggen. Zijn mond ging open; er kwam geen geluid uit. Toen: 'Niet waar.' Hij nam Hannahs hand weg, gaf die aan haar terug.

Ze lachte zachtjes. 'Morgenochtend,' zei ze. 'Ceder.'

Toen hij terugreed in zijn pick-up zei Tom hardop tegen zichzelf: 'Is ze gek?' Dat moest ze wel zijn. Je hebt een mooi gezicht. Grote god! En toch... en toch wat? En toch had ze hem blij gemaakt. Zoals ze steeds in beweging was, in haar handen klapte, lachte, zijn arm aanraakte, haar gele jurk gladstreek over haar heupen. Hij voelde zich een groot rotsblok als hij met haar praatte, maar ze was in hem geïnteresséérd, zo voelde het. Nog nooit had iemand hem het gevoel gegeven dat hij interessant was.

Iets anders. Tom vond zichzelf niet opmerkzaam of slim. Hem vielen geen dingen op. Hij verzúímde ze op te merken. Maar toen hij zich mevrouw Babels – sorry, Hannahs – gezicht voor de geest haalde, zoals nu, haar ogen, haar groene ogen, begreep hij dat ze leed.

Die brede glimlach, alle tanden bloot, eentje aan de zijkant een beetje verkleurd; maar ze leed.

Hij had geleden. Op dezelfde manier? Hij wist het niet.

6

De trein was gedurende de drie dagen van de reis wel twintig keer gestopt, misschien nog vaker, soms urenlang. Deze keer voelde het anders.

Door het kleine raampje boven in de wagon kwam geen licht. Hannah vermoedde dat het ver voorbij middernacht was, maar nog voor de dageraad. Alle polshorloges en zakhorloges waren aan het begin van de reis afgegeven. Het enige uurwerk in de wagon, een zwart emaillen wekker met een witte wijzerplaat, was van een oude vrouw met een te groot kunstgebit uit een stadje in de buurt van Boedapest. Ze had hem regelmatig uit haar leren koffer gehaald om hem op te winden. Anderen riepen naar haar: 'Madame, de tijd!' Ze hield het klokje boven haar hoofd zodat iedereen het kon zien. Maar het opwinden was niet geestdriftig genoeg gebeurd, en de wekker was gestopt. Hannah probeerde de tijd bij te houden in haar hoofd, maar er waren ook momenten dat ze wegviel en wist dat ze sliep, terwijl ze zich tegelijk van alles bewust bleef. Ze zei zelfs tegen Leon: 'Neem Michael, ik slaap.' En Leon nam het kind van haar over en liet zijn vrouw staan; de schouders van hen die tegen haar aan gedrukt stonden hielden haar rechtop.

Op de een of andere manier kondigt een bestemming zichzelf vaak aan. Hannah en de anderen in de wagon, bijna allemaal met kinderen onder hun hoede, voelden aan de stilte dat de trein hen tot hier en niet verder zou brengen. De andere keren dat hij gestopt was, hoorde je eerst vijf minuten niets, dan een knarsend geluid gevolgd door een abrupte schok, waarop de grote ijzeren massa van de trein schoorvoetend tot stilstand kwam. Soms hoorde je een stem en een antwoord. De trein kwam vervolgens weer in beweging, trager dan op wandeltempo, en won geleidelijk aan snelheid. Er klonk het regelmatige gebonk van de wielen over de bielzen, de reis ging verder. Even was er de opluchting dat je nog niet was aangekomen; dan volgde de vrees omdat de aankomst nog zou volgen. Op de eerste dag van de reis had Hannah zich tot een man gewend die een bakkerij had in hun buurt in Boedapest, en fluisterend gevraagd: 'Wat gaat er gebeuren?'

De bakker Jacob Cahn had zijn wenkbrauwen opgetrokken en zijn mondhoeken omlaaggekruld. 'Ze gaan ons vermoorden,' had hij gezegd.

Nog een uur lang, volgens Hannahs telling, niets. Haar armen deden zoveel pijn dat ze dacht dat ze Michael zonder pardon op de grond zou laten vallen. En toch wist ze dat ze hem als het moest nog een uur kon vasthouden. Nog langer, twee, drie uur. Leon zei zachtjes: 'Laat mij hem nemen.' Hannah schudde haar hoofd. De hand van het jongetje reikte naar haar gezicht. Hij zei: 'Mama.' Ze suste hem.

Van de negentig mensen in de wagon kende Hannah er misschien vijftien, een paar uit de synagoge aan de Dohánystraat, een paar, zoals Jacob Cahn, uit de dagelijkse omgang. Het waren allen Joden, maar hadden ze daar iets aan? Samengepakt als ze waren, hadden ze anderen op de eerste dag hun behoefte zien doen in emmers, hadden ze elkaar horen huilen van uitputting, en dat zonder dat er ook maar enige intimiteit uit was voortgekomen, op een gedeeld besef van onrecht na. De onwil van haar hart om alle inzittenden van de wagon te omarmen ervoer Hannah als een falen. Ze wenste dat ze meer het soort Jood was dat zich verheugde in de band van het geloof.

In plaats daarvan dacht ze: als we sterven, laat me dan Michael vasthouden, de rest kan me niet schelen. Leon? Ja, ze zou om Leon geven als ze stierf, maar om Michael meer dan wie ook. Ze gaf ook om Jacob Cahn, die zo knap met haar had geflirt in de bakkerij, in het Engels dat hij zich gedurende een verblijf van twintig jaar in Londen, in Spitalfields, had eigen gemaakt. 'Bekoorlijke maagd, hoe kan ik u van dienst zijn?'

Ze kuste het kruintje van haar zoon: een vergissing. Want de jongen was weggegleden in een versufte toestand die hem de honger deed vergeten, en de druk van zijn moeders lippen, misschien iets krachtiger dan haar bedoeling was, wekte hem nu. Hij gaf een schreeuw. Ze zei dat hij stil moest zijn, eerst in het Hongaars en toen in het Engels. Ze had hem Engels geleerd, en om een of andere reden was het kind in die taal eerder geneigd te gehoorzamen. Andere kinderen in de wagon, geïnspireerd door Michaels rebellie, verhieven hun stemmen in solidariteit.

Leon zei: 'Geef hem aan mij.' Hannah liet hem het kind overnemen, maar griste hem toen terug. Als de deur van de wagon openging, wilde ze niet wild naar haar kind hoeven graaien.

En de deur werd geopend, een schuifdeur die met veel geweld tegen de zijkant sloeg. Honden begonnen hysterisch te blaffen, als op een boerenerf, alsof ze tussen de kippen de geur van vossen hadden opgepikt. Lichtbundels van zaklampen zwenkten over de gezichten van hen die in de wagon dicht opeen stonden. Hannah ontwaarde in het felle licht de silhouetten van honden die aan hun riem rukten. Er werden bevelen geschreeuwd, niet door één stem maar door een aantal. Duits was een van de talen die Hannah machtig was, en ze begreep de commando's: ga op de grond liggen! Ga liggen, godverju! Maar ook de mensen die geen Duits spraken, wisten precies wat er werd gezegd. Hannah moest Leons jasje vasthouden om overeind te blijven, zo hard werd er achter haar gedromd. Ze gleed naar de grond met Michael op haar arm en werd onmiddellijk richting een groep mensen uit de wagon geduwd. Koffers en tassen werden uit handen gerukt en op een hoop geslingerd. Twintig andere wagons werden tegelijkertijd uitgeladen, achttienhonderd mannen, vrouwen en kinderen.

Het was mei 1944. De dageraad zou vroeg zijn. Hannah schatte dat het ongeveer vijf uur 's ochtends was. Ze voelde een dringende behoefte om te zien waar ze was. Zo nu en dan zwaaide er een lichtbundel richting de locomotief en ving ze een glimp op van de rails, die zich recht uitstrekten, kaarsrecht. Ze greep steeds naar Leon maar werd heen en weer geduwd in het gedrang en kreeg hem niet te pakken. Er werd nu gecommandeerd dat mannen en oudere mannelijke kinderen een aparte groep moesten vormen. De soldaten – ze waren van de SS – grepen als voorbeeld de ene man na de andere en duwden ze richting de groep die ontstond. De honden steigerden van opwinding aan hun lijn.

Hannah riep: 'Leon! Echtgenoot!' In het licht van de zwaaiende zaklantaarns zag ze zo nu en dan zijn gezicht, steeds hoogstens een seconde. Hij zag er hulpeloos uit. Geen spoor van strijdbaarheid.

Michael probeerde met een gekmakende volharding zijn moeders gezicht naar zich toe te draaien. 'Ik vind die honden niet leuk.'

Hannah, die nog steeds probeerde Leon te ontwaren, keek Michael eindelijk recht aan. 'Hou je mond!' Toen begon hij natuurlijk te blèren.

Hannah riep in het Duits naar de dichtstbijzijnde ss-officier. *'Ist das Auschwitz?'* Haar stem reikte ver, zelfs in het kabaal van smekende stemmen. De officier keek haar recht aan met een geamuseerde nieuwsgierigheid in zijn blik.

'Ist das Auschwitz? Ja, das ist Auschwitz. So können Sie Deutsch?'

'Herr, ja, ich spreche Deutsch, ja.'

'Ja?'

'Herr, ja.'

'Sie sind ja Ungarisch, nicht wahr?'

Ja, ze was Hongaars.

De officier wenkte haar, beval haar hem te volgen. Hij leidde haar een stukje weg van de plek waar een andere ss-officier, kennelijk de hoogste in rang, de nieuw aangekomenen in twee rijen dirigeerde. De ene rij was veel langer dan de andere. De mannen werden in een derde rij geplaatst, verder weg. Hannah kreeg te horen dat ze op haar plaats moest blijven en geen voet mocht verzetten. De officier liet haar toen achter. In het ijle licht kon ze nu op enige afstand gebouwen onderscheiden.

Auschwitz. Het was de taak van Leons waarnemersgroep in Boedapest geweest om het Russische ministerie van Buitenlandse Zaken duidelijk te maken dat er in Auschwitz, en in tientallen andere kampen, talloze Joden gevangen werden gehouden. De Russen hadden die stelling onderschreven en hun oprechte medeleven uitgesproken. Het was jammer dat er niets kon worden gedaan.

Hannah wist niet of zij en haar zoon aan de dood konden ontkomen. Ze kon onmogelijk zeggen wat ze moest doen om allereerst Michael en op de tweede plaats zichzelf in leven te houden. Maar ze zou niet ongehoorzaam zijn aan het bevel van de ss-officier dat ze met Michael moest blijven waar ze was. Dat wist ze tenminste zeker.

Ze kon niet goed bevatten wat zich voor haar ogen afspeelde, maar het verschil tussen de twee rijen vrouwen leek te zijn dat in de ene vrouwen met kleine kinderen stonden, en ook bejaarde vrouwen, de grootmoeders. De andere rij, die dichter bij haar stond, bestond uit jonge vrouwen, moeders met dochters van ongeveer tien jaar en ouder. Het licht – het kon nog geen dageraad worden genoemd – was net helder genoeg om zichtbaar te maken wat er gebeurde: een grote verbijsterde drom mensen volgde de bevelen op van soldaten die mensen de ene of de andere kant op duwden, voortdurend schreeuwend als menselijke megafoons.

Te midden van het geschreeuw en geduw stond de hoge ss-officier in een staat van opperste zelfvoldaanheid, zo leek het. Hij was lang, knap en liet graag zijn helderwitte gebit zien. Zijn toewijzingsgebaar was een zwaaitje met zijn gehandschoende hand: jij daarheen, jij daarheen. De soldaten keken steeds welke rij hij aanwees, en alles wat ze deden, alles wat ze zeiden, was ongeduldig, beledigend en kortaf door het gezag dat ze hadden.

'Schiet op, klootzak.'

'Ben je verdomme soms doof?'

Hannah moest haar hand voor haar mond houden om tegenwerpingen te smoren toen de ss-soldaten mensen sloegen die niet meteen begrepen wat er werd gezegd. Ze dacht: luister even, houd je mond.

Zo ging het nog een uur of langer door. De hoge officier verloor niet één keer zijn zelfbeheersing. Het was alsof hij op het toneel stond en genoot van de rol die hij speelde. Twee keer liet hij een kort, nogal vrouwelijk lachje horen, maar zelfs terwijl hij lachte ging hij door met zijn feilloze routine. Jij daar, jij daar.

Niemand in Leons waarnemersgroep kon met zekerheid zeggen of de Joden die naar de kampen werden gestuurd vermoord werden. Ze hadden twee Boheemse Joden ondervraagd, mannen van in de twintig die beweerden ontsnapt te zijn uit Auschwitz en daarna naar Boedapest te zijn getrokken. Ze zeiden dat de Joden in het kamp werden doodgeschoten en begraven, evenals Russische krijgsgevangenen, Polen, anderen. Maar hun verhalen zaten vol gaten; er waren verschillende versies van hun ontsnapping en het aantal Joden in het kamp. De een zei tienduizenden, de ander al met al zo'n duizend. En ze waren allebei duidelijk stapelgek. Hun getuigenis werd genegeerd.

Er werd niettemin erkend dat er een uitroeiingsprogramma aan de gang was. In heel Europa waren Joden in groten getale vermoord in hun geboorteplaatsen, voor het oog van vele getuigen, van wie sommige camera's hadden. Als de Litouwers Joden in het openbaar vermoordden, de Polen Joden op stadspleinen doodknuppelden, net als de Oekraïners, Roemenen en de Duitsers zelf in elke stad, dan moest het waar zijn dat de ss de Joden vermoordde in de kampen.

Leon, een pietje-precies wat bewijs betrof, zei: 'Vermoedelijk.' Hij bracht zijn Russische vrienden echter niet aan het verstand dat kampen zoals Auschwitz voor moord waren bestemd.

Hannah, met een kind aan haar voeten dat nauwelijks wakker kon blijven, wist dat ze haar eigen twijfels moest opgeven. Ze geloofde dat de vrouwen met kleine kinderen bestemd waren voor een dodenakker, en dat ze hun kinderen slechts bij zich mochten houden om uitbarstingen van hysterie te voorkomen. De andere vrouwen met oudere kinderen, misschien werden die ergens tewerkgesteld, in het kamp of elders. Ze begreep het. Maar het was beter om te denken dat ze zich vergiste. Waarom stond ze hier apart met Michael? Omdat ze Duits sprak. Zeker weten. Maar zou het haar en haar zoon kunnen redden? Ze zou een jaar onafgebroken Duits spreken als het moest. Ze zou voor ze kruipen terwijl ze Goethe citeerde. Leon had in de trein tegen haar gefluisterd: 'Smeek niet als we moeten sterven.' Ze wilde hem in zijn gezicht slaan, hem bijten. Niet smeken? Natuurlijk zou ze smeken.

Een soldaat kwam met boze passen op haar af. Toen hij zo dichtbij was dat hij haar zou kunnen slaan, gilde hij: '*Was machst du denn hier, du Fotze?*' Wat doe je hier, trut?

Hannah antwoordde haastig dat zijn collega haar had bevolen op haar plaats te blijven.

De officier die de leiding had, zag hun gesprek. Hij riep met een muzikale stem die boven het lawaai uit kwam: '*Lass sie zu sein, Trotell!*'

De berispte soldaat liep terug naar de officier, maakte een snelle buiging en haastte zich weg. De officier beval een ondergeschikte zijn rol over te nemen en beende toen over het open stuk grond op Hannah af. Terwijl hij naderde, dacht ze: wat een ijdelheid. Want dat viel het meest aan hem op. Hij bleef glimlachend voor haar stilstaan, niet te dichtbij, veel langer dan zij. Het kleine spleetje tussen zijn voortanden gaf hem iets jongensachtigs, een tegenstrijdigheid.

'*Ich bin darüber informiert, gnädige Frau, dass Sie Deutsch sprechen.*'

Ja, zei ze, ze sprak inderdaad Duits; ze praatte door om aan te tonen hoe goed ze erin was. Ze had Duits geleerd van haar fluitleraar, die tien jaar in Berlijn had gewoond en een Weimar-versie van de taal sprak; elke zin was beladen met een milde ironie.

De officier was minder onder de indruk dan ze had gehoopt. Hij knikte zonder geestdrift en boog zich toen voorover om Michael beter te bekijken. Hij nam het gezichtje van de jongen tussen zijn in witte handschoenen gestoken handen en bestudeerde zijn ogen, heldergroen zoals die van

Hannah. Toen richtte hij zich weer op en pakte Hannahs gezicht op dezelfde manier vast. Hij gaf intussen commentaar in een zangerig Beiers Duits. *'Ja, das interessiert mich, muss ich sagen...'* Hij vroeg Hannah of ze Hongaarse was, of ze uit Boedapest kwam, of haar ouders ook uit Boedapest kwamen. Vreemd, dat zeker, maar ook fascinerend, zei hij.

Hannah wilde vragen wat er zo vreemd maar ook fascinerend was, maar durfde dat niet.

Toen zei de officier abrupt: *'Gut, hier bleiben'* – blijf hier – en hij liep terug naar zijn post: de Joden uit de trein nu de ene, dan weer de andere kant op sturen.

Ze liet Michael aan haar voeten zitten. Hij was inmiddels te moe om te klagen, te moe om aan honger en dorst te denken. Hij liet zijn hoofd tegen Hannahs been rusten en zei niets.

Vlakbij waren werkmannen bezig met de bouw van een nieuw hek: gegalvaniseerde metalen palen die in met een pikhouweel gegraven gaten werden gezet. De werklui droegen geen uniform, alleen overalls of wijde keper broeken. Ze schonken geen enkele aandacht aan de nieuwkomers die heen en weer werden geduwd, het gegil en gevloek. Drie rookten, de sigaret zat tussen hun lippen geklemd terwijl ze de gele klei weggroeven. Ze hadden op elke willekeurige plaats kunnen zijn. Twee rollen harmonicagaas en twee rollen prikkeldraad lagen klaar om tussen de palen gespannen te worden.

Hannah werd wakker.

Ze begreep niet dat ze even staande bewusteloos was geweest, maar ze was zich er in een flits wel van bewust dat er tussen haar laatste waarneming van de werkmannen en het huidige moment een andere toestand was ingetreden. En toen zat Michael niet meer aan haar voeten en sloeg de paniek als een woeste stroom door haar heen.

Ze rende naar de mensenmassa, bleef staan, zocht in het gedrang naar de jongen. Een van de ss-bewakers kwam op haar afgestormd, sloeg haar met de vlakke hand tegen haar slaap en greep de schouder van haar jas. Ze ontsnapte aan zijn greep en rende naar de werklieden. Ze vroeg in het Duits of ze Michael hadden gezien, een jongetje, drie jaar, grijze jas, grijze broek. Ze keken haar aan met wezenloze blikken die haar niets te bieden hadden.

'Bitte, ein kleiner Junge im grauen Hosen! Bitte!'

Een bewaker greep een handvol haar en sleurde haar terug naar de groep. Toen ze tegenspartelde, trok hij harder.

7

Het cederhout in Tom Hopes werkplaats diende ooit als de dakspanten, vloerdelen en architraven van Tony Crofts huis aan de rivier. Eind jaren vijftig stuwde een springvloed de rivier boven het niveau van de Salt's Flat en sloeg het huis van zijn poten. In plaats van het oude huis te herstellen, herbouwden Tony en Leanne het vijftig meter verderop in baksteen op een helling. Het oude huis verkochten ze voor een schijntje. Tom Hope kocht het hout in zijn tweede jaar op de boerderij, met het plan het te schaven en te verkopen. Het zware werk op de boerderij, die hij in zijn eentje moest bestieren, en de ramp met Trudy staken een stokje voor Toms project, maar het cederhout was van topkwaliteit. Elke plank was aan de onderkant gebrandmerkt met het Zwarte Varaan-logo van een gespecialiseerde zagerij op het plateau van Atherton. Planken in Hannah Babels winkel leek er een goede bestemming voor.

Hannah had al tien verschillende typen schappen gekocht, maar ging akkoord met Toms voorstel om ze allemaal weg te doen, behalve de boekenkasten met hun ruitvormige platen kristalglas in de deuren.

Tom zei: 'Rijen van overlangs gezaagd ceder langs drie wanden, helemaal tot aan het plafond, en een rij in het midden. Ik kan een koperen rail voor een schuivende ladder maken, zodat je bij de bovenste planken kunt. Misschien moet je daar de boeken zetten die niemand wil.'

Hannah zei: 'Niemand? Tom Hope, er is voor elk boek een liefhebber.'

'Echt waar?'

'Dacht je dat iemand twee, misschien drie jaar aan een boek gaat zitten schrijven en dat niemand er dan van houdt? Oké, ik klim op die ladder. Hang de planken op.'

Tom schroefde zijn tafelzaag en vandiktebank los van de vloer van de werkplaats en installeerde ze in het achterkamertje van de boekwinkel. Hij haalde er al zijn gereedschap naartoe, en ook potjes en doosjes met bouten, kraagschroeven, parkers en robuuste kruiskoppen. Er was een werkbank nodig, en hij zette iets in elkaar van essen- en rodegomboomhout van de boerderij, schroefde het ding vast in de houten vloer van de winkel. Hij stond om vier uur op om het melken achter de rug te hebben, inspecteerde de schapen en begon toen om acht uur met het werk in de winkel, nog voor Hannah uit de veren was. Hij nam Beau mee zodat het dier ook eens wat anders zag, en de hond zat tussen de houtkrullen met een nimmer wijkende uitdrukking van dankbaarheid in zijn ogen, tong uit de bek, kwispelende staart.

Tegen de tijd dat Hannah arriveerde, was Toms gezicht een landschap van houtstof waar het zweet ondiepe dalen in had uitgesleten. Het was Hannahs gewoonte om hem te begroeten met een kus op zijn stoffige wang, wat voor Tom zo vreemd was dat hij bij de eerste aanblik van zijn werkgever verstrakte. Maar het moment waarop lippen en vlees elkaar raakten werd al snel iets om voor te leven. Hij dacht: vergeet niet dat ze stapelgek is. Maar hij was natuurlijk verliefd op Hannah, tot over zijn oren, en zou alles van haar verdragen.

Later, na zeven dagen werken, vond Hannah het beter om Tom op de lippen te kussen.

Ze zette echte thee voor hem, Bushells, en bracht hem voor de lunch sandwiches van compact donker brood dat Tom nooit eerder had gezien en smerig vond. Hongaarse salami en Jarlsberg, piccalilly en in olijfolie gefrituurde tomaten en kool. Bij de eerste van die sandwiches dacht hij dat hij erin zou blijven, maar hij hield vol.

Hannah keek hoe hij at. Ze zei: 'Lekker?' en Tom zei: 'Mmm!'

Ze had elke dag een andere jurk aan, andere schoenen, niet altijd hoge hakken. En ze leek te beschikken over een hele schatkist aan broches en halskettingen, hangers en armbanden van goud, zilver en geëmailleerd koper. Ze verscheen elke dag verzorgd als een koningin op haar werk. Haar zware krullen waren soms opgestoken in een grote zachte knot boven op haar hoofd, die met kleurige plastic kammen was vastgezet. Nu de dagen met het naderen van de winter koeler werden, droeg ze soms een wollen plooirok en een dun truitje met een flamboyante sjaal.

Geen vrouw in Hometown kon aan haar tippen wat haar aandacht voor kleding betrof, en Tom was zich ervan bewust dat andere vrouwen haar alom minachtten omdat ze zich chic kleedde wanneer een simpele outfit volstond.

Niet alle vrouwen deden dat. Bev Clissold kwam in de winkel langs om Tom te begroeten, en als Hannah er was deed ze een stap naar achteren om haar kleding, gezicht en figuur te bewonderen. 'Ik steek er beschamend bij af,' zei ze. 'Moet je mij zien, in m'n schort.'

Het was vooral Hannah die praatte. Deels omdat Tom vastbesloten was haar niet te vervelen zoals hij Trudy had verveeld, deels omdat Hannah had erkend dat Tom de expert was in het inrichten van de winkel. Zijzelf kon weinig anders doen dan praten tot het tijd was om de boeken uit te pakken en de planken te vullen. Ze drentelde rond en keek toe hoe hij werkte, met haar rug tegen iets wat steun gaf, handen ineen, voeten gekruist. Ze leek in vervoering van bewondering. 'En die gaten, Tom, zodat je de hoogte van de planken kunt verstellen? Wat slim! Je gebruikt die... hoe noem je dat? Een waterpas? Je gebruikt die waterpas zodat elke plank recht is? Wat ben je toch zorgvuldig, Tom!'

Tom wist dat Hannahs vleierij in de plaats kwam van de bijdrage die ze niet kon leveren met hamer, schroevendraaier, tafelzaag en vandiktebank. Maar Hannah was er zo eerlijk in dat hij wel moest glimlachen. Hij zei: 'Hannah, dit is allemaal heel simpel. Het is geen tovenarij.'

Wanneer ze niet haar bewondering uitte over Toms timmerwerk, kletste ze over van alles en nog wat. Vaak over politiek. Ze volgde de hele rataplan – politiek, schandalen, rampen – en Tom had nog niet eerder iemand ontmoet die het allemaal serieus nam. Bij de Tramvakbond was politieke praat niet meer dan stammenstrijd of een serie lofredes voor Red Clarrie O'Shea, de vakbondsvoorzitter.

'Die Henry Bolte die op Chroesjtsjov lijkt, wie zou er op hem stemmen, Tom? Wie? Hij is een boef. Zien ze dat niet? Weet je wat ik in de krant las? Hij heeft een boerderij, en de weg is tot aan zijn poort verhard, daarna is het zand. Tot aan zijn poort. Op wie stem jij, Tom? Als je op die Henry Bolte stemt, zal ik bij je weg moeten.'

Tom, die niet goed wist of Hannah een grapje maakte maar blij was dat hij een antwoord paraat had, zei: 'Labour. Net zoals oom Frank.'

En boeken, ze praatte over boeken. Solzjenitsyn. Tom onderging waardig een verslag over *In de eerste cirkel*, net uit; ze had het in drie dagen uitgelezen. En toen begon ze over een nieuw boek van 'jullie Thomas Keneally'.

'Heb ik eigenlijk nooit van gehoord,' zei Tom.

'Hij is opgeleid tot priester, wist je dat niet? Waanzin.'

Ze keek hoe hij de voorkant van de cederhouten planken afschuinde met een handschaaf. Het hout zat stevig vast tussen twee bankschroeven op de werkbank.

'Ik wil dat je een boek uitkiest. Een roman, voor jou om te lezen.'

'Een boek? Okido,' zei Tom vrolijk, op de manier die hij had geoefend tijdens het eten van Hannahs sandwiches.

'Nou ja, ik heb er een uitgekozen,' zei Hannah.

'Prima.'

'Wil je de naam van de auteur weten?'

Hannah, wier plannen om van Tom een lezer te maken blijkbaar ver waren gevorderd, haalde van achter haar rug een Everyman-uitgave met groene kaft tevoorschijn. 'Charles Dickens,' zei ze. 'Heb je weleens van Charles Dickens gehoord?'

Tom legde de schaaf op de bank en fronste terwijl hij zijn best deed het zich te herinneren. 'Weet je, Hannah, volgens mij heb ik van hem gehoord. Jazeker. Charles Dickens. Oom Frank was nogal een lezer. Hij las me iets van Charles Dickens voor. Een paar bladzijden. Ik was, hoe oud? Elf? Twaalf? Heeft hij een boek over Kerstmis geschreven? Charles Dickens, over Kerstmis?'

'Inderdaad,' zei Hannah. Ze was verrukt. '*A Christmas Carol*. Dat klopt, Tom.'

Tom knikte, blij dat hij van Charles Dickens had gehoord, blij dat hij Hannah blij had gemaakt. Hij glunderde.

Hannah hield de rug naar hem op zodat hij kon lezen wat er stond.

'Grote... Grote verwarringen. Verwachtingen! *Grote verwachtingen*. Oké. Waar gaat het over?'

'Over leven,' zei Hannah. 'Over het mens-zijn, met alle hoop en angst die daarbij hoort. Tom, er staat je iets moois te wachten. Ik meen het serieus. Er staat je iets moois te wachten.'

'Zo is het. Ik zal me erop storten. *Grote verwachtingen*. Prima.' Hij sloeg weer aan het schaven.

Hannah onderbrak hem door een hand op zijn schouder te leggen en de spieren daar te strelen. Ze legde het boek op de werkbank, tussen de houtkrullen. Ze drukte zich tegen hem aan, haar lichaam vulde de contouren van zijn rug, en haar handen lagen gekruist op zijn hart.

'Ik aanbid je,' zei ze.

Ze waren sinds vijf dagen geliefden.

Het begon zo, op Harp Road, toen Tom met zijn zakmes de bladderende blauwe verf van de reling van de achterste veranda wegschraapte. Hij hoefde zich niet druk te maken om het schilderwerk van een huurhuis. Het was een gewoonte. Zien, repareren.

Hij droeg geen trouwring meer, zag Hannah. Al een week niet. Zijn linkerhand, bevrijd van de ring, rustte werkeloos op de reling. Ze strekte haar hand uit en sloot die over de zijne. Een minuut lang, of minder dan dat, reageerde Tom niet op wat Hannah had gedaan, had laten weten, maar toen hield hij op met schrapen en werd hij stil.

'Kom met me mee,' zei Hannah.

Ze kleedde hem uit in de slaapkamer; eerst knielde ze om zijn schoenen uit te trekken terwijl hij steun zocht tegen de hoge ladekast. Daarna stond ze op en knoopte ze zijn keper overhemd los, haar kruintje kwam tot zijn kin. Maakte zijn riem los, bevrijdde het achterpand van zijn shirt. Ze werkte zich door de knopen van zijn gulp, trok zijn kaki broek uit, ontdeed hem van zijn sokken en slip, en liet hem alleen zijn hemd aanhouden.

'Is dat een nieuw hemd?'

Tom deed een poging tot een gesproken antwoord, maar een soort blokkade in zijn keel dwong hem genoegen te nemen met een knik.

'Wilde je indruk op me maken?' Er klonk een glimlach in haar stem. 'Trek het uit.'

Zijn borst – het schaarse blonde haar dat erop groeide, de symmetrie van de tepels – trok haar naderbij. Ze stortte zich in een gretige speurtocht over zijn gezicht en mond. En toen werd Hannah – die verwachtte van a tot z te zullen leiden – overrompeld door Toms initiatief, door de gretigheid waarmee hij haar uitkleedde, leidde, de gretigheid van een meevoelender man, een die ze niet eerder had ontmoet. Hannah wilde zeggen: 'Waar komt dit vandaan?' maar ook: 'Ga door.'

Opgericht boven haar, haar vullend, glimlachend, fluisterde hij lieve woordjes en kuste hij haar gezicht. Ze zei: 'Laat me niet te snel komen, ik wil niet te snel komen,' maar dat deed ze toch. En toen gaf ze zich over aan een ademloos gebrabbel in een taal die Tom niet bij machte was te verstaan – Hongaars? En tranen, een niet-aflatende stroom.

Ze wurmde zich los en pakte een doos Kleenex van het nachtkastje, droogde haar ogen, haar neus. 'Zie je nou? Ik raak te opgewonden door jou. Wist je dat?'

'Han, ik deed rustig aan.'

'Ja, ja. Het ligt aan mij. Maar, Tom, ben jij niet gekomen? Ik wil dat je klaarkomt. Is er iets mis?'

'Als jij er klaar voor bent,' zei hij.

'Ik ben klaar. Klaar, klaar, klaar.'

Ze ging schrijlings op hem zitten, boog ver naar voren en kuste hem.

'Dit is het mooiste, Tom, het mooiste in mijn leven, zeker weten, Tom.'

Hannah had muziek op de radio op staan, strijkkwartetten.

'Hou je van deze muziek?' Ze volgde de lijnen van zijn gezicht met haar vingers.

'Een beetje treurig,' zei Tom.

'Een beetje treurig. Maar jij niet. Jij bent niet treurig. Glimlachende Tom. Waarom glimlach je?'

'Het is zo fijn, Han.'

Ze haalde diep adem, gaf een schreeuw, viel neer op Toms borst, en daar had je het gebrabbel en de tranen weer. En toen... meer. Ze namen meer, aten meer, wilden meer, huid glad van zweet, monsters in hun begeerte om te ver te gaan.

Hannah zei: 'Als je bij me weggaat, vermoord ik je. Nee, dat zou ik nooit doen. Maar misschien toch.' Ze zei dit terwijl ze zich boven hem inspande met een gelaatsuitdrukking die veel te teder was voor haar dreigement.

Een man die grond te verzorgen had en 's middags in bed lag, was zondig. Tom was verrast hoe weinig hem dat kon schelen. Beau zou de schapen behoeden voor hun ergste uitspattingen; de vroege melkronde zat erop. Het was alsof hij zich bewust was geworden van een facet van de natuur dat heel zijn leven voor hem verborgen was geweest. Een tweede zon, een bergketen waarnaast de vertrouwde heuvels nietig leken.

Hannah zei: 'Tom, je bent geweldig voor me, echt waar.'

Wat Tom geloofde, was dat Hannah van hem hield en om die reden van alles kon zeggen. Maar hij glimlachte. Hij had in bed met Trudy niet één keer geglimlacht. Er was een warm, gelukkig mysterie aanwezig. Dit was dus 'de liefde bedrijven'.

Roerei, toast en koffie om één uur 's middags. De tafel baadde in het zonlicht, zodat de boter in zijn kristallen schaaltje zacht werd. Hannah had haar peignoir van rode zijde om Toms schouders gehangen; er was te veel van hem om te bedekken, als bij een cadeautje dat verpakt is in papier dat net niet aansluit. Ze spraken in zinnen van een of twee woorden.

'Lekker?'

'Lekker.'

'Meer?'

'Nee, dank je.'

'Echt niet?'

'Echt niet.'

'Blijf, alsjeblieft?'

'Yep.'

Terug naar de slaapkamer. Wijd uitwaaierende seks die hen door heel het bed, naar de vloer en naar de woonkamer voerde, waar twee roodkopvliegenvangers die Hannah soms te eten gaf nieuwsgierig toekeken van achter het raam.

De koeien, de ayrshires, de eeuwige koeien. Tom kleedde zich zonder te douchen aan, kuste Hannah en beloofde dat hij zou terugkomen. Hij stoof veertig minuten te laat over de snelweg maar moest onderweg stoppen om de bejaarde Sally Morse uit de greppel bij de bocht van Moon Hill te trekken, waar ze voor de honderdste keer in was beland.

De koeien stonden te klagen bij de poort van de melkschuur; Beau was met een verwijtende frons kringetjes aan het draven. Na het melken – de koeien konden Toms tegenzin voelen – gaf hij Beau te eten, pakte zes lamskoteletjes uit de vrieskist en racete terug naar Harp Road.

Hannah gaf twee avondleerlingen les in pianoduetten, de Hilary-tweeling, Denise en Delilah: 'Alouette', 'Wilhelm Tell'. De meisjes werden afgeleid door Tom, die in de keuken koteletjes stond te grillen en bloemkool, wortelen en aardappels kookte. Ze kenden Tom goed, en dan niet als een man die in de keuken van hun pianolerares hoorde te staan redderen. Ze waren oud genoeg om zich ook iets bij seks voor te stellen, maar Tom? Mevrouw Babel? Mysterieus, fascinerend. Ook weerzinwekkend.

Hij sliep drie nachten achter elkaar in Hannahs huis aan Harp Road. Haar slaapkamer beangstigde hem enigszins. De muren waren behangen met een soort kleden, bontgekleurd en met patronen. Aan de muur? Deden mensen dat? En schilderijen. Een naaktportret van Hannah schokte hem. ('Mijn dode echtgenoot. Hij heeft me misschien wel vijftig keer geschilderd. Twee echtgenoten, Tom, allebei dood.') In de derde nacht stapte Hannah uit bed en nam naast het schilderij de houding van haar portret aan. Hij schrok van die speelsheid in de slaapkamer. Hij had afgezien van Trudy met slechts één vrouw geslapen – een geval van wederzijdse troost met een van Juicy's afdankertjes – en daarbij was de houding aan beide kanten eerder vastberaden dan geïnspireerd geweest.

Twee echtgenoten, allebei dood. Tom, in bed op het uur waarop er vragen worden gesteld, vragen die zijn opgespaard (zijn hoofd naast dat van Hannah op hetzelfde dikke kussen, dat twee keer zo groot was als hij gewend was), liet zijn gezicht in stilte strelen. Maar uiteindelijk stelde hij zijn vraag.

'De een ging naar de gaskamer,' zei Hannah. 'De ander werd doodgeschoten.'

'Naar de gaskamer?'

'In Auschwitz, Tom. In Auschwitz.'

De kamer werd verlicht door een lampje in de hoek met een kap van roomkleurig gaas. Toms been rustte op Hannahs middenrif. Hij voelde haar buikspieren aanspannen en zag dat haar gezicht door dezelfde spanning verstrakte. Het was beter om niet door te vragen over die twee dode echtgenoten. Maar een gaskamer?

'Auschwitz?' zei hij.

'Dus je hebt nooit van Auschwitz gehoord? Oké, wie zou dat ook willen? Een verschrikkelijke plaats, Tom.'

'Tijdens de oorlog?'

'Ja, liefste. Tijdens de oorlog.'

Enigszins van streek, zo leek het, wendde Hannah zich van Auschwitz af. Ze schudde Toms been van haar buik en richtte zich boven hem op.

'Weet je wat wij moeten doen?' zei ze. Haar glimlach was terug. 'Weet je dat?'

'Nee. Vertel.'

Ze bestudeerde Toms gezicht, streek zijn haar van zijn voorhoofd. Maar voorlopig zei ze niet wat ze misschien had willen zeggen.

'In dit licht is je haar strogeel. Blond. Wist je dat?'

'Het was blond toen ik klein was.'

'Toen je klein was. Al die vele jaren geleden.'

'Tja, het is al een tijdje terug. Ik ben over de dertig, Hannah.'

'Ik weet het, lieveling. Ik weet precies hoe oud je bent. Ik weet alles over je. Alles wat belangrijk is.' Ze ging weer op haar zij liggen, haar gezicht naast dat van Tom. Ze zei: 'Lieve god, ga niet dood. Drie keer zou ik niet verdragen, Tom Hope.'

'Ik ga niet dood, Hannah. Niemand gaat mij doodschieten.'

Heel even leek het alsof Hannah zou gaan huilen. Toen zei ze: 'Niemand schiet jou dood, Tom Hope. Kom weer in me. Maak me gelukkig.'

Op de vierde, vijfde en nu zesde avond moest Tom om tien uur weg. Hij wilde dat niet, maar de schapen werden belaagd door honden uit de stad die dol waren geworden. Hij was in één week acht schapen verloren, hun buiken opengereten omdat de honden belust op bloed waren. Als honden door het lint gaan, bestaat er voor hen geen toekomst meer, bloed in de bek is het enige wat telt. De roedel van vijf die nu al twee weken schapen doodde, was door Alan Henty tot drie teruggebracht. Zijn kuddes waren als eerste te grazen genomen, en hij had er twee herkend – een schurftige labrador met iets van een collie en een eenorige bastaard met een beetje van alles – maar hij had ze niet op de korrel kunnen nemen. Hij ging naar de huizen van de eigenaars, sleurde de honden tevoorschijn en wees op het geronnen bloed op hun snuit: de schuld stond op hun gezicht geschreven. Henty kreeg toestemming ze af te schieten, maar als de bazen hadden tegengesputterd, had hij de honden toch aan de ketting gelegd en doodgeschoten. In een stadje dat afhankelijk was van grazen, speelden de boeren vaak eigen rechter.

Deze keer was Tom in het gezelschap van Bobby Hearst; ze hadden hun kamp opgeslagen op een helling bij de noordelijke wei, tegen de wind in. Beau was thuisgelaten. Als hij de roedel zag, zou hij erop afschieten en aan stukken worden gereten. Bobby was Hometowns revolverheld, zestien jaar oud en popelend om naar Vietnam te gaan. Hij gebruikte een Mauser 98 waar het Wehrmacht-serienummer, de productiedatum (1940) en het embleem met adelaar en swastika in gestempeld stonden. Bobby had een moderne Anschütz.22 en een Webley-lichtkogelpistool uit de oorlog geruild voor de Mauser, die was uitgerust met een inklapbaar langeafstandsvizier dat halverwege de loop zat gelast. Je moest met het vizier boven het doelwit richten: als je het juist inschatte, zou de baan van de kogel precies op het doelwit afgaan, een meter onder waar je had gericht.

Strikt genomen was hij te jong om een wapen te hebben, maar degene die je moest paaien als je minderjarig was en een Mauser wilde dragen, was Kev Egan op het politiebureau, en Kev maalde er niet om.

Tom en Bobby zaten al voor middernacht op de heuvel, maar hoopten dat de honden tegen de dageraad zouden komen. Het valt niet mee om zonder licht op vijfenzeventig meter doel te treffen. De kudde had zich in de grote noordelijke weide in vier rommelige groepjes verdeeld, die allemaal trouw waren aan één bepaalde ooi. De schapen leken door te hebben dat Tom en zijn helper zich op de heuvel bevonden, maar toonden geen interesse. Telkens wanneer de maan aan de wolken ontsnapte, onthulde hij dat de kuddes schapen nog altijd in slaperige houdingen lagen zonder zelfs maar hun kop te draaien. Zo nu en dan een zacht geblaat.

Tom zat soezerig te roken, Bobby nipte aan een flesje steeds lauwer wordende Melbourne Bitter en gaf op zijn tjirpende manier commentaar op het plaatselijke football en het competitiefootball in Victoria, en op de al te pietluttige meisjes uit de stad die net zomin met liefde te paaien waren als met geld. Tom had liever een stilte gehad die hij kon opvullen met gedachten aan Hannah, maar als er honden moesten worden afgeschoten, dan zou dat met Bobby's Mauser moeten gebeuren.

Tom was in zijn jonge jaren misschien net zo'n goede schutter geweest als Bobby, maar voelde er niets voor om honden te doden. Hij had de neiging een doelwit te laten lopen – zoals hij de afgelopen twee nachten had gedaan – als hij niet zeker wist of hij de kop kon raken. Bobby kon in tien seconden drie kogels afvuren met zijn grendelgeweer, elk schot absurd precies. Hij richtte op de buik.

Lang voor de dageraad liet Beau, een halve kilometer verderop op Toms veranda, een indringend gejank horen. Hij had de geur van de roedel opgepikt – wat ervan over was na Henty's tussenkomst – en dit was zijn protest annex jammerklacht. De schapen begonnen paniekerig te blaten, in alle vier de groepjes. Tom en Bobby maakten zich lang en speurden door hun vizier de weide af. Alles was schaduw; de bij elkaar gekropen schapen waren een fractie minder donker dan het struikgewas en de eucalyptusbomen. Maar ze konden toch de honden ontwaren, die nu richting een eenzaam kluitje schapen struinden tussen de twee dicht samengedromde kuddes. Tom zag geen mogelijkheden voor een schot.

Bobby wel. De grote bastaard, die de baas leek te zijn, steigerde in zijn razernij, en Bobby raakte hem twee keer terwijl hij nog op zijn achterpoten stond. De tweede hond sprong opzij toen hij werd geraakt en viel toen neer. Tom trof de derde hond, de domkop van de drie, die plotseling was blijven stilstaan toen hij zag dat de grote bastaard zijn eigen ingewanden likte.

'Zag je die grote bastaard op zijn achterpoten staan, Tommy?' Bobby stond rechtop, opgewonden en blij. Zijn stem was schril.

Tom stond op en gaf hem een schouderklopje.

'Maar zag je die grote lelijke bastaard op zijn achterpoten staan, Tom? Paf, paf! Raakte hem twee keer terwijl hij steigerde! Kolere!' Hij was door het dolle heen. Hij sprong rond in kleine kringetjes, met de Mauser in zijn hand geklemd. 'Jezus, Tommy. Zag je die grote bastaard steigeren? Woepie!'

'Ik zag hem, Bobby. Goed schot.'

'Twee schoten, goddomme! Twee! Terwijl hij steigerde!'

‘Twee schoten. Fantastisch.’

De schapen waren een eind bij de dode honden weggelopen, maar toen ze Tom zagen, ebde hun schrik weg en kwamen ze dichterbij. Maar niet te dichtbij. Het was alsof ze hun rokken optrokken voor iets onbehoorlijks wat tegelijk best interessant was.

De bastaard die Tom had geschoten was morsdood en nog vrijwel intact, op een gaatje in zijn kop na. Toms geweer was een .22, eigenlijk een kindergeweertje. De rode Australische herdershond, Bobby’s tweede prooi, sleepte zichzelf en zijn ingewanden voort over de grond alsof hij op weg was naar een ingebeeld toevluchtsoord. Tom schoot hem door zijn kop. De grote bastaard, die twee keer was geraakt, likte nog steeds zijn ingewanden. Hij stopte om de haverklap om zwakjes naar Bobby te grommen, die met een lange Japanse bajonet over hem heen gebogen stond.

‘Maak hem dood, Bobby,’ zei Tom.

Bobby gebaarde met zijn hand alsof hij ‘niet zo snel’ zei.

‘Bobby, maak hem dood. Hij lijdt pijn.’

‘Net goed, toch,’ zei Bobby. Maar hij stak de bajonet door de hals van de hond.

Ze gooiden de honden over het bovenste hek in het struikgewas. Tom zou bij daglicht een geul graven en ze daarin begraven. Toen hij samen met Bobby naar huis liep, stemde het hem enigszins droevig dat hij zo weinig op een echte boer leek. Oom Frank joeg altijd zonder blikken of blozen een hond een kogel door de kop. Een hond die dol was moest worden afgeschoten. Punt uit.

Tom zette Bobby thuis af aan Ben Chifley Road en parkeerde toen voor Hannahs donkere huis. Moest hij naar binnen gaan om haar te wekken? Misschien zou ze dan zeggen: ‘Wat egoïstisch van je, als je weet dat ik slaap.’ Nee, dat zou ze niet zeggen. Ze zou zeggen: ‘Tom, wat ben ik blij.’

Hij verkeerde in de fase van liefhebben waarin inzicht en vertrouwen slechts zo nu en dan aanwezig zijn. Hij kende Hannah met hartstochtelijke zekerheid tot in haar vezels; vervolgens twijfelde hij weer overal aan. En het was in die minuten van twijfel, niet die van geloof, dat hij uit zijn auto stapte, naar haar achterdeur liep en zachtjes aanklopte, ervan overtuigd dat ze te diep zou slapen om te reageren. Of misschien zou ze de klop wel horen, maar had ze geen zin om zo laat nog uit bed te komen.

Hannah deed open in de satijnen slip die ze 's nachts droeg, slaperig en glimlachend, haar haar in de war. Ze kuste Tom op de lippen, excuseerde zich voor de smaak van haar adem, en kuste hem toen nog eens met de gulheid van een vrouw die haar hart kent.

Later, uren later, douchte ze samen met hem. De douche stak hoog boven de groen emaillen badkuip uit, waarin een plastic gordijn hing met tropische vissen in allerlei vormen en maten erop. De nieuwigheid van douchen met een ander, een vrouw, Hannah, zo innig geliefd, ontlokte Tom een glimlach die overging in lachen. Wat nu? Ze pakte van een richeltje in de wand rond het bad een doorzichtig glazen flesje met een stop van kurk dat halfgevuld was met een amberkleurige vloeistof. Ze liet Tom haar haren inzepen, en riep met schrille stem instructies in twee talen boven het geruis van het water uit.

Tom voelde zich – hoe? – buitenlands, een Parijzenaar of zo, met z'n tweeën onder de douche. Deden ze dat in Parijs? Samen douchen? Daarna droogde ze hem zo langzaam en zo zorgvuldig af dat hij brandde van gêne. Ze knielde om tussen zijn tenen te komen, en dat alles met zoveel aandacht voor detail dat je zou denken dat hij een enorm kostbaar standbeeld was dat tentoongesteld ging worden.

Ontbijt. Iets uit Hongarije. 'Niet koosjer, maar wie maalt

daarom?' zei Hannah, en ze moest toen uitleggen wat 'koosjer' betekende. 'Sommige dingen mogen we eten, andere niet. Joden, begrijp je wel? Alles wat lekker is, mogen we niet eten.'

Tom bekeek de bereiding met een starre glimlach. Naarmate er meer ingrediënten werden toegevoegd, waarvan vele in pakjes of potjes zaten die Tom nooit eerder in Hometown had gezien, nam ook zijn ongemak toe. Het was een soort pannenkoek, dik, met een vulling. Tom slikte elke mondvol door zonder te kauwen, maar toch ontsnapte iets van de smaak naar zijn verhemelte.

'Hongaars?' vroeg hij.

Hannah, die aan de andere kant van de keukentafel de koffie dronk die ze met een slim apparaatje had gezet, keek toe met een toegeeflijke blik, en ook een spottend glimlachje. 'Hongaars. *Hortobágyi*. Vind je het lekker?'

'Heel lekker,' zei Tom, wat 'oneetbaar' betekende.

Hannah stond op, liep naar Toms kant van de tafel, griste het bord weg en gooide het met de flinke portie resterende hortobágyi en al in de gootsteen. Hij keek verbijsterd naar haar op, zoals ze daar met haar armen over elkaar stond. Was ze boos? Was het in Hongarije mogelijk dat je boos werd op iemand die je hortobágyi niet lekker vond?

'Als je iets niet lekker vindt, zeg je: "Ik-vind-het-niet-lekker." Begrijp je me, Tom? "Ik-vind-het-niet-lekker."'

'Het was heel smakelijk,' zei Tom.

Hannah zette twee stappen naar de tafel en pakte Toms kin tussen duim en wijsvinger. 'Nee! Je vindt het niet lekker. Je mag het best zeggen als je iets niet lekker vindt. Probeer toch niet altijd zo aardig te zijn, Tom.' Ze verzachtte. 'Blijf aardig. Het is goed zo.' Ze kuste hem. 'Ik zal gebakken eieren voor je maken. Gebakken eieren in Aussie-stijl. Wat is het recept ook alweer? O, ja. Smelt boter in de pan, gooi de eieren erin. Serveer met ketchup.'

Terwijl ze de eieren stond te bakken, vroeg ze Tom of hij *Grote verwachtingen* aan het lezen was.

'Ik ben op bladzijde dertig.'

'Bevalt het je? Niet aardig zijn!'

'Het bevalt me. Ik vind Pip en Joe leuk. Pip lijkt op Peter.'

'Peter? Wie is Peter?'

'Trudy's jongen. Ik was met Trudy getrouwd. Ik heb je over haar verteld. Een beetje.'

Hannah draaide zich om aan het fornuis. Ze hield een spatel in haar hand. Nu haar haren droog waren, krulden ze weer. Ze droeg de gele jurk die Tom zo mooi vond. Ze keek hem bedachtzaam aan. 'Een jongen. Haar jongen? Niet jouw jongen? Ben jij niet zijn vader?'

'Een andere man.'

'Een andere man. Jij niet?'

'Ik niet.' Tom keek weg. Hij voelde zich alsof hij had geblunderd.

Hannah serveerde hem zijn eieren. Ze zette Rosella-ketchup, zout en peper voor zijn neus. De rand van de fles was anders dan normaal niet donker van de aangekoekte saus; Hannah veegde hem altijd af voor ze de dop er weer op schroefde.

'Een jongen, dus,' zei Hannah. Ze was tegenover Tom gaan zitten. Ze had voor zichzelf geen ontbijt gemaakt, alleen koffie. 'Waar is hij? Bij de vrouw?'

'Bij Trudy,' zei Tom. En toen vertelde hij Hannah het verhaal, met een vaag gevoel dat het verraad aan Peter zou zijn als hij dat niet zou doen.

Ze luisterde aandachtig.

'Is hij nu voorgoed bij dat Jezusvolk?'

'Yep, bij hen.'

'Maar je houdt van hem.'

'Yep.'

Tom waagde het een vraag te stellen. Hij had al vaker lopen piekeren maar nooit een opening gezien. En de mogelijke antwoorden verontrustten hem. 'Heb jij kinderen gehad, Hannah?'

Ze nam een slokje koffie. 'Ga je naar huis voor je naar de winkel komt?' vroeg ze.

'Ik moet Beau voeren. Een paar dingen doen. De koeien, ik ben daar al laat mee. Ik ben rond tienen in de winkel.'

Hannah ruimde Toms bord af. Toen ze langs hem liep, raakte ze met haar vrije hand even zijn nek aan. 'Slaap een paar uurtjes, Tom Hope,' zei ze. 'Oké?'

De aanraking van haar hand vertelde hem dat er iets uit haar was verdwenen. Hij wist het. Hij wilde haar vragen of ze boos was, maar deed het niet.

8

Het was mogelijk om nergens aan te denken. Uren achtereen, niets. In een barak met duizend vrouwen lag ze dan op een houten bed met aan weerskanten een vreemde, haar geest een steen. De vrouwen naast haar hielden haar stevig vast voor warmte. Maar niet alleen voor warmte. Ze geloofden allebei dat Hannah nog over haar trots en haar verstand beschikte. Ze wilden zo dicht mogelijk bij haar zijn, alsof ze opeens iets bijzonders kon doen, zoals een pan soep onder haar bed vandaan toveren, zoiets. Er zouden maar een paar woorden nodig zijn om hen uit die droom te helpen, maar Hannah zweeg. De vrouwen klampten zich aan haar vast op een manier die weinig van haar vroeg. Ze konden maar beter geloven in wat hen troostte.

Haar reputatie was gebaseerd op een gelukkige vondst in de verenfabriek waar ze elke dag werkte, een reusachtige houten schuur in het oosten van het kamp. De veertig vrouwen die daar waren geplaatst hadden als taak de quilts, kant- en hoofdkussens te legen die werden geconfisqueerd zodra de Joden in Auschwitz uit de trein stapten. De veren werden verzameld in grote houten tonnen en zouden worden gebruikt als vulling voor quilts, kant- en hoofdkussens die in Duitse winkels werden verkocht. Sommige partijen zouden voering voor militaire winterjassen worden. De ruimte was van de houten dakspanten tot aan de vloer een sneeuwstorm van veren. De Poolse kapo's, schimmen die het kamp jaren hadden overleefd en zelf Joods waren, schuifelden tussen de verenwolken door en mompelden met vlakke stem: 'Haal ze er allemaal uit, laat niet één veertje zitten...'

Ze had in een kussen een brood gevonden, van iemand die dacht dat ze wel voedsel maar geen kussens zouden afpakken, hard brood maar zonder een spoor van schimmel, en een gebedenboek, de sidoer; het moet de enige sidoer in Auschwitz zijn. Ze had een paar happen van het brood gegeten, een portie weggegeven en de rest bewaard voor Michael, als ze hem ooit zou vinden.

Maar wat ze had verborgen, werd ontdekt en verslonden. Het was een voorteken. Ze zou Michael nooit vinden. Een kapo had haar verteld dat hij dood was. De schoorsteen door. En Leon ook. Tyfus. Toen de gaskamer. Hij had het tien dagen volgehouden. Wat had je dan gedacht? Een loopneus had hem normaal al een week in bed gehouden. Haar verdriet om Leon kwam in één grote gulp. Aan rouwen om Michael was ze nog niet toe.

Als vrouw mocht ze niet uit de sidoer voorlezen, maar iedereen was het erover eens: dit was Auschwitz, het mocht. Ze las de Hebreeuwse gebeden elke avond voor aan een groep van vijftig, een week lang. De kapo die de leiding had over de barak luisterde in stilte. Op de zevende avond verloor de vrouw haar verstand, rende op het gezelschap af en griste de sidoer uit Hannahs handen. Ze ging tekeer tegen Joden alsof ze in de boezem van het Derde Rijk was grootgebracht. Het was de enige keer dat ze emotie toonde. Haar woede maakte plaats voor een stortvloed aan tranen; ze rende weg met de sidoer en kwam pas na drie dagen weer terug.

Als je moe was van het leven, moe van Auschwitz, was er een gemakkelijke uitweg. Bij de selecties 's ochtends vroeg

– een paar duizend in lompen gehulde vrouwen in groepjes van vijf, het standaardcohort – kon je gaan hoesten, blijven hoesten, waarop een officier een stel ss-soldaten naar je toe stuurde om je naar de gaskamer te brengen. Dertig minuten na je hoestaanval brandde je. Een uur als ze achterliepen.

Hannah voelde elke ochtend de aandrang om zich wezenloos te hoesten, maar deed het niet. Ze zeiden dat Michael dood was. Tja, er werd zoveel gezegd, en veel daarvan was niet waar. Ze zeiden dat de Amerikanen in Berlijn waren, maar dat was niet zo. Dat de commandant het vergassen had laten ophouden om het kamp netjes achter te laten voor de geallieerde bevrijders. Nee, het vergassen ging door, de schoorstenen stuurden hun zwarte rookpluimen omhoog. Dat Adolf Hitler zich door zijn hoofd had geschoten. Nou en? Als iedere ss-bewaker, iedere ss-officier in het kamp dat nou deed, oké. Maar Hitler? Tering-Hitler.

Weet je wat zalig zou zijn, wat een wonder zou zijn, het beste wat je ooit kon overkomen? Een glimp van Michael in warme kleren en met roze wangetjes en stevige schoentjes. Misschien in de armen van die officier met wie ze de eerste ochtend had gepraat, die met de witte handschoenen. Dat zou niet erg zijn. Witte Handschoenen ziet iets in de jongen, houdt hem in leven als een huisdier. Dat is goed, helemaal goed. Dat Michael nog zou leven als de Duitsers werden verslagen, en dat de officier tegen die tijd zijn eigen keel had doorgesneden – fantasie. Michael in leven, meer niet. Als ik dat weet, mag je me vergassen, ga je gang maar.

Het was mogelijk om uren achtereen aan niets te denken, maar niet eeuwig. Ze bleef woedend op Leon, die dood was. Ze fluisterde tegen hem dat het dwaas was geweest te denken dat de Duitsers nooit Hongarije zouden binnenvallen, nooit naar Boedapest zouden komen. 'Ze hebben de oorlog al verloren. De Joden kunnen hun nu niet meer schelen.'

O, echt waar? Hij werd gezien als de aardigste, barmhartigste man op aarde, maar daaronder was hij een arrogant mens. 'Hannah, er zijn achthonderdduizend Joden in Hongarije. Ze hebben nu echt geen tijd om zich druk te maken om de Joden. Ze hebben de oorlog verloren.'

O, echt waar? Dit kwam allemaal van zijn vrienden in Rusland. Maar waar had ze het eigenlijk over, zijn vrienden in Rusland? Álle Russen waren zijn vrienden. Hij wilde een Rusland in Hongarije. De arbeiders van Rusland, de arbeiders van Hongarije, hun handen voor eeuwig ineengeslagen. Hij, die nog nooit een hamer in handen had gehad, die nauwelijks wist waar een sikkel voor diende. Maar zo lief, op zijn eigen manier. Zijn eigen domme manier.

De Poolse kapo zei: 'Door de schoorsteen' en wreef haar vingertoppen tegen elkaar terwijl ze haar hand ophief: de opwaartse beweging van rook.

Martha, die Hannah 's nachts zo stevig vasthield, fluisterde tegen haar: 'Kom luisteren. Kom naar de Lito luisteren.'

Wie? Een Litouwse die Elizabeth heette. Iedereen had respect voor de Litouwers, die halverwege de zomer naar het kamp waren gekomen en nu, in november, kleine klasjes organiseerden voor Hongaarse vrouwen die Jiddisch wilden leren. Een Jiddische school, in Auschwitz. Absurd. In het duister, zonder pen of papier, voor uitgemergelde en uitgeputte vrouwen die de volgende ochtend vermoord konden worden. Elizabeth gaf les in het Duits. De meeste vrouwen kenden inmiddels de helft van de Duitse taal. En lessen filosofie. De Litouwse Joden hadden blijkbaar hun leven lang met hun neus in de boeken gezeten. Fijn voor ze.

Hannah liep naar de hoek van de barak waar Elizabeth op een eigenaardig bedaarde manier over Rousseau aan het spreken was. De Litouwers wisten niets over hun geloof maar alles over duizend gojse filosofen. Hannah was verrukt. Ze had al Rousseaus werken gelezen, maar wat Elizabeth nu zei was welkom. 'Je vraagt me: "Wat is vrijheid?" Het is dat waarmee we geboren zijn. De baby komt, de vroedvrouw telt zijn tenen, zijn vingers. Ze zegt: "Helemaal compleet." Ze zou moeten zeggen: "Helemaal compleet, alles zit eraan, een mooie vrije ziel."'

Iemand riep: 'Niet hier!'

Elizabeth zei: 'Zelfs hier.'

De ss kwam nooit naar de barak. Die stonk, en alleen God wist van welke ziekten de ranzige lucht zwaar was. Maar deze ochtend werd Hannahs slaapzaal bezocht door een ss-officier die er iets te jong uitzag voor zijn taak. Nog een paar anderen die je soms zag op weg naar de verenfabriek: te jong. Het ging slecht met de Duitsers in de oorlog, misschien waren er niet zoveel volwassen mannen over. Deze soldatenjongen moest door zijn superieuren halsoverkop de barak in zijn gestuurd. Hij kondigde met schrille stem aan dat alle vrouwen zich klaar moesten maken voor een tocht naar het spoor. De officier voegde eraan toe dat 'arbeidsters' hun bezittingen mochten meenemen. Er ging een zacht murmelend gelach door de barak. Bezittingen? De officier keek paniekerig om zich heen. Hij herhaalde dat arbeidsters hun bezittingen mochten meenemen. Deze keer geen gelach, enkel wat gesnuif.

Ze zou niet gaan. Voorgoed het vooruitzicht verliezen Michael weer te zien, al was het maar vluchtig? Ze zou hoesten bij de selectie. Zodra de officier weg was, produceerde ze een oefenkuch.

De barak was in rep en roer. Vele, vele geruchten. De Poolse kapo die was weggerend met de sidoer was terug.

De vrouwen vroegen haar: 'Waar gaan we naartoe? Naar de gaskamer? Vertel het ons!'

De kapo was om een of andere reden welgemutst. Ze zei: 'Naar Stutthof, in het noorden. Geen selectie. Jullie gaan allemaal naar Stutthof.'

In de rijen die zich vormden voor de uittocht naar het treinstation, naar Stutthof, hoestte Hannah luid zodra er een ss-officier in haar buurt kwam. Ze werd genegeerd. Het marsbevel klonk. Hannah, meegevoerd, hield haar blik op de grond gericht. Ze zou hebben gehuild als ze kon, maar ze kon het niet; in Auschwitz huilde na de eerste maand niemand meer. In plaats daarvan fluisterde ze bij zichzelf: 'Hij leeft. Niemand kan zeggen dat hij dood is. Hij leeft.'

Tegen de tijd dat ze door de poort van Auschwitz liep, fluisterde ze niet meer. Ze dacht niets. Maar de tranen waren gekomen.

9

Ze hadden in elk geval een mooie winkel gemaakt. De cederhouten planken glommen onder drie lagen vernis, en op de enige lege plek aan de muur had Hannah een wandkleed uit haar vaderland gehangen, met de afbeelding van een koning die aan zijn hof wordt vermaakt door jongleurs, een tovenaar en dansmeisjes. Het wandkleed zou heel oud zijn. Op andere plaatsen had Tom tussen de planken nissen opengelaten, waarin Hannah een reeks kleurenlitho's tentoonstelde van Heilige Dagen, tafelende Joden die feestten en praatten, Joden in gebed.

Hannah had de titels in standaardcategorieën geordend – Fictie, Biografie, Reizen, enzovoort – maar ze had ook, zonder veel kans op succes, honderd poëziebundels opgenomen, zowel bloemlezingen als werk van individuele dichters. En ze had een afdeling voor hedendaagse Australische romanciers gemaakt.

Het enige van Toms inkoopadviezen dat ze had opgevolgd, was er nog iets langer over na te denken voor ze halsoverkop verscheidene Duitse, Russische en Franse klassiekers aanschafte, onvertaald. Hij zei: 'Lieverd, niemand zal die kopen. Niemand spreekt Duits in Hometown. Niemand spreekt Russisch.'

Ze reageerde als door een wesp gestoken. 'Hoezo? Iedereen kan in twee weken Duits leren. Moet ik soms een boekhandel voor luilakken runnen?' Ze bleef nog ruim een uur tieren, klagend dat Tom zelf zo iemand was die liever naar football luisterde dan zich over *Duits voor beginners* te buigen.

Tom had inderdaad op een zaterdagmiddag een transistorradiootje, een Sony, meegenomen naar de winkel om naar het footballverslag vanuit het MCG-stadion in Melbourne te luisteren, tot ongenoegen van Hannah. Maar wanneer haar gevoel verraden te zijn zich uitte in irrationeel gedrag, kwam ze daar altijd van terug. Ze maakte het wedstrijdverslag gedurende het hele eerste kwart belachelijk, kreeg toen berouw en maakte excuses, noemde zichzelf een bourgeoise snob en luisterde samen met Tom naar het volgende kwart, hand in hand.

'Wat is jouw speciale team? Blues, heet het niet zo? Blues? Ik wil dat Blues deze wedstrijd wint, Tom. Blues wordt ook mijn speciale team. Vergeef je me? Kus me. Vergeef me. Wees niet stil. Dat verdraag ik niet, Tom.'

Er restten nog een paar klusjes. Tom moest de rails voor de ladders bevestigen maar had de ladders zelf nog niet gemaakt. Hij haalde het hout dat hij nodig had, goede oude eiken planken die hij had bewaard, sneed het op maat op zijn tafelzaag in de winkel en wilde net teruggaan naar de boerderij om de sporten te draaien op zijn draaibank toen Hannah verscheen. Ze droeg een zwarte pantalon, een grote zwarte wollen trui met een wijde hals en een stel laarzen die eruitzagen als iets wat een modebewuste bergbeklimmer zou kiezen, met veters die haast tot aan de knieën doorgingen.

Ze zei: 'Neem me mee, Tom. Leid me rond op je boerderij.'

Tom moest glimlachen. God verhoede dat ze gewoon een spijkerbroek en een windjack zou aantrekken.

Hij nam haar mee naar de schapen in de grote noordelijke weide, liet haar zien hoe ze het gras uitkozen dat ze het liefst aten en hoe ze dicht bij hun leiders bleven en hun kop opstaken om contact te houden.

'Elke kudde heeft een genie,' zei Tom. 'En de schapen weten wie dat genie is.'

'Ai! Meen je dat? Eentje is een genie!' Hannah was verrukt. Haar accent werd nadrukkelijker wanneer ze blij was.

Ze wilde weten hoe de schapen elkaar herkenden.

'Voor ons zien ze er allemaal hetzelfde uit,' zei Tom. 'Maar zij weten onderling wie Sue is en wie Sally.'

Hannah was een en al bewondering als het om Toms kennis ging; in de winkel prees ze op vergelijkbare wijze zijn timmerwerk. Tom had het fijner gevonden als Hannahs lof in overeenstemming was geweest met zijn prestaties. Zwaluwstaartverbindingen vroegen immers om niet meer dan basale vaardigheden. Hij was echter gaan inzien dat het geen vleierij was; alles wat Hannah niet kende, alles wat nieuw voor haar was, wekte een soort blijdschap in haar. Die bron van vreugde was onuitputtelijk.

Nu de boomgaard: vijfhonderd bomen, peren, nectarines, appels, grijsgroen korstmos op de kant van de takken die van de noordenwind was afgewend. Hannah legde haar hand op de korstige schors van een oude appelboom, zo voorzichtig alsof ze vlees betastte.

'Tom, dit alles, je doet zoveel werk.'

Ze wilde met hem in het gras onder de appelbomen gaan liggen, maar vrijen in de openlucht was voor Tom taboe. Ze gingen naar binnen.

Voor Tom betekende daglicht arbeid, en hij vertoonde enige haast om weer aan de slag te gaan nadat Hannah haar bevrediging had laten blijken met een stortvloed van Hongaarse woordjes. Ze zei: 'Lig stil.' Dat deed hij, maar hij dacht aan de oude ram die een tekenbehandeling nodig had en aan de koeien die vol ongeduld wachtten tot ze de wei met de acacia's in mochten. Het moest hem nog eens worden gezegd. 'Lig stil.'

Tom moest toegeven dat hij echt kon genieten van Hannahs lome strelingen en haar lieve woordjes, en slechts het besef dat het verkeerd was om halverwege de ochtend te liggen lummelen weerhield hem ervan om onder de warmte van haar handen weg te smelten tot een plasje boter.

Ze zei: 'Tom, ik was ongelukkig, zo ongelukkig, Tom, ik kan het je niet vertellen. En nu hou ik van jou. Zo wil ik graag zijn.'

Zulke eerlijkheid verontrustte hem, maar een nieuw ontstaan deel van hem begreep dat Hannah iemand was naar wie hij moest luisteren. Zinnen kwamen vanuit een onvermoede plek in hem tot leven, woorden die hij nog nooit had gebruikt. Hij zei ze overdag hardop tegen zichzelf: 'lief van je' en 'mijn lieveling'.

Hij genoot vooral van haar plagerijtjes. Ze zei: 'Je bent zo beleefd, Tom. Iemand struikelt. Wat zeg jij? "Sorry." Het is niet jouw schuld, maar je zegt sorry. En je bloost als een jongetje. Zal ik je eens iets toefluisteren? Luister. Luister naar wat ik fluister.'

Maar er was ook het verdriet.

Op vreemde momenten keek ze van hem weg en was hij niets voor haar, onbetekenend. Hij zei: 'Vertel het me, Hannah.' Daarna herpakte ze zich en was ze vrolijk en lief. Maar ze gaf niets prijs.

'Lieverd,' zei hij nu, terwijl Hannah hem streelde en even stilhield op zijn borst, met haar vlakke hand op zijn hart drukte. 'Lieverd, vertel het me.'

Haar handen trokken hem niet langer naar haar toe.

'Wat moet ik je vertellen?'

‘Waarom je ongelukkig was.’

‘Ik heb twee echtgenoten verloren. Weet je dat? Twee echtgenoten.’

Ze sloeg de dekens terug en zwaaide haar benen over de rand, bleef naakt naast het bed staan. Ze wilde iets gaan zeggen, maar ze hield het tegen voor het naar buiten kwam, glimlachte vluchtig naar Tom en liep met haar kleren in haar hand de badkamer in. Hij hoorde hoe ze zich waste. Toen niets. Ze kwam weer tevoorschijn, ging op het bed zitten en trok een laars aan, snoerde de veters strak aan.

‘Breng me naar huis,’ zei ze. Elk spoortje tederheid was verdwenen.

De volgende dag kwam ze bij hem terug. Tom stond in de winkel aan de kassa te prutsen toen ze binnen kwam lopen. Ze kuste hem met veel gevoel, en nu werd er wel iets gezegd. ‘Ik ben even niet goed bij mijn hoofd. Is dat erg, Tom?’

Nee, zei Tom, dat was niet erg.

‘Luister, Tom. Dit is Nietzsche. Heb je misschien van Nietzsche gehoord? Nee, nee, nee. Onmogelijk. Alleen als je naar de universiteit was gegaan.’

‘Hannah, ik ben niet naar de universiteit gegaan.’

‘Oké. Onzin. Het doet er niet toe. Er gingen er genoeg naar de universiteit die dikke nazi’s werden. Maar luister. Dit is Nietzsche. Als je over de rand kijkt, zie je niets, niets. Maar als je naar niets kijkt, kijkt het naar je terug. Snap je?’

‘Het niets kijkt naar je terug?’

‘Snap je?’

‘Nee, Hannah. Het spijt me.’

‘Geeft niet. Het is onzin. Wil je mijn apparaatje maken? Mijn kassa?’

Ze was een hoopje ellende. Tom legde zijn schroevendraaier neer en nam haar in zijn armen. Hij voelde het verkrampte verdriet in haar lichaam.

Terwijl hij haar vasthield, zijn gezicht naast het hare, zei ze: 'Tom, dit is iets wat ik nooit zeg. Niet tegen Leon, niet tegen Stefan. Mijn echtgenoten, begrijp je wel?'

'Ja, Hannah, dat begrijp ik.'

Ze deed een stap naar achteren en keek hem recht aan. 'Ga niet bij me weg. Goed, ik ben een beetje gek. Maar ga niet bij me weg. Alsjeblieft.'

Ze hield zijn gezicht met beide handen vast. Hij had zich niet geschoren, en ze duwde tegen de bleke stoppels. Haar groene ogen keken hem zo doordringend aan dat het pijnlijk zou zijn geweest om tegen haar te moeten liegen.

'Hannah, ik ga nooit bij je weg, dat beloof ik je.'

'Maar kun je "nooit" zeggen? Beloof je het?'

'Ik beloof het. Nooit.'

'Maar je zegt niet: "Hannah, trouw met me." Als je "nooit" zegt, waarom trouwen we dan niet? Tom?'

Voor hij kon antwoorden – misschien: 'Maar we kunnen best trouwen' – rukte ze zich los en begroef haar handen in haar haren.

'Over de veertig, Tom! Dat bedoel ik. "Tom met zijn moeder! Hahaha!" Ik zou ze wel kunnen aanvliegen. Oké, we trouwen niet. Maar je blijft bij me. Wanneer ik te oud word, gooi je me maar op de vuilnishoop, dat kan me niet schelen.'

'Hannah, ik wil met je trouwen,' zei Tom. 'Dat wil ik graag.'

'Zeg je nu...'

'Ik wil met je trouwen.'

Hannah keek omlaag en schudde haar hoofd. Haar stemming was veranderd. 'Tom,' zei ze zachtjes. 'Geen baby's. Snap je?'

Tom knikte. Ze hoefde hem niet te vertellen dat er geen baby's zouden komen.

Hannah liet haar blik door de winkel dwalen. Ze liep naar het wandkleed. 'Weet je hoe ik hieraan kom, Tom? Zal ik het je vertellen? Goed. In Boedapest. Ik kwam terug in februari 1945. Een paar vrienden leefden nog. Ze verbleven in de Zwitserse ambassade. De meeste Joden waren dood, maar een paar waren nog in leven in de Zwitserse ambassade. En die vrienden hadden een nazi gevangen. Een stomme nazi van de ss. Ze hadden hem op een of andere manier te pakken gekregen voor alle ss'ers ervandoor gingen, terug naar Duitsland. Ze wilden hem doodschieten, Tom. Hem executeren. Maar niemand wilde de trekker overhalen. Hij liet hun kostbaarheden zien die hij van Joden had gestolen. Dit wandkleed. Het is tweehonderd jaar oud. Hij wilde zijn leven kopen. Dus ik nam het aan. Ik zei dat ik hem zou doodschieten, de stomme nazi. Hij zat in een kelder. Ik richtte het wapen op zijn hoofd. Hij zei tegen mij in het Duits: "Mevrouw, niet talmen, alstublieft." Maar ik kon hem niet doodschieten. We gaven hem aan de Russen, om hem te berechten. Ze schoten hem voor onze ogen dood. Ik nam het wandkleed mee naar mijn appartement. Ik hing het aan de muur. Ik heb nooit geweten van welke Joodse familie het is gestolen.'

Ze had een Duitser onder schot genomen. Ze wilde hem doodschieten. Hannah? Hij had niet zulke verhalen. Hij had ooit geweigerd een tijgerslang dood te schieten omdat het verkeerd leek als hij dood zou zijn. Hij had hem in een gat in de grond zien wegkruipen. Wat kon hij haar vertellen? 'Luister naar mijn verhaal. Ik zag een tijgerslang. Ik liet hem leven.' Zijn kabbelende bestaan.

Trudy had hem duidelijk gemaakt dat het vervangen van een zinken dak, het solderen van een gat in de goot, het dompelen van schapen een vrouw het gevoel konden geven dat ze gif dronk, elke dag een paar druppels, genoeg om haar uiteindelijk te doden.

Hij wist alleen dat er morgen weer een dag was. Als de schapen niet werden gedompeld, zouden ze onder de luizen, de teken en de schimmel komen te zitten. Als hij de goot niet soldeerde, zou het water op de vensterbank druppelen, onder de verf kruipen en het hout aantasten. Wat kon hij zijn vrouw zeggen? 'Trudy, dit is een boerderij, geen pretpark.'

Ze had hem ooit gevraagd iets bijzonders te vertellen. 'Iets wat niet gewoon is. Niet iets gewoons.' Ze was erop uit hem te horen falen. Het enige wat hij kon bedenken was een kookaburra die, jaren geleden, altijd bij hem op de achterste veranda zat terwijl hij theedronk. Op een dag was er een blauwtongskink onder de achterdeur door geglipt en in een stapel aanmaakhout gekropen. Hij hoorde getik, en toen hij de deur opendeed, trippelde de kooka naar binnen, gooide de houtjes opzij, pakte de hagedis in zijn snavel en stapte weer naar buiten. Dat was niet wat ze bedoelde.

'Maar je wilt wel, toch? Trouw met me,' zei Tom.

Hij dacht dat ze het erover eens waren, maar hem was iets opgevallen: Hannah kon op een trommel slaan en dan de stokken neerleggen en haar schouders ophalen alsof de hele zaak ineens al zijn belang had verloren.

Ze zei: 'We moeten open, Tom. We moeten boeken verkopen. Tom, repareer de kassa.'

10

Hannah was deze keer op de boerderij blijven overnachten. Het leek alsof ze berouw wilde tonen. Terwijl Tom het eten klaarmaakte, bekeek ze de schilderijen: het werk van oom Frank, die de laatste paar jaren van zijn leven het schilderen had opgepakt met een dood-of-de-gladiolen-achtige overgave. Alle doeken werden statig omkranst door vergulde, antiek ogende lijsten en waren allemaal even groot: vijfenveertig bij vijftig centimeter. Drie schilderijen toonden een waterval, een groot gordijn van blauw, ingeklemd tussen dikke klompen groen. Eentje was een portret van het gezicht van een schaap. Zo te zien had oom Frank geworsteld met de neus, maar hij had zo zijn best gedaan dat de neus de status van een portret binnen het portret had bereikt. De twee landschappen, die heuvelopwaarts naar de grote rotsblokken op de helling boven de boerderij liepen, gaven de toeschouwer de indruk dat het minste briesje de rotsen van de helling zou blazen, zo spaarzaam waren ze in de aarde verankerd. Hannah vond ze allemaal verrukkelijk. Met name een zelfportret met een hoedrand waaraan kurken hingen.

Tom hield een oogje op de lamsbout, de geroosterde aardappels en de pompoen. Als groente had hij snijbonen en bloemkool. En als extraatje dumplings, omdat hij wist hoe hij die moest maken; zijn moeder had hem dat geleerd. Op Hannahs opmerking antwoordde hij: 'Ik wil ze niet van de muur halen. De oude Frank was er trots op.' Toen voegde hij eraan toe: 'Het is waarschijnlijk rotzooi.'

'Ik vind ze leuk,' zei Hannah. 'Zijn er nog meer? We kunnen er een in de winkel hangen, vind je ook niet?'

Tom deed het deurtje van het houtfornuis open en tuurde naar binnen. Hannah boog naast hem.

'Klaar?' vroeg ze.

'Vijftien minuten.'

Hij zette de bonen op de warmhoudplaat. Hij droeg een theedoek om zijn middel, die hij onder zijn riem had gestopt. Hij leek bijzonder opgewekt.

Hij liep naar de grote oude pruttelende Kelvinator en haalde er een fles wijn uit. 'Rood bij vlees?' vroeg hij. 'Klopt dat? Moyston Claret.'

Hannah trok haar wenkbrauwen op. In de koelkast? Ze zei 'Prachtig' terwijl Tom de fles op tafel zette. Een uitgebreide zoektocht had een wit linnen tafelkleed opgeleverd, dat ooit door Toms zussen aan het huishouden was geschonken. Zonder stoomstrijkijzer was het waarschijnlijk te veel werk geweest om de vouwen glad te strijken, dus liepen er richels over het kleed van noord naar zuid en van oost naar west.

Hannah zat aan tafel om te voorkomen dat ze zich ermee bemoeide, wat ze bijna niet kon laten. Het deed haar plezier om Toms vastberaden bewegingen te volgen, zelfs de onhandige. Hij probeerde de bakplaat uit de oven te trekken met te weinig theedoek, brandde zijn vingers, probeerde het nog eens en liep toen als de wiedeweerga naar het aanrecht om de plaat neer te kwakken. Intussen klonterde de jus. Maar uiteindelijk kon hij, puur door volharding, twee ongelijke borden vullen met gebraden lam en groenten.

Hij ging zitten, maar sprong meteen weer overeind om

de stoffen servetten te pakken, ook een geschenk van zijn zussen, en zout en peper.

'Ik had muntsaus moeten maken,' zei hij. 'En kaassaus voor de bloemkool.'

'Tom. Het is perfect. Geniet ervan.'

Dit was in feite de eerste keer dat een echtgenoot of minnaar een maaltijd voor Hannah had bereid. Het was opmerkelijk dat ze daar in de loop der jaren nooit om had gevraagd. Ze was grootgebracht in een orthodox huishouden, niet heel erg streng, maar streng genoeg. Ze had zich boos afgekeerd van het gezeur van haar moeder over naaien en bakken. Haar vier zussen? Door en door gehoorzame meisjes.

Hannahs vader was haar held. 'Wil je soms vijf dezelfde? Wees blij dat er één onafhankelijk denkt.' Hij stuurde haar naar de universiteit toen het voor Joden onmogelijk was daar te studeren; het was hem gelukt.

Maar zijn ambities voor haar gingen niet zover dat ze de oven en de strijkplank links kon laten liggen. En aangezien ze heel veel van hem hield, had ze motto's gemaakt van zijn prioriteiten: houd je keuken koosjer, voed je echtgenoot, studeer, oefen. En toen ze in haar eerste jaar zwanger werd en trouwde, was dat met een man die niet in staat was een ovendeurtje te openen.

Leon, een intellectuele gigant, dacht blijkbaar dat een onzichtbare geest het huishouden op rolletjes liet lopen. Toen Hannah drie weken met longontsteking in het Pavdac-ziekenhuis lag, was Leon er in toenemende mate dakloos en onbemind gaan uitzien, zijn overhemden gekreukter dan wanneer hij erin zou hebben geslapen. Ze had zonder klagen voor twee echtgenoten het huishouden gedaan, haar scriptie over de Hongaarse barok voltooid terwijl ze een baby zoogde en challe bakte.

Leon zat verdiept in een werk van Proudhon aan tafel terwijl zij in de keuken een driftige culinaire choreografie uitvoerde, met Michael in een draagdoek op haar heup. Na Auschwitz, toen Leon dood was, trouwde ze met Stefan, die verdiept in een werk van Berenson aan tafel zat terwijl zij het ene na het andere bord onder zijn opgeheven vork schoof, deze keer zonder de baby, zonder het kind. In 1956, Sovjettanks in de straten van Boedapest, schoof ze borden onder de opgeheven vorken van minstens een tiental onruststokers van de Arbeidersraad, die hun woning binnen dromden nadat ze bakstenen naar Russen hadden gegooid; ze werd beloond (als je dat zo kon zeggen) met een kus op de wang en een stevige arm rond haar middel.

Niets in haar leven had haar voorbereid op Tom. Die dag in de winkel had ze in één oogopslag alles begrepen wat er over hem te weten viel, en ze had zich vergist. Ze kwam naar Australië, begreep alles in tien minuten, en toen niet meer. Dezelfde ervaring.

Het was niet het soort hart, Toms hart, dat ze van vroeger kende. In niets hetzelfde, niet eens in zijn maniertjes. Hij veegde zijn blonde haar met zijn onderarm van zijn voorhoofd. Als hij haar iets moeilijks wilde vertellen, keek hij eerst naar links, dan naar zijn voeten, en hief dan zijn hoofd op om haar aan te kijken. Haar kleine catalogus van zulke gewoonten breidde met de dag uit. De details van de liefde. Iets waar ze met name van genoot: zijn lange welgevormde ledematen.

Wat was er zo bijzonder aan zijn ledematen? Ze streelde zijn benen over de gehele lengte, dan zijn armen, en dacht – en dat was natuurlijk belachelijk – van mij, helemaal van mij. De vijfenveertig gepasseerd en ineens misselijk door de jaloerse drang een man bij andere vrouwen weg te houden? Dat was altijd beneden haar waardigheid geweest. En nu... wie zal het zeggen. Dit land. Het bracht onbekende dingen in haar boven. Eerst dacht ze: Australiërs, kinderen, ze weten niets. Dat had ze ook van Tom gedacht.

Maar er viel meer te zeggen, dat wist ze nu wel.

Ze vroeg hem tijdens het eten of hij al meer in *Grote verwachtingen* had gelezen. Dat was zo. Hij droeg het in zijn ruime achterzak mee op de boerderij en had er leunend tegen de wand van de melkerij of de hooischuur in staan lezen, en terwijl hij korrels voor de kippen strooide. Hij haalde dertig bladzijden per uur. Miss Havisham... die was gek, toch?

'Denk je dat ze gek was?' vroeg Hannah, die zichzelf betrapte op lerarengedrag.

'Nou, eigenlijk wel. Alles staat te schimmelen op tafel. Dan ben je gek, vind je niet?'

Hannah zei (grote god, moet je jezelf nou horen): 'Teleurstelling kan een hartstocht zijn.'

'Pardon?'

'Haar gevoel verraden te zijn... Ze leeft voor die hartstochtelijke teleurstelling. Ze is er voor eeuwig trouw aan. Die betekent meer voor haar dan een huwelijk ooit zou kunnen. Snap je?'

Tom dacht erover na. 'Wilde ze de bons krijgen?'

'Nee, Tom. Dat niet. Maar kijk eens naar de zín die het haar geeft. Voor haar hele leven.'

'Ik kan je niet meer volgen.'

Ze aten met smaak de sponscake met blonde stroop, iets nieuws voor Hannah. Maakten niet één maar twee flessen gekoelde rode wijn soldaat, en wasten en droogden toen naast elkaar de vaat af. Als hij weer zegt: 'Trouw met me', dacht Hannah, wees dan minder stom en zeg: 'Tom, ja, met heel mijn hart.'

Ze bedreven tipsy de liefde.

Ze liet Tom de slaapkamergordijnen opendoen om het maanlicht binnen te laten, anders kon ze niet slapen. 'Het is de oorlog, Tom,' zei ze. 'We verscholen ons dagen achtereen op donkere plekken. Nu moet ik voortdurend naar buiten kunnen kijken.'

Hij kuste haar schouders, haar borsten.

'Vertel me erover,' zei hij.

Ze dacht er een paar minuten over na. Toen zei ze: 'Nee, liever niet.'

Hij stond om halfvijf op voor de koeien maar liet haar slapen. Dat dacht hij, tenminste. Ze lag in bed, keek van de ladekast naar de hangkast en naar alle schemerige plekjes, en ze hief haar hoofd om te luisteren naar de koeien, die ongeduldig op Tom wachtten. Hij melkte met de hand, wist ze. Slechts twaalf koeien, waarvan de vijfenvijftig liter dagopbrengst bestemd was voor een oud Zwitsers echtpaar aan Brown Dog Creek dat er tilsiterkaas van maakte om naar hun geboortestad Bazel te exporteren. Ze had Tom ooit naar de zachtheid van zijn wangen gevraagd. Hij vertelde haar dat hij melkte met een wang tegen de flank van de koe, om en om. De teint van een melkmeisje. Ze hoorde schapen in de wei blaten omdat de dageraad gloorde. Tom zei dat de schapen elke nieuwe dag hoopvol wakker werden. Optimistische dieren, lang niet zo dom als ze eruitzagen. Hannah dacht: als hij weggaat, ga ik dood. Toen herpakte ze zich. Nee, ik ga niet dood. Niet zo melodramatisch! Maar in haar hart geloofde ze dat ze zou doodgaan. Dat hoopte ze.

Ze sloeg de dekens terug, wikkelde zich in de extra deken die Tom naast het bed had gelegd en scharrelde door het huis terwijl ze spulletjes op vensterbanken en planken bekeek. Ze knipte het licht aan in de woonkamer, waar de lelijke groene bank en leunstoelen hun vorm hadden verloren door kapotte veren. Hier zocht ze naar: een foto van het jongetje, Peter. Hij stond op de schouw; de sintels van de vorige avond gloeiden nog na tussen de haardijzers. Ze stond met de deken in de ene hand en met de foto in de andere.

'Ziehier het kind,' zei ze.

Op de foto stond een jongen van een jaar of vijf in een schooluniform en met een tas die aan een band om zijn schouder hing. Zijn donkere haar was keurig geknipt, met een keurige scheiding. Zijn glimlach was zo breed als maar kon, zo leek het. Hannah herkende de golfplaatwand op de achtergrond als die van de werkplaats; de wilde mispel met zijn trosjes vruchten steeg op naar het dak. Aan zijn voeten zat de hond, Beau, de kop scheef op de verwonderde manier van een huisdier dat 'Zit, zit' te horen heeft gekregen. De zon scheen in zijn gezicht, in Peters gezicht, en hij keek met samengeknepen ogen in de camera. De schaduw van de fotograaf viel naar voren in de foto. Het was Tom; ze herkende de vorm van zijn schaduw.

Hannah liet minutenlang haar blik op de jongen op de foto rusten. Het roodgouden licht van de sintels likte aan haar gezicht. Ze zette de foto terug op de schouw, liep met gebogen hoofd de keuken in en ging zitten. Het pakje Saxazout, waarin vlak onder de bovenrand een strooigat zat, stond nog midden op tafel.

Ze stond op om vanaf de achterste veranda naar de melkschuur te kijken. Het licht was aan. Tom zou bijna klaar zijn met melken. Ze schuifelde terug naar de slaapkamer en gleed onder de dekens. Weldra klonk de klap van de hordeur. Ze hoorde Tom zich uitkleden. Ze kon niet zeggen hoe hij wist wat ze wilde, maar dat deed hij. Hij hield haar van achteren vast, omhelsde haar lichaam, kuste haar nek en sprenkelde lieve woordjes in haar oor.

11

Er werd een datum voor het huwelijk afgesproken, 20 september of daaromtrent, zes weken nadat de ooien hadden gelammerd, een burgerlijke ceremonie in het oude rood bakstenen gebouw van het instituut voor technisch volwassenenonderwijs. Tom zei dat de bookmaker Horry Green ook vrederechter was en de ceremonie zou kunnen leiden. Voorlopig vertelden ze het aan niemand. O, en nog voor de bruiloft zou de feestelijke opening van de boekwinkel zijn. De naam: Madame Babels Boekwinkel. Heus?

'Het probleem is, Han, dat niemand in Australië zichzelf Madame noemt. Mensen zullen denken dat je naast je schoenen loopt. Te chic doet.'

Zodra hij het woord had uitgesproken, wilde Tom het terugnemen.

Ze waren in de winkel, waar de ene boekenplank nog aantrekkelijker oogde dan de ander. De ordening was naar titel en niet naar auteur, vanwege Hannahs democratische inslag. Ze wilde niet dat hele vakken kolonies van één auteur zouden worden. Schrijvers moesten elkaar een handje helpen. Tegelijkertijd lapte ze alle regels aan haar laars om te voorkomen dat een boek het gevaar van een onsympathieke buurman liep. *Het hoe en wat van het ontstaan van de Engelse arbeidersklasse* mocht niet naast *Het hoe en wat van het ontstaan van Amerika* staan, een boek waar Hannah een afkeer van had. Ze had als buffer tussen de twee een dun boekje met een slappe kaft gezet, *Het hoe en wat van jam maken.*

'Chic? Zullen ze denken dat ik het hoog in de bol heb?'

'Sommige mensen wel.'

'O, alleen maar "sommige mensen". Madame Babel heeft het hoog in de bol, zullen sommige mensen zeggen. Madame Babel die rattenlijkjes at in Polen. Madame Babel die smeekte aan de voeten van de kapo's. Die Madame Babel heeft het hoog in de bol. Ik snap het.'

Tom had nog niet over de ratten gehoord, of de kapo's, wie dat ook mochten zijn. Hij wisselde een blik met David de kanarie, die Tom als een favoriete habitat was gaan zien en op zijn schouder aan zijn oorlel knabbelde.

'Als de man die het uithangbord maakt komt, zal ik dan zeggen: "De boekhandel van de Hongaarse vrouw die het hoog in de bol heeft"? Of had je iets beters?'

Tom stak een vinger uit, nam David aan boord en zette hem boven op de kassa. 'Hannahs Boekwinkel. Vind je ook niet?'

'Hannahs Boekwinkel,' zei Hannah. 'Lekker eenvoudig. Niks zwierigs, god verhoede.' En toen, zonder duidelijke reden: 'Tom, ik had ooit een zoon. Hij heette Michael.' Ze liep naar de deur van de winkel en duwde hem zachtjes dicht.

Tom zei: 'Ik luister, Han.'

Hannah haalde haar schouders op, keek weg. 'Ik wilde het je vertellen. Toen je laatst na het melken weer in bed kroop. Toen wilde ik het je vertellen.'

Er was iets in haar gaande. Haar blik gleed terug naar Tom, toen naar de boekenplanken, en weer terug. Het licht in die groene ogen van haar kon soms in een fractie van een seconde feller worden of uitdoven. Tom wachtte. Hij wist dat hij nu moest zwijgen. Hannah was een vrouw wier stemmingen een zeer zorgvuldige inschatting vergden. Als hij zijn armen nu om haar heen sloeg, zou ze hem wegduwen.

'Maar dat deed je niet,' zei hij, aangezien het leek alsof hem werd gevraagd de pauze in te vullen. 'Je vertelde me niets.'

'Nee, dat is zo.'

'En nu?'

Hannah trok haar schouders op en liet ze weer zakken. Ze zei: 'Nu, ja.'

Was dat alles wat ze te zeggen had?

Ze pakte een boek van de toonbank, een rood omslag met een gele rug. Ze keek er aandachtig naar. 'Misschien een nieuw boek, Tom? Dit is echt iets voor jou. *Misdaad en straf*. Dostojevski. Wat denk je?'

'Wil je me niet meer vertellen over de jongen? Over Michael?'

Er gleed een geërgerde uitdrukking over Hannahs gezicht, alsof Tom haar geduld op de proef stelde. 'Wat moet ik nog vertellen? Hij is dood.'

Het was riskant, maar dit was misschien het juiste moment. Tom deed een stap naar voren en sloeg zijn armen om Hannah heen. Het was zijn bedoeling haar vast te houden, ook al zou ze kronkelen en duwen. Maar dat deed ze niet. In plaats daarvan omvatte zij hem met haar eigen armen en hield hem dicht tegen zich aan, nog steeds met het boek in haar hand.

Ze hief haar gezicht op zodat ze hem kon zien. 'Ik ben te moeilijk, Tom. Ik weet het. Je mag bij me weggaan, echt waar. Geen... hoe zeg je dat? Geen hysterische toestanden. Heus.' Toen liet ze haar kin op zijn schouder rusten. 'Maar doe het niet, Tom, alsjeblieft. Alsjeblieft.'

Ze zette thee. Toen ze in de elegante gecapitonneerde stoelen zaten die Hannah voor de winkel had gekocht zodat klanten konden zitten bij het lezen, vertelde ze Tom dat Michael in Auschwitz was omgekomen, hetzelfde Auschwitz waar ze het een paar maanden eerder ook over had.

'Een concentratiekamp. In Polen. In de buurt van Krakau. Meer dan één kamp, drie, vier kampen. Daar vermoordden ze ons, Tom. Vele, vele duizenden. Daar vermoordden ze Michael. Daar stierf Leon in de gaskamer. Hij had tyfus en daarom stopten ze hem in de gaskamer.'

Het lukte Tom niets banaals te zeggen, dankzij zijn groeiende besef dat de Duitsers, de nazi's, verdomd verschrikkelijk waren. Hij dacht dat oom Frank hem misschien weleens over concentratiekampen had verteld. Dat had te maken met de beslissing om geen grotere kippenren te maken. Oom Frank zei toen – toch? – dat hoe groter je de ren maakte, hoe meer kippen je wilde, zoals de nazi's met hun kampen. Misschien had hij het over krijgsgevangenenkampen.

Hannah zat met haar benen over elkaar thee te drinken. Haar dikke haar was langer dan toen Tom haar leerde kennen, met meer grijs. Ze sprak kalm maar was allerminst kalm, merkte Tom. Ze gaf hem een paar details over haar aankomst in Auschwitz. Haar echtgenoot Leon was de ene kant op gestuurd, en zij en Michael de andere. De officier die het bevel had, de man met de witte handschoenen, ss, had iets tegen haar gezegd. Hij had haar gevraagd...

'ss?' onderbrak Tom haar.

'Een ss-officier. Weet je wat de ss is?'

'Niet echt. Het spijt me, Han.'

'Geeft niet. Verschrikkelijk. Deze officier was een van de ergsten.'

In Auschwitz werden Michael en zij apart gezet. Ze verkeerde in een roes. Ze verloor een minuut het bewustzijn. In die minuut verdween Michael.

'Waarnaartoe?' vroeg Tom.

‘Waarnaartoe?’ Hannah leunde voorover en zette haar kop-en-schotel naast zich op de vloer. ‘Om gedood te worden, Tom. Om te sterven.’

‘Maar waarom, in hemelsnaam?’

Hannah hief beide handen op en liet ze in haar schoot vallen. ‘Tom, weet je dan niets over de oorlog?’

‘Toch wel, Han. Maar over de oorlog op de eilanden. Daar waren wij, op de eilanden, strijdend tegen de Jappen. Mijn oom Les vocht op de Kokoda Track. Mijn moeders broer.’

‘Oké. Maar in Europa, Tom, stopten de Duitsers alle Joden in kampen en vermoordden ze daar. Begrijp je wel? Miljoenen. Niet alleen in kampen. In steden in heel Europa. Miljoenen.’

‘Maar waarom, Hannah? Dat snap ik niet.’

Hannah knikte. Ze keek weg. Haar hand zweefde omhoog naar haar ontblote keel en kneedde zachtjes het vlees. Toen ze weer naar Tom keek, zei ze alleen maar: ‘Hij was dus weg.’ Ze stak haar hand uit en klopte op Toms knie. ‘Vind je de winkel mooi?’

‘Natuurlijk. Hij is prachtig, Han.’

‘Als ik hier tussen drie en zes niet kan zijn, past Maggie op de zaak.’

Tom knikte, maar besefte dat er niet genoeg was gezegd over de jongen, over Michael. Hij zei: ‘Ik vind het heel erg van je jongen, lieverd. Echt waar.’

‘Ja. Enfin.’ Hannah stond op en liet haar blik over de planken dwalen. Ze dacht erover te zeggen: ‘En jouw jongen, Tom. Hij kan niet bij je zijn.’ Maar ze deed het niet. ‘Hannahs Boekwinkel, dus?’

‘Dat is het beste,’ zei Tom. ‘Hannahs Boekwinkel.’

Toen Teddy Croft een uur later het uithangbord kwam ophalen, vertelde Hannah hem deze naam.

Tom gaf het koper van de plankenrail een poetsbeurt met een in lichte olie gedrenkte doek en liet Hannah zien hoe je de ladder heen en weer kon schuiven. Daarna ging hij terug naar de boerderij om zorg te dragen voor talloze dingen, zoals het vastschroeven van de ijzeren platen die hij slechts provisorisch op het dak van de melkschuur had vastgezet. 'Slecht weer op komst,' zei hij. Hannah zei dat ze naar hem toe zou komen zodra ze klaar was met haar leerlingen.

Maar ze moest nog iets doen alvorens de winkel te verruilen voor de fluit en de piano. Ze pakte een rechthoekig stuk stijf papier, pakpapier met de kleur van perkament, ging aan de toonbank zitten en schreef met zwarte inkt en een kroontjespen keurig netjes één regel in het Hebreeuws. Ze plakte het papier op de ruit, vlak bij de deur en onder het gebed dat ze maanden eerder had opgehangen.

Horry Green sprak geen Hebreeuws en kon geen Hebreeuws schrift lezen. Zijn vrouw was anglicaans en sprak uiteraard ook geen Hebreeuws. En de vijf kinderen Green, die zich terdege bewust waren van hun vaders Joodse afkomst maar waren opgevoed als heidenen, kenden zeker geen woord Hebreeuws. Dat was zo'n beetje iedereen in de wijde omgeving die althans nog de taal van het geschrevene had kunnen herkennen. En zo bleef de naam die Hannahs voorkeur had alleen bij haar bekend: Boekwinkel voor gebroken harten.

12

De rivier stroomde noordwaarts vanaf de Australische Alpen, boog daarna aan de landzijde van de bergen af naar het westen en vervolgde dan zijn weg noordwaarts tot hij bij de Murray kwam. De Hometownvallei, ontstaan waar de rivier van richting veranderde, kreeg zijn slechte weer meestal vanuit het oosten, en de vochtige wind kwam zo strak uit de bergen dat het leek alsof hij door een kanaal in de lucht raasde.

Mensen zoals Tom, die genoodzaakt waren zich er altijd van te vergewissen wat voor weer er op til was, beschouwden een bleekblauwe lucht in het oosten als de voorbode van noodweer: een ongebruikelijk omen, maar negeer het niet. Zodra Tom terug was op de boerderij, klom hij met een elektrische boor en kraagschroeven op het dak van de melkschuur. Hij hield even stil om naar het oosten te kijken en zag het zwarte noodweer met een gouden mist eromheen over de heuvels komen aanstormen. Kleine druppels roffelden al op het ijzer. Nog voor hij twee extra schroeven had bevestigd, sloeg de regen met verblindend geweld neer.

Doorwerken in de stortbui was niet zonder risico – elektrocutie – maar hij bevestigde de laatste schroeven. Toen maakte hij de boor los van het verlengsnoer en haastte zich de ladder af. Onderaan liep een doorweekte Beau nerveus heen en weer. Hij floot de hond mee terwijl hij naar Jo en Stubby holde. Een beetje stoer paard zou niet bang zijn van wat regen, maar Tom had de dieren verpest door ze bij elke regenbui op stal te zetten. Nu galoppeerden ze hysterisch door hun wei; de blinde Stubby kreeg het op zijn heupen en stormde briesend recht op Jo af. Tom schreeuwde boven het lawaai van de regen uit tot Jo in gestrekte draf op hem af kwam. Ze hield pas stil toen ze bijna botsten. Tom voerde beide paarden snel naar de beschutting van de stal, waarbij Stubby een hoog gierend geluid als van een vogel maakte.

'Koest! We zijn al binnen, idioot.'

Beau, in de veronderstelling dat dit van hem werd verwacht, beet Stubby in een vetlok, waarna hij de verbijstering en schande van Toms laars moest verduren.

De koeien: Tom leidde ze de melkschuur in. De stank van natte beesten vulde de ruimte. De regen op het ijzeren dak kondigde in roffelend crescendo de komst aan van een onverzoenlijke god die het einde van alles kwam verkondigen. Het water dat over de vloer van de melkschuur stroomde, kwam tot aan Toms enkels. Beau blafte naar de vloed, beet ernaar en keek snel even naar Tom, voor het geval dit ook strafbaar was.

Een koe is op zijn eigen manier een tiran, en alle zuivelboeren houden er moordfantasieën op na. De schier eindeloze handeling van het melken. Zelfs Tom, die van zijn dieren hield, stelde zich soms voor dat hij ze allemaal zou afschieten. Terwijl het water aan zijn schenen likte, probeerde hij uit alle macht te voorkomen dat de roestvrijstalen melkemmers tijdens het melken onder zijn vingers vandaan dreven.

Hij hield even op om te luisteren. Het geraas van de regen was toegenomen, onmogelijk. Terwijl hij met opgeheven hoofd wachtte, werd het geluid nog een sprong luider. Tom dacht: niets overleeft dit. De vloed op de betonnen vloer kwam nu bijna tot zijn knieën. Op dat moment stormde de oude gestoorde ram de melkschuur binnen en viel Tom aan. Het was geen boosaardigheid, maar louter paniek. Tom wist een stomp uit te delen die krachtig genoeg was om de ram tot bedaren te brengen.

'Ga naar de werkplaats!' schreeuwde hij. 'Jezus! Wat mankeert jou?' Hij greep een handvol vacht en sleurde de ram naar de werkplaats, en toen naar binnen. De vloer achter in het gebouw was een flink stuk verhoogd. Tom duwde en porde, zette het domme oude beest buiten de waterstroom en keerde geërgerd terug om verder te gaan met melken. Hij moest de schapen van het drasland naar een hogere wei zien te krijgen. Het drasland zou vollopen met water en tot voorbij het hek veranderen in een meer.

Hij hoorde zijn naam roepen. Dat beeldde hij zich vermoedelijk in, het kwam waarschijnlijk door de roffelende regen... Maar nee, daar stond Hannah naast hem en schreeuwde iets in zijn oor.

'Jezus!'

'Ik ben er!'

Haar mooie groene jurk zat aan haar lichaam geplakt. Haar haren zagen eruit als aangespoeld zeewier. Haar schoenen van stijf groen vilt waren doorweekt en modderig.

'Ik kan melken!' gilde ze.

'Wat?'

'Ja! Ik kan melken!'

'Ga naar binnen!'

'Nee! Ik kan melken!'

'Dat kun je niet! Ga naar binnen. Zorg dat je droog wordt.'

'Ja! Ik kan melken!'

Hij wist genoeg van haar koppigheid om zich erbij neer te leggen dat ze te allen tijde precies deed wat ze van plan was. Het idee dat ze kon melken was krankzinnig. Maar hij moest naar de verzuipende schapen en gaf toe.

De dichtheid van de stortbui was absurd: geen regen maar een waterval. Tom riep Beau bij zich, vertelde hem in één schreeuw dat ze de schapen moesten halen. 'Breng ze naar boven, Beau!'

Beau, dolblij met de kans om te laten zien wat hij kon, rende en stopte en sprong en dreef de schapen eerst door het ene hek en vervolgens door het andere, tot vierhonderd schapen naar de hogere heuvelweide waren verplaatst waar het overige twee derde deel van de kudde stond. Ze vormden een dikke kraag rond de voet van de suikergombomen, behalve de onnozelaars, de domste van de kudde, die achterbleven in de zondvloed.

Het water stroomde ongehinderd door het gras. De hele boerderij was een rivier. Het huis stond een halve meter boven de grond, maar Tom was bang dat een halve meter niet genoeg zou zijn. En lieve help, de kippen. Die zouden toch wel slim genoeg zijn om op stok te gaan? Tom haastte zich met Beau naar het kippenhok, waar de hennen onder het opperbevel van de hanen de bovenste stokken hadden gevonden. Ze zouden droog blijven dankzij het overhangende dak dat Tom een maand geleden had gebouwd. Ze zagen er vredig uit.

De boomgaard zou het wel overleven. De bomen waren uitgebloeid en zouden niets te lijden hebben als het water weer weg was.

In de melkschuur deed Hannah op het melkkrukje haar best om een vijfliteremmer met haar voet overeind te houden terwijl ze vergeefs een uier bewerkte. Ze had in een halfuur slechts een halve emmer gevuld. De koeien keken haar wantrouwend aan. Zodra ze Tom zagen staken ze hun neus omhoog om de bekende en vertrouwde geur op te snuiven.

Hannah zei iets op klagerige toon.
'Pardon?'
'Meewerken! Ze werken niet mee.'
Tom nam haar plaats in op de kruk en deed het voor, zijn gezicht vlak naast het hare zodat ze hem kon verstaan. 'Ook maar iets te stevig, dat bevalt ze niet. Je mag je handen totaal niet draaien. Je krijgt er na een tijdje gevoel voor. Op dit moment moeten ze niets van je hebben. Maar ze weten het wanneer je je best doet. Echt waar.'
Hannah kreeg uiteindelijk haar emmer vol terwijl Tom de overige acht deed. Zelfs nu schitterden Hannahs ogen van het plezier iets te leren, hoe ellendig en doorweekt ze ook was. Ze riep voortdurend opmerkingen naar Tom terwijl ze bezig was met haar onbeholpen melken. Niets bereikte hem; het geraas van de regen was oorverdovend. Maar hij glimlachte. Hij had nog nooit zoveel van haar gehouden als nu.
Tom zette de emmers in een gekoelde kast. Terug in huis douchten ze en trokken droge kleren aan; Hannah stak zich in Toms broek en trui, met daarbij een regenjas, een zuidwester en rubberlaarzen die haar een paar maten te groot waren. Tom had liever gezien dat ze binnenbleef, maar ze vond zichzelf een grote hulp en wilde daarom met hem mee toen hij achter het huis een geul ging graven waardoor het water kon weglopen. Ze wás trouwens ook een goede hulp. Ze pakte de spade en schepte de grond weg die Tom met het houweel had losgehakt. Met een gestage zwaaibeweging een spade hanteren, en met elke beweging een grote schep aarde meenemen, dat vergde oefening. Dus waar, wanneer? In hoe heet het ook alweer? Auschwitz?
De regen was iets afgenomen, maar niet veel. Toen hij opkeek naar de heuvelweiden, zag hij het water door de gerst en het kanariegras stromen, waarbij het een vracht aan

twijgjes, blaadjes en kleine takken met zich meevoerde en ook een golfplaat van de oude vervallen vogelaarshut die oom Frank ooit had gebouwd voorbij het hek van de heuvelweide. Toen Tom klein was, had Frank zich een jaar of twee met vogelspotten beziggehouden.

Toen Tom de geul tot aan de zijkant van het huis had uitgegraven en klaar was om de hoek om te gaan, keek hij omlaag naar het verdronken land en zag tot zijn ontsteltenis twee complete huizen in de verte op de rivier deinen. Hij riep Hannah.

'Moet je zien!'

'Aiii! Tom!'

'Ze moeten op drift zijn geraakt bij Sawyer's Flats. Dat zal het huis van Nev en Poppy zijn, en dat het huis van Scotty Campbell. Godallemachtig!'

'Aiii! Mijn huis, Tom. Gaat het de rivier in?'

'Nee, nee. Niets van Harp Road. Je zit ruim een kilometer van de rivier.'

'De winkel, Tom. Het water zal de winkel in gaan!'

'Misschien. Ja. Maar ik kan nu niets doen.'

De regen hield op tegen de avondschemer. Hannah en Tom aten wat restjes en gingen om acht uur naar bed. Het noodweer had alle kracht uit Toms lichaam getrokken en hij snakte naar slaap, maar Hannah babbelde onafgebroken door. Door de ervaring met het noodweer kolkte de adrenaline door haar bloed. Telkens wanneer Tom zich overgaf aan het verlangen naar bewusteloosheid, tilde ze zijn oogleden op met haar vingers, kneep in zijn wangen en sloeg hem zachtjes. Ze wilde over Dostojevski praten, over *Misdaad en straf*, en Toergenjev, van alle torenhoge genieën uit de negentiende eeuw favoriet bij de Russische lezers, zelfs meer nog dan Tolstoj, Tom, meer dan Tsjechov.

Hij was zich ervan bewust dat Hannah al babbelend aan hem zat. Daar had hij vrede mee, maar het moest zich voltrekken terwijl hij weggleed in een diepe slaap vol stijgend water en wrakhout; zijn aanstaande vrouw zwom, zwom met een elegante bovenarmse slag.

's Ochtends na het melken een ronde over de boerderij, en de schade viel mee. Het was een oudtestamentische regen geweest, maar met matige wind. De werkplaats, waar de oude ram op de verhoging achterin stond te blaten dat het een aard had, had het goed doorstaan, evenals de garage die de twee trekkers en de vorklift herbergde. De afwateringsgeul had zijn werk gedaan. De schapen hadden een straf briesje nodig om op te drogen, maar mankeerden verder niets. De paarden liet Tom op stal staan om hun hoeven het water en de modder in de wei te besparen.

Ze reden naar Hannahs huis aan Harp Road om droge kleren te halen, en toen naar het centrum. Mensen uit heel Hometown waren naar de winkelstraat gekomen om verhalen over het noodweer uit te wisselen, te klagen over het weerbericht en lucht te geven aan hun ontsteltenis. Mensen zeiden: 'Allemachtig!' en: 'Nooit van m'n leven' en: 'Het zat eraan te komen.'

Connie Cash hield een betoog over de vernietigende krachten van de natuur. 'Ik zag die wolk de vallei in rollen en zei: "Vuile ellendeling." Je stond naast me, schat. Je hoorde me.'

Connies echtgenoot, Duke, bevestigde wat zijn vrouw had gezegd.

'Vuile ellendeling,' herhaalde Connie. 'Nev en Poppy. Waar staat hun huis? Halverwege richting de Murray!'

'Nev en Poppy,' zei Duke. 'Scotty Campbell. Halverwege richting de Murray. Nev en Poppy zijn bij Poppy's tante op Hell's Ridge, Scotty en Di zijn bij de Pastors. Ze zullen hopen dat de verzekering uitbetaalt. Wij bleven maar net gespaard. Het water week op de helling uiteen en ging aan twee kanten om ons heen. We geloofden onze ogen haast niet.'

'Om ons heen,' zei Connie. 'Er kwam een beetje onder het linoleum, niet veel. En jouw winkel, Hannah? Ben je al gaan kijken? Alle winkels, die van Dennison, Burnett, Jenny, de Lawsons... zwaar, heel zwaar beschadigd. Je mooie boeken!'

Hannah zei: 'Ik heb nog niet gekeken.'

Tom en zij gingen op weg naar de boekhandel van de gebroken harten, gevolgd door Connie en Duke, die wel wilden optreden als getuigen van de verwoesting. Hannah maakte de voordeur open. De planken blonken. Hannah ging naar binnen. Ze klapte in haar handen.

'Zie je dat, Tom?'

'Niks aan de hand, zo te zien,' zei Tom.

'Zie je dat?'

'Ik werp even een blik op de achterkant.'

Het land achter het handjevol winkels helde af en de vloed was onder achterdeuren door gestroomd. Maar Tom had achter Hannahs winkel een schutting opgetrokken; hij had volgens oom Franks nauwgezette methode een rij puntige hardhouten palen dertig centimeter de klei in geslagen, en zo was de vloed gekeerd.

'Dat was boffen,' zei Tom.

En Connie: 'Moet je zien!'

Duke: 'Krijg nou wat.'

Juicy, die was langsgekomen om Hannah te helpen jammeren, zei: 'Tommy, als je die palen niet had ingegraven, tering. Sorry, Hannah. Maar zie je wat Tommy heeft gedaan? Het water kon er niet onderdoor. Dat noem ik nou bouwkunde, vriend.'

Hannah greep Tom en omhelsde hem stevig. Gênant voor sommige omstanders, maar niet voor Tom.

Anderen hoorden over Toms fameuze vooruitziende blik en kwamen vol bewondering kijken. Tom legde uit dat hij de schutting had gemaakt om de achterkant een mooier aanzien te geven; hij had niet aan overstromingen gedacht.

'Maar je hebt de palen verzonken,' zei Juicy. 'Hoeveel kerels zouden daaraan hebben gedacht? Nou?'

En terwijl de mensen zich vergaapten aan het bouwkundig wonder dat Tom Hopes schutting was, deed Hannah haar aankondiging. 'Oké, met deze man ga ik trouwen. Iedereen moet naar de bruiloft komen, iedereen.'

De bruiloft was nog niet eerder bekendgemaakt. De mensen in het oploopje hielden hun goede wensen voor zich tot ze zich van Toms reactie hadden overtuigd. Het werd alom geaccepteerd dat Hannah op zijn minst een beetje getikt was, geen wonder met Hitler en zo, dus als ze iets zei over trouwen met Tommy, dan was dat vermoedelijk wartaal. Ze konden maar beter op een bevestiging wachten.

Maar Tom glimlachte en knikte. 'Yep,' zei hij.

Klappen op zijn schouders. Een stevige handdruk van Juicy Collins, Duke Cash, Arnie Priest van het departement Staatsrivieren. Connie kuste Hannah.

'Wanneer?' vroeg Juicy.

Tom deed vaag. Kon Hannah dan misschien antwoord geven?

'Binnenkort,' zei ze. 'Eerst de winkel openen. Snel daarna. September.'

13

In Noord-Polen, in het dal van de Wisła, wordt de aarde eind november hard. Half december blijft de sneeuw zonder te smelten liggen waar hij valt. Daarna bevriezen de rivieren binnen een maand tot het aan de Oostzee gelegen Danzig. Eind 1944 werden Hannah en de vrouwen van het slavenleger naar de oostelijke oever van de Wisła gestuurd om met spaden en houwelen de aarde te bewerken. Ze moesten greppels graven die diep genoeg waren om Sovjettanks te laten stranden. De schoenen die ze kregen waren van grof hout, en de voeten van alle vrouwen bloedden elke dag. Als Hannah zichzelf een verlangen toestond, dacht ze aan zacht leer en wollen sokken.

Een team begon aan de linkerkant, een ander rechts. De greppels moesten drie meter breed, vijftien meter lang en twee meter diep worden. Als een team eerder halverwege was dan het andere, mochten die vier vrouwen wachten. Maar ze mochten niet gaan zitten. Ze stonden op hun houweel of spade geleund, dicht bij elkaar om warm te blijven.

Het team van een Litouwse die Judith heette, een vrouw met de bouw van een bootwerker, was altijd als eerste klaar. Haar gezicht was in elk weertype helderrood en zelfs nog roder in deze tijd van ijs en sneeuw. Wanneer de ss-bewakers erom vroegen, liet ze hun haar spieren zien; ze ontblootte haar arm en spande ze aan. Onverzettelijk als ze was tijdens het graven, huilde ze 's nachts bittere tranen om haar vader, moeder en jongere zusjes. Van de andere vrouwen huilde niemand. De meeste hadden ouders, zussen, broers verloren, maar alleen Judith herinnerde het zich alsof het een paar uur eerder was gebeurd. Zelfs Hannah vergoot geen tranen meer.

Op een dag werd Judith bij het ochtendkrieken niet wakker. Ze werd ter plekke doodverklaard door een dokter van het slavenleger, een Poolse geneeskundestudent met beperkte deskundigheid. De ss-officier die het bevel voerde over het rondtrekkende slavenleger, *Oberführer* Schubert, kwam uit nieuwsgierigheid naar de tent. Hij wilde Judiths naakte lichaam zien om zich ervan te vergewissen dat ze een vrouw was. Dat was ze.

Op Hannahs verzoek stond hij Hannah en twee helpsters toe het lichaam te begraven. Dat was een grote gunst. De vele vrouwen van het slavenleger die onderweg bezweken en werden doodgeschoten, werden een eindje van de weg af gedragen en daar achtergelaten in de sneeuw.

Hannah had zelf ook behendigheid met de werktuigen ontwikkeld. Ze had Judith bestudeerd. Maar ze wist dat het houweel en de spade en de belabberde omstandigheden haar weldra zouden doden. Hen allemaal.

Van de Poolse dokter die niet echt een dokter was en van een van de kapo's hoorde ze dat de Duitsers bijna waren verslagen. De Russen rukten vanuit het oosten op met tanks, grote kanonnen en een miljoen soldaten in uniform.

Ze was er vrijwel zeker van dat Oberführer Schubert alle vrouwen van het slavenleger zou doodschieten als de Russen dichterbij kwamen. Misschien zou hij ook zichzelf doodschieten. Zo nu en dan ging hij aan de rand van een greppel naar de vrouwen staan kijken, waarbij een jonge officier een reusachtige zwarte paraplu boven zijn hoofd hield. Hij zei nooit een woord.

Maar wat moest hij ook zeggen? 'Wat heeft het voor zin?' Of: 'Ga naar huis, om godswil, het is allemaal afgelopen.' Of: 'Vandaag laat ik je doodschieten, vraag niet waarom.' Zijn gezicht was ingevallen en grauw. Het ging te ver om te geloven dat hij gewetenswroeging had. Hij had in Auschwitz gediend. Wat zou er van zijn geweten over zijn?

Hannah keek soms op naar zijn gezicht. Hij stond toe dat ze elkaar aankeken. Als hij haar had gevraagd om te spreken, had ze gezegd: 'Je hebt mijn zoon vermoord. Ik hoop dat er een hel is en dat jij daarheen gaat.'

De ergste dagen waren als er een sneeuwstorm was. De wind en de sneeuw stortten zich vanuit het Poolgebied op het slavenleger. Het canvas van de tenten was stijf van het ijs. De paarden waren in dekens gewikkeld, maar de vrouwen niet. Ze stierven dagelijks bij bosjes. Sommige bevroren staande, nog met hun werktuig in de hand. De levenden wikkelden zich in de lompen van de doden. Ze omwonden hun klompen, omwonden hun handen. Als ze opkeken vanaf de bodem van de greppel, dan was de wereld wit. Graven was onmogelijk. Hannah en de drie vrouwen van haar team wreven elkaar warm en bewogen zich stampend met hun voeten in een kringetje.

En op een ochtend besloten de vrouwen van het slavenleger te sterven. Er waren twee dagen verstreken zonder dat ze eten van de veldkeuken hadden gekregen. Zonder enig overleg vooraf bleven de vrouwen in het hele kamp in hun tent, gewikkeld in hun beddengoed. Een collectieve beslissing in het collectieve brein van de onderdrukten: tijd om te sterven. De soldaten zouden komen en hen uit hun tenten sleuren en in de sneeuw gooien. Daarna zouden ze de vrouwen allemaal moeten doodschieten, omdat deze geen van allen overeind wilden komen om een spade op te pakken.

Wachtend op het einde dacht Hannah aan de hemel, voor het eerst sinds haar kindertijd. Stralende sterren aan een blauw uitspansel en haar hemelse lichaam pijnvrij. De lucht van de eeuwigheid smaakte naar vanille.

Het waren niet de soldaten die kwamen, maar Marika van de veldkeuken, een blond meisje van achttien uit Boedapest dat met de kok sliep. Ze stond midden tussen de vrouwen en vertelde hun dat de Duitsers waren vertrokken. Ze hadden de drie wagens en zes paarden gepakt en waren vertrokken. De soldaten hadden aangenomen dat ze voor hun vertrek de vrouwen moesten doodschieten, maar Oberführer Schubert zei van niet. Ze waren weg, allemaal. Marika voegde eraan toe: 'Er is geen eten.'

De Litouwsen waren de krachtigste vrouwen van het slavenleger, en die waren allemaal dood. Het leiderschap kwam bij Hannah te liggen. Ze zei dat ze oostwaarts moesten lopen, in de hoop op Russen te stuiten. Er werd tegengeworpen dat de Russen hen zouden verkrachten. De Duitsers waren monsters, zeker, maar de Russen hadden onbeheersbare driften. Niet echt monsters, maar erg genoeg.

Hannah wuifde de klacht weg. 'Ze zullen de Duitse Polen verkrachten.' Ze had het over de etnische Duitsers uit noordelijk Polen. 'Daar lopen er genoeg van rond.'

Met dank aan de hemel die Hannah zich had voorgesteld, nam de sneeuwstorm af en hield toen op. Ze betwijfelde of er nog Duitsers aan deze kant van de Wisła waren en achtte het veilig genoeg om met de tachtig resterende vrouwen van het slavenleger oostwaarts te schuifelen. Ze hoopte voedsel te roven uit boerderijen waarvan de bewoners op de vlucht waren geslagen voor de Russen. Ze had op hun mars westwaarts heel wat van zulke verlaten boerderijen gezien.

Ze kwamen etnische Duitsers en Polen tegen die met paard-en-wagens de andere kant op reden. Geen brandstof voor motorvoertuigen. De Polen en Duitsers passeerden hen zwijgend, maar met een minachting op hun gezicht die niet geheel te verbloemen was. Een paar kleine kinderen knepen hun neus dicht en wapperden met hun hand alsof ze de stank wilden wegwuiven. De weg was bezaaid met verlaten auto's en vrachtwagens. De vrouwen doorzochten elk voertuig op voedsel. Een zakje met tien harde snoepjes werd verdeeld, twee streng afgetelde minuten in de mond van iedere vrouw.

Toen Hannah aan het eind van haar krachten was, vonden ze de eerste boerderij. Houten balken, twee verdiepingen, een steil leien zadeldak. Het gebouw leek onbewoond te zijn, maar was dat niet: een bedlegerige oude man schreeuwde moord en brand. Hannah negeerde hem om zich op de voorraadkast te concentreren. En lieve god: een hele ham, aardappels, wortelen, groene appels, pekelvlees, hazelnoten. Ze waren het erover eens dat de voedingsregels voor andere tijden en plaatsen bedoeld waren, en de hele ham werd gesneden, de aardappels en wortelen rauw gegeten, het vlees verdeeld, de hazelnoten gekraakt, de appels – acht stuks – onder tachtig vrouwen verdeeld. Ze voedden de oude man, ook al siste hij naar hen. De rest van de familie had hem blijkbaar achtergelaten. Sommigen opperden dat de oude man dood misschien beter af was, maar Hannah zei nee.

En ze bleven op de boerderij.

Er was hout voor het fornuis en de drie haarden, en ook

materiaal voor provisorisch beddengoed: gordijnen, zeildoek uit de werkplaats van de boerderij, paardendekens. Vijf van de vrouwen stierven binnen twee dagen, alsof al dit plotse comfort en de warmte hun te veel was. Hannah stond weer te graven.

In de melkschuur stonden twee koeien vastgebonden, holsteins, die luid loeiden van de honger en het ongemak van een volle uier. Ze werden gemolken door Frieda, de oudste van de overlevende vrouwen, die was opgegroeid op een boerderij in Hongarije. Ze liet Hannah zien hoe het moest, maar het onderricht werd bekort door haar dood na een korte hoestaanval. Hannah deed haar best met de beesten, maar had er moeite mee.

Het voedsel raakte snel op. Op een van de akkers rende nog een geit rond, een grote bok. Een groepje vrouwen ging naar hem op jacht met vleesmessen en een bijl. Er waren uiteindelijk tien zogenaamde slagers voor nodig om het dier in het nauw te drijven. Het werd tegen de grond gehouden terwijl een vrouw met een vleesmes er schrijlings op ging zitten en het stak waar ze maar kon, keer op keer. De bok wurmde zich los en wist dagenlang te voorkomen dat ze hem vingen; door de spleten van zijn ogen hield hij in zijn afschrikwekkende doodsstrijd de vrouwen in de gaten. Toen hij bezweek, werd hij met verscheidene slagen van de bijl onthoofd, onvakkundig in stukken gehakt en dagenlang gestoofd opgediend.

Na het debacle met de geit was het doden van nog meer dieren – de koeien – geen realistische optie meer. Iemand stelde voor dat de helft van de vrouwen weer op pad zou gaan om voedsel te zoeken in andere verlaten boerderijen. Halverwege januari, drie weken na hun aankomst op de boerderij, waren Hannah en twaalf van de oorspronkelijke tachtig de enigen die nog achtergebleven waren. Ze leefden op melk en rapen, waarvan een klein bergje in de kelder lag.

Er viel geen sneeuw meer, maar de velden waren wit, met uitzondering van de opvallende plek waar de bok was afgeslacht en de rode stippellijnen die de gangen van het rampzalige beest na de eerste messteken weergaven. Hannah, dik ingepakt tegen de kou, nam de gewoonte aan om elke dag een uur op het stoeltje van de trekker in een van de schuren te zitten. Het waren momenten die ze gebruikte om aan niets te denken. Momenten van leegte. Als ze bleef leven en er echt een einde aan de oorlog kwam, dan zou ze dit doen. Zitten en aan niets denken. Ze zou geen boeken meer lezen. Ze zou alles wat kunst was uit de weg gaan. Ze zou haar geest niet ontwikkelen. Niets in boeken was waar. Kunst was niet waar. De waarheid was dat Michael was verbrand in Auschwitz. Er zouden geen kinderen meer zijn.

Op de eerste dag van februari kwamen de Russen.

14

Toms oordeel over *Misdaad en straf* was dat een man die twee vrouwen vermoordde met een bijl niet goed te praten was. 'Het is een mooi verhaal,' zei hij tegen Hannah, 'maar als je naar die Raskolnikov kijkt, dan is hij reddeloos verloren. Het heeft geen zin dat Sonja hem in de gevangenis opzoekt. Hij is een hopeloos geval.'

Hannah gaf hem *Aan de grond in Londen en Parijs* en *1984*, en hij had beide boeken in tien dagen uit. Hij was sneller gaan lezen. Hij vond *Aan de grond* geweldig, maar *1984* vergezocht.

Hannah keek graag naar hem terwijl hij las; het kon haar weinig schelen wat ze hem had gegeven. Of toch wel. Het kon haar wel schelen. Maar de manier waarop hij een boek vasthield, en de frons van concentratie op zijn voorhoofd wekten in haar hart het soort liefde op als van een moeder voor haar zoon. Ze wilde hem strelen terwijl hij las. Zijn wisselende gezichtsuitdrukkingen waren als wolken die over een landschap trokken.

Ze hoedde zich ervoor om 'Knap gedaan!' te zeggen wanneer hij een boek uit had. Ze geneerde zich in het geheel niet voor haar moederlijke gevoelens voor Tom. Maar ze hield ze wel voor zich.

De boekhandel opende zonder ophef, met alleen een paginagrote advertentie in de *River Tribune*:

Hannah Babel en Tom Hope kondigen de opening aan van
HANNAHS BOEKHANDEL
Ben Chifley Square, Hometown.
De enige boekhandel in de wijde omgeving.
Openingstijden: door de week 9-17 uur, zaterdag 9-12 uur.
Klassiekers en de beste nieuwe boeken
van elk genre op voorraad.
7.500 titels!
Kom grasduinen onder het genot van een kopje koffie of
thee – gratis!

De opening viel samen met de jaarlijkse Hometown Hospitaalkraam: zestig kaarttafels en schragentafels vol artikelen die mensen uit de omgeving door het jaar heen hadden gedoneerd. De Hospitaalkraam trok een grote menigte naar het King George VI-gazon en de Coronation Memorial-rozentuin tegenover Ben Chifley Square. Nooit een keer rotweer: in de tweeëndertig jaar dat de dag van de Hospitaalkraam werd gehouden, had het nog nooit geregend.

Wat op deze dag ook plaatsvond, was de Frettenshow, belangrijk in deze frettenminnende streek waar de watervlugge blonde fret voor het eerst werd gefokt. Tijdens de frettenshow werden de resultaten bekendgemaakt van de konijnenjacht, een wedstrijd in de loop van het jaar tussen Queenie, de blonde fret, en Bobby Hearst met zijn Mauser. De stand van dit jaar: Queenie 211, jongen niet meegerekend, Bobby 247, alleen bevestigde prooien. Bobby won altijd. De *River Times* stuurde regelmatig een fotograaf: Bobby en Queenie met de wangen tegen elkaar, Bobby zelfgenoegzaam, Queenie verbitterd.

De Hospitaalkraam gaf Eber Stanley, het plaatselijk federaal parlementslid, een geweldige kans om zich te presenteren als de beste vriend die de boeren uit deze deels landelijke streek ooit hadden gehad: beige broek, chelseaboots, geruit overhemd, cowboyhoed. Andere jaren had Eber misschien zijn snor gedrukt en was hij gaan vliegvissen in de poelen onder de granieten bruggen; dit jaar voelde hij dat hij moest knokken om zijn zetel te behouden.

Nadat Harold Holt was verdwenen in de woelige branding van Cheviot Beach was de problematische John Gorton premier geworden. Gough Whitlam was oppositieleider en heel wat kiesbaarder dan de oude Artie Calwell. Eber stak een natte vinger in de lucht en voelde de wind van verandering door de streek waaien. Het aantal vrouwen in spijkerbroek: zorgelijk. Eber vond dat een jurk het vrouwelijk figuur veel meer recht deed. Hij zag een verband tussen vrouwen in spijkerbroek en opstandige vrouwen. Maar het kon geen kwaad wat rekkelijker te worden, vandaar de button op de borstzak van zijn overhemd, die hij van Moira de potrookster had gekregen: DE PLAATS VAN EEN VROUW IS OVERAL! En dan lag er in Juicy Collins' slagerij ook nog eens aan houten spiesen geregen kebab die was gekruid met een mix van specerijen die vrijwel onbekend waren in het goeie ouwe Australië van Eber. Wat moest dat daar?

Maar toch, verandering, wat kon je ervan zeggen? Eber telde dapper een dollar en tien cent neer bij de grill die Juicy had opgezet op de hoek van Commonwealth of Australia Street, tegenover de rozentuin. Hij werkte met moeite een spies van dat vreselijke product weg, met een overdreven glimlach voor de fotograaf van de *River Times*.

Kraambezoekers staken over naar Hannahs Boekhandel; ze hadden zin om misschien eens iets aan literatuur uit te geven. Evenals een paar frettenmensen uit het Fisherpark, wanneer die zich konden losrukken. Er werden boeken verkocht, vooral Enid Blyton: een aantal Noddy's, De Vijf, De Club van 7.

De meeste klanten waren vrouwen. Sommigen pakten een boek van de plank en lieten het met een blik van genot door hun handen gaan. Anderen hielden de boeken enigszins angstvallig vast, alsof het oppakken ervan gold als de belofte ze te kopen.

Bunty George, die net als Tom haar boerderij in haar eentje bestierde, in het ten westen van de stad gelegen gebied dat de vroege pioniers uit Yorkshire de 'woeste gronden' noemden, deed echter niet moeilijk; ze ging de Agatha Christie-titels af als een strosnijder en liep met een stapel boeken naar de toonbank.

Een verpleegkundige uit het ziekenhuis, een forse vrouw van middelbare leeftijd die Lily heette en een dikke bos rood haar had dat straalde als een reddingsboei, kwam naar de toonbank met een hardcoveruitgave van *Oorlog en vrede*. Ze smakte het boek op de toonbank met de strijdbare blik die alleen een veteraan van de ziekenzaal aan de dag kon leggen. 'Dit wilde ik al jaren lezen,' zei ze. 'Nu heb ik de kans.' Alsof ze zichzelf een smerig medicijn had voorgeschreven waar ze niettemin veel baat bij zou hebben.

Op een gegeven moment klonk ergens in de winkel een gilletje en kwam er een vrouw met een geruite baret op Hannah afgesneld, met beide handen om een boek geklemd. '*Het onbewoonde eiland*! Ik heb het dertig jaar geleden gelezen, toen ik klein was. Asjemenou!'

Niet alle bezoekers van de winkel waren gekomen om iets te kopen. Velen waren gewoon nieuwsgierig hoe een boekhandel eruitzag. Het stadje had een bibliotheek die halfslachtig door de regio werd gefinancierd, dus men wist wat men kon verwachten wanneer er stapels boeken samengepakt op planken stonden, maar de bibliotheek had nooit de luister van Hannahs boekhandel gehad. Hij was gelegen naast de ES&A-bank aan het eind van Veronica Street, boven de overlaat. Alles aan die kant van de straat was tijdens de overstroming volgelopen met water, tot de gloeilampen aan toe. Alle boeken gingen naar de vuilnisbelt, en Ern Murdoch, de bibliothecaris, oud en broos in een grijs vest, ging naar een verzorgingstehuis in de stad, iets waar hij tien jaar geleden al rijp voor was. Zelfs toen er nog boeken waren, kwam het niet in de buurt van het aantal dat Hannah in huis had.

Maar had Hometown zoiets spectaculairs nodig? Vijfenzeventighonderd titels? Niemand stelde Hannah die vraag, maar ze voelde hem. Ze merkte ook dat vrouwen zich beter op hun gemak voelden bij de overdaad dan mannen. Misschien waren vrouwen uit gewoonte en van nature blijer met het vooruitzicht van onderdompeling. De mannen schudden zonder uitzondering hun hoofd wanneer ze voor de planken stonden. Zoveel boeken. Het was alsof ze naar de blokken van de piramiden keken toen die op dag één van de bouw lagen te wachten op het Egyptische zand.

De nieuwsgierigheid van de bezoekers strekte zich uit tot Hannah zelf. Mensen die Tom kenden – en dat waren er heel wat in deze streek – dachten zo het hunne van deze al wat oudere buitenlandse vrouw die hem tot een huwelijk had verleid. Ze gingen er klakkeloos van uit dat Tom verleid kon worden, verleid was. Toegegeven, Hannah Babel zag er geweldig uit voor haar leeftijd, maar dat grijze haar... o jee. En bovendien was ze gek. Wat Hannah voor hun minachting behoedde, was het alom verspreide verhaal over haar heldhaftige optreden op de boerderij tijdens het noodweer. Tom had het aan Bev en Juicy verteld; Bev en Juicy hadden het aan andere mensen doorgebriefd. Oké, mooi zo, ze wist van aanpakken, was bereid haar handen uit de mouwen te steken. Maar ver over de veertig. En Tom nog maar begin dertig?

Tom was vanaf halfelf tot sluitingstijd in de middag aanwezig. Hij was omwille van Hannah blij met de omzet. Tegelijkertijd voelde hij zich een idioot in de winkel: bedragen aanslaan, klanten langs de planken leiden. Hij was een boer, daarvoor boilermonteur en elektricien. En ja, hij wist ook raad met tientallen andere klusjes, maar hij was geen manusje-van-alles op wiens lijst ook 'boekhandelaar' stond. Dankzij Hannah wist hij wie Dostojevski was, en Toergenjev (hij was veertig bladzijden gevorderd in *Vaders en zonen*), maar serieus, rondlummelen in deze prachtige winkel met zijn antieke wandkleed en prachtig ingelijste schilderijen en kleden uit Kabul? Hij was een bedrieger. Een uur voor hij in de winkel stond zat hij onder de modder, dreef hij de schapen bijeen, schreeuwde naar koeien, en floot op zijn vingers naar Beau, en nu stond hij met een brede glimlach boerenvrouwen te vertellen waar ze Georgette Heyer konden vinden. In een overhemd met een das. Gepoetste schoenen. Zwarte broek met een vouw in beide pijpen. Als je van een vrouw hield, kon dit zomaar je lot zijn. Lieve hemel. 's Middags kuste hij Hannah gedag en haastte zich terug naar de boerderij, waar hij honderd-en-een dingen te doen had.

Hannah nam afscheid van de laatste twee treuzelende klanten, draaide het bordje op GESLOTEN en was alleen met haar vreugde. De winkel had zevenendertig boeken verkocht, ongeveer een half procent van de voorraad. Om quitte te spelen en huur, gas en licht te betalen, moest Hannah vijftig boeken per dag verkopen. Aangezien haar drukste handel tot zaterdagochtend beperkt zou blijven, was het hoogst onwaarschijnlijk dat dat ging lukken.

Het was niet erg. Geluk stroomde door haar aderen en bereikte de diepste vezels van haar wezen.

Zie je hoe dingen kunnen uitpakken? Zie je dat de wereld groot genoeg is om bepaalde dingen mogelijk te maken? Dat de Duitse Studentenbond een bijeenkomst op de Opernplatz in Berlijn hield en vijfentwintigduizend boeken verbrandde, vele door Joden geschreven, en dat de studenten genoten van hun feest der verachting, en nu dit, in Hometown. Hannahs boekwinkel van de gebroken harten, een parel.

Haar vader had het nieuws op de radio gehoord in hun appartement in Pest, vlak bij de Kettingbrug, met naast hem op de bank Hannah en haar zusje Mitzi, die een jaar ouder was. 'Ze verbranden boeken. Vanwaar die waanzin? De studenten verbranden boeken.' Hij had zijn handen gewrongen en met zijn duim tegen zijn trouwring geduwd, zoals hij deed wanneer hij ontsteld was. Hannah had haar handen over de zijne gelegd en hem gekalmeerd. Er glinsterde zilver tussen de stoppels op zijn wangen en kin, en zijn brillenglazen waren beslagen. Zijn lippen bewogen geluidloos. Een gebed van vergiffenis, vermoedde Hannah; haar vader ging vergiffenis schenkend door het leven, te pas en te onpas.

Hij was accountant van beroep en had tien man personeel, maar zijn hart lag volledig bij de literatuur. Het appartement was vol boekenplanken, in vrijwel elke kamer; ze waren rond deurposten, rond ramen getimmerd, tot ergernis van Hannahs moeder Dafna, die haar halve leven met een plumeau op een trapje stond.

Voor George Babel had elk boek zijn eigen plaats in de wereldwijde vertelling, een enkel verhaal, verteld door duizenden stemmen. Hij had favorieten – Moses Mendelssohn, Tolstoj, Aristoteles – maar hij sprak nooit over hen als meesters te midden van de mindere goden, eerder als leiders. Net zoals Hannah moest hij niets hebben van kolonies op de planken en dwong hij alle auteurs samen te leven in een literaire kibboets.

Hannah sloot haar handen om die van haar vader en sprak troostende woordjes tegen hem, maar troost kon hem niet redden. Hij stierf in een kamp in het noorden toen zijn hart het begaf. Hannahs moeder en twee van haar zussen, Mitzi en Pasqual, werden in hetzelfde interneringskamp opgehangen wegens diefstal. Deate bezweek onder een afranseling. Moshe werd naar een werkploeg gestuurd en was naar verluidt van de honger omgekomen. Geen van hen bereikte Auschwitz.

Het was 1948 toen Hannah over het lot van haar familieleden hoorde. Haar vaders bibliotheek was verdwenen toen zij in 1945 naar het appartement terugkeerde. Wellicht dacht ze: wat dan nog? Hebben boeken mijn vader gered? Hebben boeken wie dan ook gered? Of: hij hield van de boeken, ik hield van de boeken, ooit zal er een winkel zijn en ik zal achter de toonbank staan om ze te verkopen.

De boekhandel had na de oorlog in Boedapest kunnen opengaan, ware het niet dat Stefan het te druk had om er aandacht aan te besteden en de communisten te nieuwsgierig waren naar titels. Daar kon ze zich niet bij neerleggen. Maar zelfs hier in Hometown, Australië, moest aan de censor tegemoet worden gekomen. Haar oplossing was om een houten blok neer te zetten op de plaats waar een verboden boek had moeten staan. Op elk blok (Tom had ze op haar aanwijzingen gemaakt) plakte ze een etiket: *BORSTAL BOY* IS VERBODEN IN AUSTRALIË. VRAAG BIJ DE TOONBANK NAAR EEN SAMENVATTING VAN HET VERHAAL. Of *Lady Chatterley's minnaar*. Of *Eros en cultuur*. De samenvattingen zaten in Hannahs hoofd. Ze was van plan de hele plot van een boek op te dissen voor iedereen die genoeg belangstelling had.

Ze kwam naar Australië met nog altijd de boekhandel voor haar geestesoog en dacht: hoeveel verder moet ik gaan? Hier stop ik. Heel ver ten westen van Boedapest, van Auschwitz. Ze wist uit boeken dat we niet kunnen spreken van dingen die 'voorbestemd' zijn. Als haar lange reis van Europa naar Hometown, naar Tom Hope, naar de boekwinkel van de gebroken harten voorbestemd was, dan was *Mein Kampf* dat ook, evenals de *Endlösung*, en de *Säuberung* door de studenten op de Opernplatz.

Ze zei: 'Jammer dan.' Hannahs vreugde was groot genoeg om tegenstrijdigheden te omarmen. Het was zonder enige twijfel voorbestemd, deze boekwinkel die haar bankroet zou maken, deze liefde voor een man die op een dag haar grijze haar en haar rimpels scherper zou zien dan hij nu deed. Jammer dan. Maar nu proefde ze een beetje van het paradijs.

15

De onontbeerlijke trifle. Tom zei: 'Bij elke bruiloftsreceptie op het platteland, Han. En worstenbroodjes.'

'Wie kan die maken?' vroeg Hannah. Ze was verbijsterd door het belang dat aan de trifle werd gehecht. Het klonk als iets walgelijks.

'Bev maakt de trifle. Ze is beroemd om haar trifles.'

Hannah zei dat ze zou toekijken. Als de trifle inderdaad belangrijker was dan God, dan zou ze die af en toe zelf voor Tom moeten maken.

Bev, in haar eeuwige schort met een zak voorop voor haar Turf-sigaretten en lucifers, wees naar de ingrediënten die op de tafel stonden uitgestald. 'Je hebt je cake, je koninginnenbrood, oké? Je snijdt die in plakjes en bedekt er de bodem van je kom mee. Dan schenk je de sherry erop en laat je die opzuigen door de cake. Wees niet te zuinig met de sherry, schatje. De hele trifle moet doordrenkt zijn van de sherry, anders wordt het iets voor een kinderpartijtje. Een flinke scheut sherry. Op de cake leg je een laagje perzikpartjes. Dan een laagje gelei. Portgelei. Het is niets dan laagjes, Hannah, allemaal laagjes. Dan volgt de custard, een lekker dikke laag. Weer een laag perziken, weer een laag gelei, deze keer frambozengelei, en nog een laag custard, lekker royaal. Het is een grote kom, dat zie je, echt een joekel, altijd van glas, aardewerk heb je niks aan, je moet de laagjes kunnen zien, oké? Oké. En bovenop komt de room, schatje. En dit is room zoals die hoort te zijn. Lekker dikke gulle room. Je hoeft hem niet te kloppen. Dikke gulle room. En zo maak je het af. Je strooit er wat geraspte chocola op. Let wel, pure chocola. Melkchocola is niks. Het moet pure chocola zijn. En daar heb je je trifle.'

Er werd niet één, nee, er werden twee gigantische trifles gemaakt. Maar dat zou nauwelijks genoeg zijn, nu heel Hometown was uitgenodigd voor het huwelijk en de receptie. De sandwiches werden toevertrouwd aan Juicy's lankmoedige vrouw Kay en een groepje helpers. Kay, verlegen als ze was, wilde betrokken zijn, zich mooi aankleden; ze wilde zien hoe Hannah haar gelofte aflegde en ongegeneerd kunnen huilen. Er zouden gigantische schalen met sandwiches nodig zijn. Tomaat en cheddar, tomaat en ham, tomaat en sla, tomaat en plakjes ei, tomaat en ei met kerrie, alleen ei met kerrie, pickles, pickles en ham, augurk en ei. Andere behulpzame vrouwen uit het stadje bakten gembercakejes, passievruchtencake, vanillecake, appeltaart. De worstenbroodjes werden overgelaten aan Toms zussen, die bij Tom op de boerderij logeerden. Bevs advies: 'Niet te zuinig met de worstenbroodjes. Met een zwembad vol zit je goed.' De salades, natuurlijk. Patty en Claudie zouden ook voor de salades zorgen.

Hannah bood een aantal recepten aan, dingen als geroosterde aubergine, die in dank werden ontvangen en vervolgens genegeerd. Ze was de avond voor de bruiloft in haar eigen keuken razend druk bezig met traditionele Hongaarse gerechten, genoeg om het Rode Leger te voeden. Tom kwam langs om zijn hulp aan te bieden maar kreeg te horen dat hij weg moest gaan en weg moest blijven. Een glas dure shiraz, toen nog een en nog eens drie hielden Hannah in touw tot na middernacht, toen ze op de keukenvloer in slaap viel. Ze werd om vier uur 's nachts wakker en belde Tom.

'Tom, lieveling, ik ben een dronkenlap. Trouw niet met me.'

'Het geeft niet.'

'Je bent te goed voor me. Ziezo. Nu heb ik het gezegd! Je moet trouwen met hoe heet ze? Het meisje met de boezem? Sharon? Die bij de supermarkt werkt? Ze is gek op je.'

'Sharon? Waar heb je het over, schat? Ga slapen.'

'Ik heb haar gezien, de manier waarop ze naar je kijkt. Heet ze niet Sharon?'

'Sharon is zestien, schat. Ga slapen.'

'Maar Tom, hou van me, alsjeblieft. Ik ben een dwaze Jodin. Maar hou van me.'

'Mijn lieve Hannah, ik hou voor eeuwig van je. Ga slapen.'

'Al dat Hongaarse eten! Wie zal het opeten?'

'Iedereen. Je moet echt wat slaap krijgen, Han. Ga slapen.'

De tandenborstel? Waar was hij in vredesnaam? Ze smeerde tandpasta op haar vingers, maakte haar tanden schoon en sliep tot negen uur 's ochtends.

Wie had beter weer kunnen wensen? Een blauwere lucht? Bev had Hannah geholpen zich aan te kleden: een japon uit Boedapest, oorspronkelijk gekocht voor de bruiloft van Stefans zus, tien jaar geleden. Misschien iets te veel neigend naar paars voor een bruiloft, misschien een iets lagere halslijn dan gepast was, maar schitterend. Een boeketje viooltjes, bijeengehouden door een paars lint dat Hannahs zus Mitzi ooit had gedragen; Hannah had het in 1945 gevonden in het appartement in Pest.

En Tom in een nieuw pak, donkerblauw. Nieuw blauw overhemd, spuuglelijke beige das met gele schuine strepen – hoe was het mogelijk? Dit was niet de das die hij zou dragen. Ze nam hem mee naar de naast het feestterrein gelegen ruimte waar de huwelijksplechtigheid zou plaatsvinden en wenkte Juicy Collins, die een effen rode das droeg. 'Wissel van das,' zei ze. 'Doe het snel.'

Horry, in een geruit tweedjasje, vroeg zachtjes toen de bruid en bruidegom eindelijk hun posities tegenover hem hadden ingenomen: 'Zijn jullie er klaar voor?' En nu werd het raar. 'Mevrouw Babel verzocht mij om met een gedicht te beginnen,' zei Horry.

De drukte in het gebouw was bijna gevaarlijk. De mensen uit Hometown en omstreken hadden het op het gemeentelijk aankondigingenbord geprikte briefje ONBEPERKT ETEN EN DRINKEN opgevat als een onbreekbare belofte. Maar er bestond ook het gevoel dat die belofte sterker gold voor mensen die de moeite namen de plechtigheid bij te wonen. Behoorlijk warm buiten, nog warmer binnen. Het nieuws dat er een gedicht zou worden voorgelezen, werd hier en daar met gekreun ontvangen.

'Het is een gedicht van... van Sappo,' zei Horry met een wenkbrauw waarschuwend opgetrokken om verdere afkeuring de kop in te drukken. 'Sappo, toch, Hannah? Ik kan je handschrift niet goed lezen.'

'Sappho,' zei Hanna.

'Sappho. Maar één naam?'

'Ja.'

'En het is kort. Ik weet eigenlijk niet wat de titel is, Hannah?'

'De eerste regel is de titel.'

'Echt waar? Hetzelfde als de eerste regel?'

'Ja.'

'Dat is dus "Het heeft geen zin"?'

'Tot aan de komma.'

'Bedoel je "Het heeft geen zin, lieve moeder"?'

‘Ja.’

‘Dan blijft er niet veel over. Maar je hebt gelijk, helemaal gelijk. Het gedicht heet “Het heeft geen zin, lieve moeder”. Het gaat waarschijnlijk over huwelijken en zo. Daar gaan we. “Het heeft geen zin, lieve moeder, ik kan mijn weven niet voltooien. Je mag het Afrodite verwijten, zacht als ze is, ze heeft mij bijna gedood met liefde voor die jongen.”’

Horry las het gedicht voor met dezelfde omfloerste en zangerige cadans die hij gebruikte wanneer hij weddenschappen afsloot in het winkelcentrum. Toen hij klaar was, bleef hij met een peinzende blik naar het vel kijken waarop Hannah de regels had geschreven. De menigte wist niet of het afgelopen was.

‘Nou, dat was het dan blijkbaar,’ gaf Horry ten slotte toe. ‘“Je mag het Afrodite verwijten, zacht als ze is...” Dat zal wel de godin zijn. Afrodite. Is ze een favoriet van je, Hannah?’

‘Ja.’

‘Sappho. Dat meiske ken ik niet. Maar kijk aan. Goed, we zijn hier voor iets anders, en dat is het huwelijk van Tom en de mooie Hannah. Voor geen van beiden de eerste keer. Derde keer voor jou, Hannah? Derde keer. Tweede keer voor Tom. Er is dat oude gezegde, hoop doet leven. Maar goed, laten we verdergaan.’

Er werden geloften afgelegd, beloften gedaan. Tom stond fier en kaarsrecht en zei dat hij altijd van Hannah zou houden en voor haar zou zorgen en haar zou troosten, tot aan zijn dood. Hannah zei hetzelfde, maar fluisterend en met haar ogen afgewend, tot ze op het laatst naar Tom opkeek, zijn gezicht tussen haar handen nam en hem op de mond kuste. Ze slaakte een gilletje, eerder van smart dan van vreugde – ‘Tom! Mijn god!’ – en kuste hem nog eens.

Als Tom er een jaar op had geoefend, had hij er niet stoicijnser bij kunnen staan. Stoïcijnser, ernstiger en nuchterder. Maar aan het einde, toen ze tot man en vrouw waren verklaard, stond hij zichzelf een glimlachje toe. Eerst voor Hannah, en toen draaide hij zijn hoofd naar de menigte en deelde hij zijn – opluchting, toch? – opluchting met de mensen van Hometown. Ze reageerden.

'Goed gedaan, Tom!'

'Fijn voor je, makker!'

'Goed werk, Tommy!'

En voor Hannah: 'Veel geluk, schatje!'

Buiten, boven aan de trap, kreeg Hannah te horen dat ze haar boeket moest weggooien.

'Jullie moeten het lint aan mij teruggeven. Het is van mijn zus.'

Ze draaide zich om en gooide het boeket met een boog over haar schouder. Het werd opgevangen door Sharon, met een sprong waar een cricketer in het achterveld die een moeilijke bal wil grijpen trots op zou zijn.

'Het lint!' piepte Hannah.

Sharon maakte de strik los en bracht het paarse lint naar Hannah. Even daarvoor had ze met oprechte afkeer tegen haar moeder gemompeld: 'Ze is te oud voor hem.' Maar nu straalde ze de feestelijkheid van de dag uit en merkte ze dat ze Hannah kon vergeven. Als blijk van berouw fluisterde ze: 'Mooie jurk heb je' toen ze het lint terugbracht.

De Plattelandsvrouwenbond had afgezien van een officiele rol bij de huwelijksreceptie, aangezien het geen aangelegenheid van de gemeenschap maar een particuliere betrof, maar dat was gewoon weer Marge Barrister, roomser dan de paus. De meeste vrouwen van de bond kenden Tom en wilden graag helpen. De vrouw van Toms keuze? Een probleem. Negeren.

Bev, Kay en een stel helpers raceten vanaf het technisch instituut de snelweg af om alles op de boerderij klaar te hebben voor de horden neerstreken. Vern Viney, opgetrommeld uit zijn studio in Healesville, had foto's gemaakt tijdens de ceremonie en wilde er nog zo'n honderd buiten maken, wat de dames nog ruim een halfuur gaf om het eten op te warmen en de tafels neer te zetten. Vier veertiglitervaten bier van de pub, twaalf flessen bubbels, sherry, cognac, advocaat, Pimm's, whisky, en op Hannahs aandringen wijn, wat weggegooid geld was, alleen de zuipschuiten zouden die drinken. Limonade en frambozen- en limoensap voor de kinderen.

Op de achterste veranda waren drie geleende koelkasten op een verdeelstekker aangesloten, en Kay had in Toms keuken een oud elektrisch fornuis uit de schuur geïnstalleerd vanwege de vier extra pitten en de oven. Het eten zou binnen op tafels en banken worden neergezet; het idee was dat je je bord vulde met kip, lam, T-bonesteak en groenten, het hele bergje mee naar buiten nam en het op een van de vrijmetselaars en de veteranenbond gehuurde stoel opat. Zes kinderen van Hometowns middelbare school – veertien en ouder, niet per se meerderjarig – hadden ieder vijf dollar gekregen om de hele middag en avond drank te schenken.

De welwillendheid jegens Hannah groeide met het uur, aangezien men erkend had dat de heerlijke overdaad aan spijs en drank de uitdrukking van een exotisch Europees levensgevoel was. En wat dacht je? Aten Joden dan varkensvlees? Kijk hier eens naar: twee biggen die boven doormidden gezaagde oliedrums met kooltjes erin aan het spit draaiden. Een Jodin die zich er door haar Joods-zijn niet van liet weerhouden een varkentje te roosteren, dat was een prachtig mens.

De band heette Gearchange: Angus Mac op basgitaar, Col Fast op viool, zijn twee zonen op drums en steelgitaar. Tom had midden op het achtererf een podium van grof vurenhout in elkaar getimmerd, met het idee hen in de vroege avond te laten optreden. Maar voor honderd dollar wilde Col zijn zonen best acht uur laten spelen, en de muziek begon terwijl het geroosterde vlees werd gesneden. Jenny Kitson barstte met 'The Wayward Wind' los als reïncarnatie van Patsy Cline in een zwarte lovertjesjurk, met een snik in haar stem die Bevs hartgrondige bijval kreeg terwijl ze met tranen in haar blauwe ogen door de keuken scharrelde, een Turf tussen haar lippen en een vleesvork in haar hand.

Bij afwezigheid van een vader of moeder aan beide kanten nam Patty de rol van ouder familielid op zich. Om vijf uur 's middags, onder het toeziend oog van een zwerm lawaaiige grote geelkuifkaketoes in de blauwe gombomen, vroeg ze om aandacht met het traditionele getik van een vork tegen een champagneglas. 'Mag ik jullie aandacht!'

Veel kinderen waren inmiddels door het dolle heen. Moeders riepen hen tot de orde: 'Kevin! Georgina! Kom hier! Nu meteen!'

'Mag ik jullie aandacht!'

Patty stak een beknopte toespraak af waarin ze niet naliet Hannah te vertellen dat ze een gigantische verbetering was na Trudy. Tom, die onverwacht om een paar woordjes werd gevraagd en geen bruidsmeisjes te bedanken had, zei simpelweg dat hij een gelukkig man was. Hij stipte ook even aan dat hij onder leiding van zijn vrouw kennismaakte 'met de klassieken'.

Hannah wilde eerst niets zeggen, maar bezweek toen voor de druk van de menigte. 'Goed dan. Goed dan.' Ze kuste Tom op zijn wang voor ze opstond en spreidde haar armen in een omhelzend gebaar naar het zeer grote aantal mensen dat de rit van het stadje naar de boerderij had gemaakt. 'Bedankt dat jullie zijn gekomen,' zei ze. Haar stem was van nature altijd al enigszins hees, en vandaag was hij door emotie nog heser. Ze was naar Hometown gekomen omdat ze ziek was van Europa, zei ze. 'Ze wilden mij vermoorden. Niet mij speciaal. Ze wilden alle Joden vermoorden. Zelfs nog na de oorlog. Hier wil niemand mij vermoorden. Ik hou van de Australiërs.' En toen: 'Eet! Drink!'

Toen ze weer zat, fluisterde ze tegen Tom: 'Dat had ik hun niet moeten vertellen, denk je ook niet?'

'Het geeft niet, schat. En het is waar.'

'Australiërs willen niet over moord horen. Ik weet niet waarom ik dat zei. Maar ik ben écht ziek van Europa, Tom, jawel. Boedapest, daar hou ik van, maar ik ben er ziek van. Ik wil alleen maar bij jou zijn. Is dat oké?'

'Dat is oké. Dat is goed.'

Hannahs enige Europese vriend in Australië had de tocht vanuit St Kilda ondernomen: George Cantor, op zijn oude dag een knappe man met een schitterende bos zijdeachtig wit haar en een keppeltje achter op zijn hoofd dat met speldjes was vastgezet. Hij kwam van achteren op Hannah toe geschuifeld en fluisterde in haar oor: 'Je bent beeldschoon, lieverd. Maar dom. Geen moord op de bruiloft.'

Toen vroeg Kay Collins of ze iets mocht zeggen. 'Ik hou van deze man, deze Tommy, onze Tom. Ik hou van Hannah. Ik wil een lied zingen.'

Over de heuvels in het westen strekte zich een spectaculaire zonsondergang uit. Rupe Stevens en zijn vrouw hadden beloofd de koeien te melken, en Tom kon naar hartenlust met zijn bruid dansen terwijl de kleuren in de lucht donkerder werden en toen verdwenen. Hij schuifelde bekwaam door Jenny's weergave van 'Tennessee Waltz' en 'He'll Have to Go', maar het was een beproeving. Hoe meer Hannah dronk, des te darteler ze werd. Ze wilde dat Tom haar meenam naar de slaapkamer en kon er slechts met moeite van doordrongen worden hoe dat zou overkomen.

Na acht uur 's avonds begonnen de gasten onder een met sterren bezaaide hemel langzaamaan naar hun auto's te gaan, die in een rij langs de oprit geparkeerd stonden. De volhouders zaten in een groepje op de veranda en hielden hun glas met strijdbare vastberadenheid vast. De vrouwen onder hen waren nog niet klaar om de beproeving van het huishouden te hervatten, terwijl de mannen die huilerige fase van verloren liefde en eenzaamheid naderden. Het eten was op, op wat er nog restte van de salades na. De trifles? Geen hapje van over. De kommen waren schoongelikt door de Hutchinson-kinderen uit het katholieke getto in de arme buurt, wier eetlust was ingesteld op onbeperkt smullen.

Tom werd weggeroepen om een groep kinderen uit de wei aan de snelweg te jagen. Hannah zei: 'Nee, blijf hier', maar het was een noodgeval. Stubby zou gek worden en tegen een hek aan knallen.

Hannah staarde naar het lapje duisternis waarin Tom was verdwenen en nam afwezig de goede wensen van een paar vertrekkende gasten in ontvangst. In haar was een onrust gegroeid die ze in bed met Tom hoopte te sussen. Ze liet de laatste gasten alleen, liep op haar hoge hakken helemaal naar de rotsblokken en spreidde haar handen tegen het korrelige oppervlak van het grootste. De grote maan die in het oosten opkwam zette de steen in een vaalwit licht.

Ze zei: 'Vergeef me. Ik ben niet eens op het continent waarop je bent gestorven. Vergeef me. Ik kon er niet langer blijven. De ene dag glimlachen ze naar je op straat, de volgende hangen ze je op aan een lantaarnpaal. Ik kon niet blijven, mijn lieve jongen.'

16

De Russen waren vrolijk. Ze hadden de oorlog gewonnen. Nog niet helemaal, maar het kon elk moment zover zijn. De Duitsers trokken zich terug en zouden weldra opgesloten zitten in de steden van hun vaderland, die met de grond gelijkgemaakt waren door geallieerde bommenwerpers. De soldaten, die allemaal uit het oosten kwamen en in feite geen Russen maar Siberische Mongoliërs waren, waren onnozel en blij en wilden de Duitsers tot in hun laatste wijkplaats achtervolgen en ze allemaal afslachten. Het was kermis, een vrolijke tijd, en God zij gedankt voor de Russische bevelhebbers – beschaafd en scherpzinnig – die wisten hoe ze hun uitgelaten Siberiërs in toom moesten houden. De Siberiërs mochten van de Russische bevelhebbers wel inheemse Duitse vrouwen verkrachten, maar geen vrouwen die aan de nazi's waren ontsnapt en zeker geen Joodse vrouwen die geleden hadden in de kampen. Dat deden ze natuurlijk wel, maar het was niet de bedoeling.

De vrouwen die Hannah onder haar hoede had, inmiddels nog maar acht door ziekte, dood en vertrek, werden niet verkracht. De zieken onder hen werden naar een Russisch veldhospitaal gestuurd om behandeld te worden. Daar zorgde de officier voor die in dit kleine hoekje van Polen het bevel voerde over de Siberiërs. Hij was een Moskouse Jood die Zalman heette, een geleerd man, toegewijd, streng. Hij had de kampen gezien die door zijn Siberiërs waren bevrijd. Hij zei Hannah (ze spraken allebei Duits) dat uiteindelijk aan het licht zou komen dat de nazi's niet honderdduizenden, maar miljoenen Joden hadden vermoord. Hij deed niet emotioneel over die miljoenen; hij gaf alleen feiten weer. Zijn missie was niet de laagheid van de nazi's aan te tonen, maar het gezag van de Partij te handhaven. Hij was geen politiek officier, maar hij gedroeg zich wel zo. Hij zei tegen Hannah: 'Als jij in ons leger zat, zou ik je met argusogen volgen.'

Er werkten heel wat vrouwen bij de divisie Jagers van luitenant-kolonel Zalman. Ze waren ongewapend. Ze werkten als typisten, secretaresses, bij de voedselbereiding. Ze kwamen uit het oosten, net als de soldaten te velde, en hadden een Aziatisch uiterlijk, maar het waren geen Mongoliërs.

Zalman was streng in zijn optreden, ja, maar hij hield van een goed gesprek. Hij kwam om de avond naar de boerderij om samen met Hannah te eten. Ze vermeden politiek. Hannah zou weleens dingen kunnen zeggen die naar zijn smaak te spottend waren, voelde Zalman al snel aan. In plaats daarvan spraken ze over literatuur en filosofie. Zijn kennis oversteeg de hare, maar ze stond haar mannetje. Voor hij weer verder trok met zijn Siberiërs, wilde ze hem om een vrijgeleidepas vragen, waarmee ze vrijelijk door de door Sovjets bevrijde landen naar Boedapest terug kon reizen. Ze bestudeerde Zalmans ernstige gezicht tijdens de voortreffelijke maaltijden die door de vrouwen uit het Oosten waren bereid en vroeg zich af of hij ooit had gelachen.

Hij gaf met zoveel ernst Plato ten beste dat ze erom moest glimlachen. Op een avond zei ze: 'Plato wilde korte metten maken met mensen die hem niet bevielen, nietwaar? Acteurs, schrijvers. Hij wilde ze laten doodschieten.'

Zalman hief een corrigerend vingertje op. 'Ze hadden geen vuurwapens in het oude Griekenland.' Hij had de mooiste wenkbrauwen die Hannah ooit bij een man had gezien: perfect gevormd, en met de weelderigheid van de felbegeerde vacht van een prachtig dier. Zijn lippen waren rood, maar niet op de manier waarop de lippen van uitgehongerden rood zagen. Nee, Shmuel Zalmans lippen waren rood als wijn, een teken van een verborgen sensueel element in zijn bloed. Hannah wist zeker dat hij met haar wilde slapen, maar kon dat niet toestaan. Hun humorloze gesprekken over het beste eten in Polen waren in feite feesten van onbewuste verleiding. Ze wilde niet dat de verleiding nog verder zou gaan.

Begin februari 1945 stonden Zalman en zijn Siberiërs klaar om door te stoten naar Berlijn. Er waren tanks aangekomen, heel veel. De soldaten klommen erop; tien of meer hielden zich aan de tank vast en sommigen zaten zelfs schrijlings op het kanon. Ze slaakten oorlogskreten toen ze vertrokken.

Zalman keek samen met Hannah toe. 'Het zijn zeer bloeddorstige mensen,' zei hij. 'Ze hebben jarenlang tegen ons gevochten. Wij Russen zijn hun natuurlijke vijand. Nu willen ze Duitsers doden. Als ik zou zeggen dat de Fransen de vijand waren, zouden ze Fransen doden.'

Zalman wilde de volgende ochtend afscheid nemen van Hannah. Alles was geregeld. Hij had haar met klem aangeraden in Rusland te gaan wonen, zelfs nog toen hij haar vrijgeleidepas schreef voor de door Rusland bezette gebieden. Hij zei dat hij dat kon regelen. Maar de volgende ochtend verscheen hij niet op de boerderij. Hannah vreesde dat er iets ergs was gebeurd, en dat was ook zo. Ze hoorde van een kok uit het Oosten dat luitenant-kolonel Zalman was gearresteerd en teruggebracht zou worden naar Rusland. De kok sprak Russisch op hetzelfde gebrekkige niveau als Hannah. Om welke redenen was luitenant-kolonel Zalman gearresteerd? De kok zei: 'Politieke.'

Hannah had gehoord dat de Russen nu in het zuidelijker gelegen Toruń waren en haalde twee van de laatste vrouwen in de boerderij over om de tocht naar de stad te ondernemen. Ze waren van plan in Toruń een trein te nemen en door te reizen naar Hongarije, dat ook in handen was van de Russen. Zalman was weg, en met hem de bescherming die hij hun gaf. Ze konden op een dag zelfs op de boerderij worden verkracht. Ze konden elke dag worden verkracht. De meeste Siberiërs waren op tanks vertrokken om Duitsers te gaan doden, maar er zouden meer Sovjetsoldaten komen, misschien even erg als de Siberiërs, misschien erger.

Op de open weg zou het gevaar nog groter zijn. De Russen trokken zo snel op dat er Duitsers achter de voorste eenheden van de opmars naar Berlijn vast waren komen te zitten; dat had Zalman Hannah verteld. Sommigen waren nog in het oosten, aan deze kant van de Wisła. En niet alleen Duitsers, ook Sovjeteenheden die twee jaar eerder waren gedeserteerd om aan Duitse zijde mee te strijden: Kazakken, Tadzjieken, ware barbaren. Deze deserteurs waren in feite al dood; ze zouden zich niet krijgsgevangen laten maken. Het zou een ramp zijn als ze in hun handen vielen.

Maar Hannah en haar twee vriendinnen – Lette en Eva – gingen op weg met genoeg eten voor een week in met de hand genaaide tassen. Ze vreesden de deserteurs, ze vreesden de Duitsers, ze vreesden de Sovjetsoldaten. Maar blijven was erger. Lopend over de Poolse wegen naar Toruń keken ze hun lot tenminste recht in het gezicht. Gevangenschap had hen eerder moedig dan schroomvallig gemaakt. Ze hadden in Auschwitz hun medegevangenen naar de gaskamer gestuurd zien worden; ze hadden vrouwen met wie ze hadden samengeleefd als familie op hun knieën op de weg zien vallen en door de ss doodgeschoten zien worden. Nu liepen ze over de weg naar Toruń. Klaar om te accepteren wat de absurde wereld op hun pad bracht, en toch bovenal in de hoop te overleven, te zegevieren, straks door de straten van Boedapest te lopen.

Maar met eten voor een week zouden ze Boedapest niet halen. De boerderijen die ze onderweg zagen, waren leeggeplunderd door de Sovjetsoldaten, die ver voor de aanvoerlijnen uit optrokken en zichzelf moesten voeden. Hannah, Lette en Eva smeerden hun haar en gezicht in met modder, in de hoop dat zo'n ellendig uiterlijk verkrachting zou voorkomen, en bedelden bij de legerkampen om voedsel. Soms hadden ze geluk; andere keren moesten ze rennen als Olympische sprinters, met opgetrokken rokken om hun benen de ruimte te geven. Ze hadden tenminste goed schoeisel, dat ze van lijken van vluchtelingen langs de weg hadden afgenomen. Ze ontdekten al snel dat ze de lijken moesten ontkleden, omdat sommigen van deze ooit wanhopige mensen eetbare dingen dicht op hun huid hadden verborgen – stukjes tarwebiscuit, botjes, aardappelschillen – die door de winterse kou goed waren gebleven. De meesten waren doodgeschoten door terugtrekkende Duitse troepen of door eenheden van deserteurs, maar sommige waren aan ziekten bezweken. Hannah adviseerde terughoudendheid: eet liever geen voedsel van iemand die misschien aan tyfus is overleden.

Ze lieten een stukje hoef onaangeroerd dat ze hadden ontdekt tussen de lompen van een meisje dat door een of andere ziekte geveld leek. Na ongeveer twintig passen draaiden de drie zich als één man om, renden terug naar het meisje en kauwden om beurten op de hoef.

In Toruń vond Hannah het hoofdziekenhuis, dat nu geleid werd door de Sovjets. In het Russisch bood ze een overbelaste dokter de diensten aan van haarzelf, Lette en Eva als verbandvouwsters en -reinigsters. Hij zei 'Ja, ja', duwde ze richting een verbijsterde verpleegkundige en haastte zich weg. De verpleegkundige was een van de Aziatische vrouwen. Ze zei tegen de drie dat ze zichzelf moesten douchen en desinfecteren en gaf hun grof geweven ondergoed en lelijke grijze jurken. De drie vrouwen zeiden het niet hardop, maar ze zouden niet onder een douche gaan staan. Niet na Auschwitz. Ze schrobden zichzelf met warm water en wasten in een emmer het vuil uit hun haar. Het ontsmettingsmiddel lieten ze links liggen.

En zo begonnen de drie maanden – maart tot begin juni – die ze hun Poolse vakantie noemden. Binnen een week na hun aankomst in het ziekenhuis droogde het werk op. Nu de Sovjettroepen op jacht naar de Berlijnse trofee door Duitsland stoven, lag het ziekenhuis van Toruń al snel te ver van het front om er gewonden naartoe te brengen. Hannah, Lette en Eva dweilden traag de vloeren, baadden de lichamen en poetsten de tanden van soldaten die ofwel hun handen niet konden gebruiken of er geen meer hadden, en hielpen in de keuken.

Het voedsel kwam uit Georgië en Azerbeidzjan. Als gevolg van een administratieve fout hadden ze eten voor driehonderd patiënten en driehonderd man personeel gekregen. In werkelijkheid waren er negentig man personeel, inclusief artsen, en zeventig patiënten. Hannah at zich ongans aan de Georgische frambozen. Ontbijt, lunch en avondeten bestonden voor personeel en patiënten elk uit drie gangen. In de zes oorlogsjaren had niemand ooit zo goed gegeten. De grote hoop was dat het een jaar zou duren voor Berlijn viel.

De drie vrouwen kregen een appartement toegewezen dat

uit de achttiende eeuw stamde; het zou tot een paar maanden geleden het bezit van een rijke Duitse familie zijn geweest. De Duitsers hadden in de afgelopen eeuw dit deel van Polen met hun eigen landgenoten gevuld, maar die waren nu allemaal verdwenen. Het appartement was uitgerust met modern sanitair en een geweldige blauw-wit betegelde keuken. Als iemand had geweten dat het zo'n mooi appartement was, was het aan aanzienlijk minder laag volk dan Hannah en haar vriendinnen toegewezen.

De vluchtende Duitsers hadden van alles achtergelaten: kasten vol kleren, versieringen, schilderijen. Zelfs de voorraadkast was goedgevuld, al nam Hannah niet de moeite om blikjes walnoot in rode wijn open te trekken; ze was te weldoorvoed. Maar de kleding probeerde ze wel uit. Voor een hoge spiegel die werd ondersteund door nimfen van porfier bewonderde ze zichzelf in een lange jas en met een hoed van zwart bont. De schoenen waren haar te groot – de vrouw des huizes moest voeten als dekschuiten hebben – maar de jurken pasten min of meer. Ze wandelde door de straten van Toruń in chique kleren, zelfs in de bontjas, al was die eind april niet echt nodig. Ze had inmiddels weer een volle bos haar, glanzend door de shampoo van het Duitse gezin.

De stad had nauwelijks schade geleden onder de Duitse bezetting; er waren veel gebouwen die nog uit de zestiende eeuw stamden, waaronder een kasteel dat was gebouwd door de nazi's uit die tijd, de ridders van de Duitse Orde. Er stonden nog mooie stadsmuren overeind. Hannah neuriede liedjes tijdens het wandelen en vatte de verbaasde blikken van de Sovjetsoldaten op als een teken van goedkeuring.

Maar het is geen leven, drie keer per dag jezelf volproppen met eten en in de kleren van je vijand door een vreemde stad zwerven. Dat is geen leven, maar een leegte die voortduurt in een eeuwige schemering. Hannah vertrouwde er niet op dat haar in Boedapest iets wachtte wat op een leven leek, daar waar Leon niet was, waar Michael haar nooit meer een prentenboek zou brengen en haar zou smeken voor te lezen. Zoals hij vroeger had gedaan. Vroeger.

Op een ochtend zei ze niettemin tegen Lette en Eva dat ze een trein naar Berlijn zou nemen en vervolgens een naar Boedapest.

Lette zei: 'God sta ons bij, we gaan met je mee. We hebben maar één reispas.'

Eva stemde er eerst ook mee in, maar veranderde toen van gedachten. Ze had een relatie met een Russische anesthesist die drie keer zo oud was als zij met haar eenentwintig jaar. Hij zou haar meenemen naar Moskou, weggaan bij zijn vrouw en met haar trouwen. Eva zei: 'Ik hou van hem.'

Hannah en Lette haalden hun schouders op. De anesthesist was een knappe man vol Russische nonsens. Het had geen zin ertegenin te gaan.

17

Bijna iedereen vond het huwelijk van Tom en Hannah waanzin, op Bev en Kay na. Maar de mensen zagen hen graag samen in de winkel staan, wat een paar keer per week gebeurde. Men kwam vooral om te genieten van Hannah. Ze vertelde verhalen over de verhalenvertellers en ontvouwde haar persoonlijke theorieën over het privéleven van schrijvers: dat Agatha Christie als jonge vrouw nymfomaan was geweest en dat William Shakespeare er een Joodse maîtresse opna had gehouden. En nog veel meer theorieën. Nu het warmer werd, bewaarde ze een zemen lapje onder de toonbank om haar gezicht te deppen zonder haar make-up te verwoesten en bood ze iedere klant een glas citroenkwast met ijs aan.

Ze verkocht zeventig, soms tachtig of negentig boeken per week, inclusief de vijfdollarromannetjes en de Lone Wolf-westerns die ze voor Juicy Collins' broer Augie bewaarde. Al Hannahs geld was in de voorraad geïnvesteerd: vijfendertigduizend dollar. Met zeventig boeken per week – Hannah was te warrig om het rekenwerk te doen, dus deed Tom dat – zou ze over ongeveer een jaar failliet zijn. Hannah knikte toen Tom haar, met de cijfers voor zich op de keukentafel, het slechte nieuws vertelde. Ze zei: 'Ik verkoop de tekening van Fragonard aan Victor in Prahran, en de De Chirico. Die zijn meer waard dan de hele winkel.'

'Maar Han, zo kun je geen bedrijf runnen. Er moet meer

binnenkomen dan je uitgeeft, niet andersom.'

'Je vindt dus dat ik de winkel moet sluiten? Dat vertik ik. En Maggie. Dit is het beste in haar leven. Ik kan het niet doen.'

Maggie paste vanaf halfvier 's middags op de zaak, terwijl Hannah haar leerlingen lesgaf. Vijftien jaar, ongelukkig in de liefde. Ze was Hannah aanbevolen door Joan Swan, de lerares Engels op de middelbare school: 'Dat verzet de zinnen.' Ze straalde in haar rol als winkelmeisje en was stapelgek op Hannah.

'En als je geen schilderijen meer hebt om te verkopen? Wat dan?'

'Komt tijd, komt raad. Tom, we kunnen de winkel niet sluiten. Snap je dat? Dat kan niet.'

Ze had de huur van het huis aan Harp Road afbetaald; Tom had de aanhanger achter de pick-uptruck gehangen en haar meubilair naar de boerderij verhuisd. Behalve de Steinway dan. Er kwam een professionele pianoverhuizer met twee helpers uit de stad, die het instrument de hele weg naar zijn nieuwe onderkomen vertroetelden. De grote woonkamer van de boerderij had een kleinere zijkamer die nergens voor diende; er stonden een bank en leunstoelen die nooit werden gebruikt, en nog meer schilderijen van oom Frank. Die ruimte zou de woonkamer worden, en Hannah zou gaan lesgeven in de grote kamer.

Tom keek soms naar haar als ze leerlingen had. Ouders brachten hen naar de boerderij en kregen een kopje thee aangeboden terwijl ze wachtten, of Hannah haalde hen op in Hometown. Ze stond naast de Steinway terwijl haar leerlingen speelden. Ze greep in door zich met haar armen langs het kind naar voren te buigen. Ze verloor nooit haar geduld, sprak geen onvertogen woord. Ze liet haar handen misschien lichtjes op de schouders van een kind rusten en sprak het zachtjes toe, opdat het langzamer zou spelen. 'Weet je wat we nodig hebben? Vriendschap. Later mag je, als je wilt, barse woorden zeggen, over tien jaar. Maar nu: "Wat fijn om u te zien, Herr Steinway. Ik hoop dat alles goed is met uw zonen. Wat een genoegen om wat tijd met u door te brengen."'

Getrouwd en onder één dak, genoot Tom nog meer van Hannahs doen en laten dan hij toch al deed. Hij keek door de gang en zag zijn vrouw de *Age* lezen op het aanrecht; ze las kranten staande. Terwijl ze las, maakten haar voeten kleine danspasjes, haar lichaam onwillig om stil te blijven staan. Het wond hem op haar te zien.

Op een middag, toen haar leerlingen weg waren, riep ze Tom vanwaar ze stond te lezen: 'Tom! Meneer Whitlam! Een intelligente man!'

De federale verkiezingen van 1969 waren net voorbij; het was een nek-aan-nekrace geweest, maar uiteindelijk geen overwinning voor Hannahs favoriet.

'Ik heb op hem gestemd! Slimme Hannah!'

Haar vrolijk minachtende commentaar zette ze voort voor de grote AWA-televisie die Tom voor veel geld bij Vealls in de stad had gekocht. Ze kreunde en bedekte haar gezicht met haar handen tijdens het ABC-nieuws en -actualiteitenprogramma, smeekte presentator Bill Peach om los te komen tijdens interviews. Het was allemaal persoonlijk. Ze keek zonder te klagen naar spelprogramma's, maar voor *Bonanza*, een favoriet van Tom, had ze geen goed woord over. Pa Cartwright en al zijn zonen waren duidelijk homoseksueel, zei ze, en zouden daarvoor moeten uitkomen.

Eerder was ze in de ban van de maanlanding. Ze sloot de boekwinkel op de bewuste dag en nodigde iedereen die ze kende en van wie ze wist dat die geen tv had uit om bij haar thuis te komen: dertig mensen, inclusief kinderen. Ze was te opgewonden om te gaan zitten. Tom beleefde meer plezier aan Hannahs kinderlijke opwinding dan aan de wazige beelden op het scherm. Waarom betekende dit zoveel voor haar? Toen hij het vroeg, zei ze dat het een avontuur was dat niet in moord eindigde, een goed en zeldzaam gebeuren. 'Vietnam, verschrikkelijk, maar de maan, Tom, de maan!'

Toch was er een deel van haar waar hij niet bij kon. Soms keek ze hem aan en was dan mijlenver weg. Dan was hij lucht voor haar, een stokmannetje. Ze wendde haar blik dan af en hief een hand op in een vermoeid gebaar. Op een keer zei ze: 'Tom, ga ergens anders heen.' Hij wist dat ze voor een uurtje bedoelde, maar het kwam aan als een klap in zijn gezicht. Niets in hem kon dit rustig opvatten; hij keek naar haar hangende schouders en wilde dat hij die stemming uit haar kon schudden. Hij ging naar buiten, naar de voorraadschuur, met een knoop in zijn maag. Hij slofte heen en weer door het donker, waar spijker- en roestgaten smalle bundels goudkleurig licht binnenlieten. Hij dacht aan weggaan, gewoon in de kleren die hij aanhad. Stond bijna op het punt. Wist dat het onmogelijk was. Als hij wegliep, zou het zijn alsof zijn vlees losliet van zijn botten.

Na haar bui sliep ze dicht tegen hem aan, aan hem vastgeklampt. Dat was haar verontschuldiging. Geen woorden, slechts het vasthouden. Haar lichaam nog altijd ver weg, zelfs terwijl ze hem omklemde. Wanneer ze terugkwam, maakte haar verlangen haar gewelddadig en onhandig en deed ze hem fysiek pijn: ze greep het vlees in zijn nek en verdraaide het, pakte zijn haar met handenvol vast. Er kwam geen geluid over zijn lippen. Hij vergaf haar alles, maar hield zich in. Hij streelde niet haar schouders, kuste haar niet. Ze zou zich weer terugtrekken, en hij zou opnieuw vol vertwijfeling zijn.

Daarna werd hij een dag of langer met rust gelaten – tot haar tederheid echt terug was, en haar humor – en dan vroeg hij zich af of ze echt zoveel van hem hield als ze zei. Hij wist dat ze dat deed; hij hoefde maar aan Trudy terug te denken om het zeker te weten. Trudy, die een tijdje tegen hem had gezegd: 'Je bent mooi als je me neukt, Tom-Tom.' Die zich soms door hem buiten zinnen had laten brengen. Maar ze was haar interesse verloren. Hij probeerde een keer haar nek te kussen toen hij achter haar op de veranda stond. Hij herinnerde zich de uitdrukking op haar gezicht toen ze haar hoofd met een ruk omdraaide: de verrassing en de woede.

Hannah keek hem niet zo aan. Maar hij kreeg een knoop in zijn maag, kreeg de neiging weg te lopen wanneer ze zich terugtrok op die voor hem onbereikbare plaats. Hij zei: 'Ik word er wel beter in. Ik moet me niet zoveel zorgen maken.' Maar dat deed hij toch.

Ze waren dus samen, echt samen, behalve wanneer dat niet zo was. En Tom wist, alsof hij onder zijn vel aan het veranderen was, dat hij bepaalde dingen die hij ooit tegen Hannah had gezegd nooit meer kon herhalen. 'Hoe was het voor jou in het kamp?' Zo'n vraag kon hij niet meer stellen. Ook niets over haar jongen. Zijn band met haar was inmiddels te hecht om te denken dat hij iets te weten kon komen door haar naar Michael of Auschwitz te vragen. Hij zag in dat de stilte haar eigen domein moest worden gegund.

Hannahs perioden van afwezigheid werden gecompenseerd door momenten waarop ze vrolijk over haar leven in Boedapest vertelde, over haar moeder, vader, zusjes en broer. Nichtjes, neefjes, schoonfamilie. Ze moest ervoor in de stemming zijn, maar als ze eenmaal op gang was en over haar familie sprak (maar nooit over Michael), was ze overal: een minuutje bij haar oom Arkady, dan in haar prille jeugd, toen ze van een gouvernante leerde hoe je met kleine steekjes figuurtjes van stof op een sprei kon naaien.

'Gouvernante, oké, maar niet echt: ze werd geacht alles te doen, keukenmeid, wasvrouw. Ze was pas twintig, misschien jonger, zwart haar dat tot halverwege haar rug kwam, en haar vader zou een Griek zijn, al betwijfel ik dat, ze zag er niet Grieks uit. Mijn moeder vond haar toen ze op het treinstation *pogácsa* stond te verkopen, met gist gemaakte koekjes met kaas erop, een baby in haar armen. Mijn moeder, Magda – zachtaardig, Tom – ondervroeg het meisje, dat niemand had en nergens woonde. Haar vader was in Roemenië, haar moeder was omgekomen tijdens haar vlucht uit Hongarije. De baby was niet van haar, maar van haar moeder, zei ze. Maar Grieks? Nee, nee, de Grieken waren niet zoals Helena, ze behoorde tot de Kalderari, Roma-volk, zigeuners, maar in die tijd moesten ze in Hongarije niets hebben van zigeuners, dus zei ze dat ze Grieks was. Na twee jaar verdween ze, ik huilde tranen met tuiten, ze was zo lief voor ons, voor mijn zusjes en mij. Ik geloof dat mijn vader haar heeft betaald om weg te gaan. Mijn oom Lem deed misschien dingen met haar. Snap je wel?'

En dan de sabbat, de zondag van de Joden, de familie op vrijdagavond aan tafel bijeen, speciaal brood, gebeden, haar vaders hand op het hoofd van haar zusje Judith met een aanroeping van Jahweh en een zegen, al het eten van tevoren klaargemaakt omdat Joden na een bepaald tijdstip niet mogen koken. 'Dwaasheid,' zei Hannah, 'maar mijn vader George Babel nam de sabbat in acht. Mijn moeder nam het minder nauw.'

Nog meer ooms en tantes, meer dan Tom uit elkaar kon houden. Een zekere oom Viktor met een moedervlek in de vorm van Tsjecho-Slowakije op zijn wang, een licht vlekje precies op de plaats van Praag. Abigail, de oudste zus van Hannahs vader, die zowel voor haar man als haar zwager Aaron de rol van echtgenote op zich nam, twee kinderen bij beiden, allemaal heel vriendschappelijk. Er doken neefjes en nichtjes op in Hannahs verhalen: Daniel, het wiskundewonder van acht jaar, de door polio verlamde Susan, die in haar rolstoel naar de top van de heuvel werd geduwd en omlaag mocht sjezen, Noah, de filmfan, die in het Engels liefdesbrieven aan Hollywoodactrices schreef en beleefde reacties ontving.

Wanneer Hannah over haar familieleden sprak, zonderde ze hen af van de Holocaust. Slechts één keer vertelde ze Tom dat al haar familieleden waren omgekomen: al haar schoonfamilie, iedereen, tweeëndertig mensen. Er woonde nog schoonfamilie uit haar tweede huwelijk in Hongarije, ja. Ze schreef brieven. Maar wanneer ze vrolijk was, vertelde ze hoe Noah een briefje van Norma Shearer onder zijn kussen had liggen, of hoe Susan jubelend in haar rolstoel de heuvel af stuiterde; ze hield ze aan deze kant van een dikke zwarte streep. En Tom had daar vrede mee. Hij wist niet wat hij aan moest met massamoord.

Hij wist ook niet wat hij moest denken van het geld dat Hannah naar haar schoonfamilie in Boedapest stuurde – naar Stefans zus Antoinette, die op de dag dat de Russen kwamen uit een kelder kroop en van wie tussen 1944 en 1945 niets was vernomen. 'Haar verstand is verdwenen, het arme ding,' zei Hannah. Ze stond een internationale geldwissel in te vullen op het postkantoor, en een tweede geldwissel voor Stefans grootmoeder, Golda, nu vijfentachtig en tijdens de nazibezetting verzorgd door de familie van haar voormalige huishoudster.

'Was Stefan degene die gek was?' vroeg Tom. 'Was hij dat?'

Hannah zei: 'Gek, ja.'
'Maar hield je van hem?'
'Natuurlijk. Heel veel.'
Tom knikte. 'Mis je hem?'
'Ik mis hem. Ja, dat is zo.'
En de vraag die hij de eerste keer dat Hannah hem over Stefan vertelde had willen stellen, maar toen niet had gesteld: 'Misschien zou je willen dat ik ook een beetje gek was, net zoals Stefan? Nou?'
Hannah keek op van de geldwissels en gaf haar echtgenoot meer aandacht. 'Tom, jij bent betrouwbaar. Het is goed om betrouwbaar te zijn.'
'Maar beter als ik een beetje gek was.'
'Nee, nee, nee,' zei Hannah.
Wat natuurlijk ja, ja, ja betekende.

Hannahs bloeiende bende, haar familie van genieën en gekken, ze fascineerden Tom. Zijn jeugd in Mordialloc was... bescheiden geweest, meende hij. Nuchter. Wanneer zijn vader Gus het gras in de achtertuin maaide, stond hij zo nu en dan stil en richtte hij zijn blik net boven de boomtoppen, het verste deel van de hemel in zich opnemend. Alsof zijn dromen een vlieger waren die zich had losgewurmd uit zijn hand en nu niet meer dan een stipje was in het verre blauw. Zijn moeder Liz maakte elke dag de kruiswoordpuzzel uit de *Sun*, gezeten op het trapje bij de achterdeur als er zon was, met een kop thee en een Craven A-sigaret. Ze had op haar rechterkuit een litteken van een brandwond die ze als kind op Guy Fawkes Day had opgelopen, en als ze zich concentreerde, ging haar hand omlaag en krabde ze er zachtjes aan met haar pen. 'Kom me eens even helpen, Claudie.' Claudie, de knappe kop. 'Woord van acht letters, vierde letter een g, laatste een d, betekent eigenwaan.'

Een bescheiden familie. Op zichzelf, afgezien van het buitenbeentje oom Frank. Tom had nooit een ritueel samenzijn aan tafel meegemaakt, behalve met Kerstmis.

Hij had er nooit bij stilgestaan dat Joden geen Kerstmis vieren. Hij zei: 'Wat?'

'Tom, we zijn geen christenen. Nee, nee. Het geeft niet. Ik kan een goede Kerstmis voor ons maken. In Boedapest vierden we soms een beetje kerst. Jazeker. Cadeautjes, kerstcake. Een keer een boom met kaarsjes. Meestal Chanoeka... Chanoeka is een Joods feest. Ook cake op Chanoeka. Spelletjes. Ongeveer dezelfde tijd als Kerstmis, Chanoeka.'

'Hebben Joden geen Kerstmis?'

'Tom, Kerstmis is voor Jezus. Wie is Jezus voor de Joden? Een niemand.'

'Echt waar?'

'Tom, luister. Deze kerst zullen we ook Chanoeka vieren, tegelijkertijd, in hetzelfde huis. We hadden rabbi's in mijn familie. Ik heb het gezag om te verklaren dat we Chanoeka en Kerstmis in één huis vieren.'

In de geest van de aankomende feestdagen liet Hannah Tom een nieuw boek lezen, *A Christmas Carol* van Dickens, de roman die zijn oom hem ooit voorlas – in elk geval een aantal passages eruit. Tom had hem in drie dagen uit. Hij vond hem leuker dan alle andere romans die Hannah hem had opgedrongen. Hij was iemand die een goede afloop kon waarderen. In het echte leven had je niet de kans om zelf een einde te kiezen. Maar als een schrijver Bob Cratchit een gelukkige kerst kon geven, dan mocht hij dat niet nalaten.

18

De vallei en de rivier hadden van alles wat: een moeras onder de overlaat waar de libellenlarven vervelden en zwarte zwanen door de snelle stroming zwoegden. Een stroomversnelling die bij de Tennessee-afgraving over gegroefde basaltrotsen stoof. Een diepe en zeventig meter brede stroom, het Mississippi Hole genoemd door een Amerikaan die bij de afgraving gedolven had. Een kilometerslange snelle en smalle stroom waar de eucalyptusbomen op de ene oever en de walnotenbomen van Tony Crofts oude bosje op de andere zich zo ver over het water bogen dat ze elkaar raakten.

Het deel van de rivier dat het dichtst bij Toms boerderij lag, stond bekend als de granieten bruggen. Niet echt bruggen, maar een plaats waar ondiep water over de granieten ribbels stroomde die onder de huid van de riviervlakte lagen. Stroomopwaarts lag het Mississippi Hole, stroomafwaarts was er het snelstromende water onder de eucalyptusbomen.

Een paar uur na middernacht, twee weken voor de joodschristelijke viering die in Tom Hopes huishouden werd voorbereid, stond bij de granieten ondiepte op de westelijke rivieroever de figuur van een klein jongetje. Hij droeg gescheurde kleren – overhemd en korte broek – en had een leren sandaaltje in zijn hand. Hij keek naar het stromende water, zijn lichaam slap van de vermoeidheid die kinderen bevangt wanneer ze een onwrikbaar doel voor ogen hebben en zich niet meer bekommeren om de noodzaak te rusten voor de complete uitputting toeslaat.

Na twee dagen reizen per trein en te voet, was dit de plaats waarnaar hij op zoek was: de oversteekplaats bij de boerderij. In die twee dagen had hij niet geslapen, niets gegeten en, voor hij de rivier had bereikt en wat water met zijn handen opschepte, niets gedronken. Toen hij aan zijn reis begon, waren eten en drinken geen overweging waard. Dat gold nu ook. De spanning in zijn gezicht – zijn oogleden knipperden nauwelijks – was veel te volwassen voor zijn kleine gestalte. Hij had de blik van een volwassen krankzinnige.

De jongen plonsde het water in en waadde naar voren, hield zijn sandaal boven water. Hij leek minachting te hebben voor de behoedzaamheid die hoorde bij het doorwaden van een rivier in het holst van de nacht. Toen het water tot zijn middel kwam, ploeterde hij verder, worstelend om in evenwicht te blijven. Hij hield zijn blik op de volle coprosma's gericht, die op de oostelijke oever glinsterden in het maanlicht. Met gestage stappen passeerde hij het middendeel van de rivier, tot hij zo dicht bij de overhangende takken van de coprosma's was dat hij na een sprong met zijn vrije hand een tak kon grijpen. Hij liet zijn lichaam door de stroom naar de oever drijven, verplaatste zijn greep van de tak naar de bies en bracht zichzelf kruipend in veiligheid. Ontsnapt aan de stroom zat hij in het water tussen de bies en hapte naar lucht. Hij had tijdens de oversteek nauwelijks geademd, alsof hij onder water zwom, lippen opeengeklemd, wangen gebold.

Op zoek naar de loop van de rivier had hij zijn overhemd en korte broek gescheurd toen hij door afrasteringen van prikkeldraad kroop, en hij had ze nog eens gescheurd in Henty's weiden. Ook zijn huid was opengereten. Bloedsporen, sommige geronnen, andere vers, liepen over zijn armen en benen, en nog een in zijn nek. Hij stak de snelweg over en volgde de linkerberm tot hij bij het hek van Toms boerderij was. Hij had nog geen tiental stappen op de oprit gezet toen hij Beau hoorde blaffen en zijn gezicht ontspande tot een glimlach. Binnen een paar tellen sprong Beau uit het donker tevoorschijn; zijn lichaam trilde van pure vreugde. De jongen viel op zijn knieën om de hond te knuffelen. 'Ik ga verdomme niet weg,' zei hij met gedempte stem tegen Beau. 'Ik blijf goddomme mooi hier. Ik ga niet weg.'

Hannah, met haar fobie voor donkere, verborgen plekken, moest altijd met de gordijnen open slapen. De ramen keken uit op het westen, en rond dit uur van de nacht – na drieën volgens de wekker naast Toms bed, de melkwekker – werd de slaapkamer verlicht door de maan. Tom ontwaarde een kleine gestalte die aan zijn blote schouder schudde. Eerst een kort moment van verbijstering, toen: 'Petey?'

Hannahs lichaam bewoog tegen het zijne.

'Petey?'

De jongen stond stil, armen stokstijf langs zijn lichaam, zijn ene sandaal in zijn hand geklemd.

Hannah was nu bij bewustzijn en keek in verwarring en met knipperende ogen naar Peter. 'Wie?' zei ze.

'Het is Peter maar,' zei Tom. 'Ik los het wel op.' En tegen Peter: 'Petey, geef mij mijn onderbroek eens aan van de stoel.'

Hij tilde zijn benen op en trok onder de deken zijn onderbroek aan. Toen stapte hij uit bed, knielde en omhelsde de jongen, die verstijfd bleef staan.

'Wat is er gebeurd, oude reus? Kom mee naar de keuken. Laat me je in het licht bekijken.'

Tom trok zijn broek en een hemd aan. Met een hand op

de schouder van de jongen liep hij door de gang naar de keuken, en hij deed de plafondlamp aan.

'Allemachtig! Je bent nogal gehavend voor zo'n knappe kerel als jij. Ben je door afrasteringen geklommen?'

Peter knikte. Uit zijn gezichtsuitdrukking sprak een somber geduld, alsof hij een bepaalde hoeveelheid van dit en dat moest ondergaan.

Tom hield een theedoek onder de keukenkraan.

'Is het zo ver gekomen, oude reus? Gereduceerd tot één schoen.'

Hij knielde, nam de sandaal uit Peters hand en depte toen de krassen. Op de meest verse kras plakte hij een pleister uit de verbandtrommel. Hij spoelde de theedoek uit, wrong hem droog en maakte Peters gezicht schoon.

'Je moeder weet zeker niet waar je bent?'

Peter reageerde niet.

'Dat dacht ik al. Zeg, wil je iets eten? Een ontbijtje? Toast en gebakken ei? Ga maar aan tafel zitten, dan kijk ik wat we hebben. Het zou een ramp zijn als we geen eieren hadden, hè? De kippen leggen er elke dag twintig, we zitten nooit zonder, zou je denken.'

Peter zat aan de tafel, misschien iets minder gespannen. Tom gaf hem eerst een groot glas koude melk. Terwijl de jongen dronk, keek hij naar de vertrouwde en vreemde spullen in de keuken. Niets verraadde wat hij van de verscheidene nieuwe versierselen vond.

Tom zei: 'Vertel eens hoe je hier bent gekomen, oude reus? Geef me een paar hints.'

Peter zei: 'Trein.'

'Wat, met de trein? Vanaf Newhaven?'

'Drie treinen.'

'Drie? Goeie hemel! Eerst naar de South Gippy-lijn en toen de stad in? Naar Spencer Street?'

‘Yep,’ zei Peter.

‘En toen? De trein van Spencer Street naar Cornford? Ben je zo gegaan?’

‘Yep.’

‘Had je wat geld bemachtigd? Al dat gereis moet je toch drie of vier dollar hebben gekost.’

Peter zei niets. En toen Tom hem wat meer ruimte voor een verklaring gaf, zei hij: ‘Ik heb niet betaald.’

‘Dat had ik ook niet verwacht. En heb je toen vanaf Cornford gelopen? Heus? Dertig kilometer?’

‘Gelopen,’ zei Peter.

Tom liet de jongen zijn gebakken eieren en toast eten zonder verdere vragen te stellen. Hij zat aan tafel, achterovergeleund met zijn armen over elkaar, de blik op Peter gericht. Er zouden natuurlijk weldra meer vragen komen, en Peter wist dat. Hij begreep ongetwijfeld dat Tom hem een fatsoenlijke pauze gunde voor het tijd was voor de echt moeilijke onthullingen. Maar toen maakte Peter een voortijdig einde aan de pauze. Zijn eieren en toast waren pas half opgegeten.

‘Ik wil niet weg,’ zei hij.

Tom knikte niet. Maar hij bewoog heel licht zijn hoofd om te laten merken dat hij had gehoord wat er werd gezegd.

‘Ik ga verdomme niet weg, Tom.’

Tom zei niets.

‘Ik ga verdomme niet terug naar dat Jezuskamp. Verdomme nog an toe.’

‘Hola! Vanwaar al dat gevloek? Waar komt dat vandaan?’

‘Nergens.’

‘Nergens?’

‘Ik weet het niet.’

‘Het geeft niet. Maar hou er wel mee op. Eet je ontbijt op, makker.’

Peter ging verder met de eieren en toast, maar met lange tanden. Hij at twee of drie happen en legde toen zijn mes en vork neer. 'Sorry,' zei hij.

'Waarvoor? Het gevloek? Dat geeft niet, Peter. Als je er nu maar mee ophoudt.'

'Van Trudy.'

'Wat bedoel je?'

'Het komt van Trudy.'

'Het gevloek? Nee!'

Peter knikte met invoelende overtuiging.

'Van je moeder? Krijg nou wat. Echt waar?'

Peter zwoer het.

'Tja,' zei Tom hoofdschuddend, 'dan is ze veranderd.'

Tom had Trudy nooit horen vloeken. O, één keer dan. Eén keer. Na Trudy's terugkeer op de boerderij, jaren geleden, had Averil Booth, een oude vrouw die een moederlijk oogje op Tom hield, haar neus opgetrokken en Trudy's groet genegeerd. Toen ze voorbij was, had Trudy nog net hoorbaar gemompeld: 'Stomme oude trut.'

Peters blik gleed ineens naar de gangdeur achter Tom. Tom draaide zijn hoofd om en zag Hannah in haar zwarte zijden ochtendjas staan. Haar blik was te ingewikkeld om direct te kunnen duiden. Je zag misschien wat afkeuring. Maar ook bezorgdheid.

'Peter is op eigen houtje hierheen gekomen, Han,' zei Tom. 'Vanaf Phillip Island. Geen kaartjes. Een jonge zwerver.'

Hannah stak de keuken over naar de gootsteen en wenkte Tom toen naar zich toe. 'Je moet hem terugbrengen, Tom,' fluisterde ze.

Er klonk een aandrang in haar stem die Tom ongemakkelijk vond. Niet prettig.

'Ja, ik weet het. Geef me nog wat tijd.'

'Ik meen het, Tom. Hij moet terug.'

'Ik ga hem echt niet nu meteen terugbrengen, Han. Oké?'

'Nee.' Hanna trok een geërgerd gezicht. 'Nee, niet nu meteen. Maar hij moet wel terug.'

Tom was pijnlijk bevreesd dat Peter dit gesprek kon horen. Hij hield een vinger voor zijn lippen. Maar een blik over zijn schouder leerde hem dat Peter in de gaten had wat er werd gezegd.

'Han, ga terug naar bed. Alsjeblieft, laat dit aan mij over.'

Hannah speurde zijn gezicht af. 'Snap je dat het mij menens is?'

'Ja. Maar ga terug naar bed. Laat het aan mij over.'

Tom legde Peter in bed in de logeerkamer – ooit zijn eigen kamer – nadat hij had toegezien op het tandenpoetsen en het wassen van handen en voeten.

'We praten verder wanneer je wat hebt geslapen, meneer de reiziger. Oké?'

'Maar Tom, ik ga niet terug. Ik wil Trudy niet. Ik wil Oma niet. Ik wil Pastor niet.'

'Daar hebben we het morgen over, oude reus. Ga nu eerst maar eens slapen, oké? Vriendjes?'

'Vriendjes,' zei Peter, maar niet met de overtuiging en het vertrouwen van vroeger.

Tom wachtte een goed halfuur in de keuken, lang genoeg voor Peter om in slaap te vallen. Hij wierp een blik in de logeerkamer en zag dat de jongen onder zeil was. Hij nam de telefoon mee naar de slaapkamer en stak hem in de tweede aansluiting. Hannah was klaarwakker, haar ogen glinsterden in het maanlicht. Tom knipte de lamp op het nachtkastje aan om in zijn aantekeningenboekje het nummer van het Jezuskamp op te zoeken. Hannah keek aandachtig toe.

Het was Gordon Bligh die opnam: de pastor. Zijn stem

klonk gedempt. Hij moest uit zijn slaap zijn gewekt.

Tom noemde zijn naam, verontschuldigde zich dat hij op zo'n laat tijdstip belde en vertelde dat Peter op de boerderij was opgedoken.

'Hoe?' vroeg Gordon Bligh.

'Hij heeft een paar treinen genomen en een eind gelopen. Ik wil Trudy spreken.'

Tom moest wachten; een paar minuten later kwam Trudy aan de lijn. Ze klonk knorrig.

'Wat moet hij daar?' vroeg ze. 'Zorg maar dat hij terugkomt.'

'Ik zal hem terugbrengen. Wil je dat?'

'Het is je geraden.'

'Was je naar hem op zoek?' vroeg Tom. Hij had zo zijn twijfels.

'Ja, natuurlijk. Praat maar met Pastor.'

Gordon Bligh kwam weer aan de lijn. 'We komen hem oppikken.'

'Nee. Nee. Ik breng hem wel. We zijn er morgenmiddag.'

Trudy kreeg de hoorn weer. 'Doe wat je wilt,' zei ze.

Gordon Bligh weer: 'Breng Peter morgen rond twaalf uur terug.'

Hannah zei hem dat hij had gedaan wat hij had moeten doen. Tom wierp haar een boze blik toe. Hij kleedde zich uit en kroop weer in bed, maar hij probeerde niet meer te slapen nu de wekker al over een halfuur af zou gaan. Drie treinen en dertig kilometer lopen? Had iemand nog twijfels over waar de jongen thuishoorde? Hannah legde haar hand op zijn rug. Hij pakte die achter zich op en legde hem terug.

Voor Hannah om halfnegen naar de boekwinkel ging, vond ze de doos waarin de weinige dingen die Peter had achtergelaten werden bewaard, onder meer zijn uniform van de lagere school. Ze streek de korte broek en het overhemd. Er waren geen schoenen, behalve Peters oude slippers. Ze wist dat de jongen weg zou zijn wanneer ze die middag op de boerderij terugkwam, maar was zo kies geen beladen dingen als 'vaarwel' te zeggen. Ze greep een toevallige kans aan om heel even haar hand op zijn schouder te leggen. Ze wilde dat de aanraking veelzeggend zou zijn, veel meer dan mogelijk was.

Peter weigerde een tweede ontbijt. Alleen een glas melk. Hij was geknakt en verslagen. Hij wist dat Tom hem zou terugbrengen voor ze een woord over het onderwerp hadden gewisseld. Hij zat onderuitgezakt aan de keukentafel terwijl Tom zijn dingen zei, maar luisterde niet. De wet, wat de wet zegt, ik moet je volgens de wet naar je moeder terugbrengen, volgens de wet naar het Jezuskamp, de wet, als het aan mij lag, ik zou willen dat je kon blijven, ik zou willen dat ik je hier kon houden, de wet...

'Snap je het probleem, oude reus?'

'Mmm.'

'De wet.'

'Mmm.'

'Het valt niet mee, hè? Het is moeilijk, makker.'

Peter hief zijn kin op, maar keek weg. Een deur vloog open; rebellie stormde binnen. Hij wilde Tom in zijn gezicht slaan, het huis in de fik steken, de hele boerderij platbranden. De rebellie ging tekeer in zijn bloed. Toen was ze verdwenen: een uitval, verder niets. Hij was geknakt en verslagen en had zijn leven niet meer nodig.

Tijdens de lange rit had Peter niets te zeggen. Tom deed zijn best hem te amuseren, maar zag dat de kwetsuur de jongen te veel was. Hij werd stil, zocht intussen koortsachtig naar dat ene ding dat het verschil zou maken, die ene opmerking die een groot licht vooruit zou werpen.

En er was één ding dat hij kon zeggen, maar voor zich moest houden. Hij kon zeggen: 'Ik wil je bij me hebben op de boerderij. Niets kan me tegenhouden.' Voor die woorden was de jongen naar hem toe gekomen.

19

Het duurde een paar dagen voor Tom ophield zijn werk steeds weer te onderbreken om te zuchten en zijn hoofd te schudden. Hannah keek hem al die tijd nauwelijks aan. En toen, op een zondag ruim een week voor Kerstmis, keek Tom op van zijn Hongaarse maaltje en zei: 'Hij zal het weer doen, Han.'

Hannah knikte. 'Hij hoort bij zijn moeder te zijn,' zei ze.

Het was de eerste onsympathieke opmerking die Tom Hannah ooit had horen maken.

'Dat vind jij dus?'

Hannah trok haar schouders op en liet ze toen zakken. 'Wat kan ik zeggen, Tom?'

'Han, je kunt zeggen dat het dieptriest is dat Peter niet kan wonen waar hij wil zijn. Dat zou je kunnen zeggen.'

Hannah zei: 'Ja. Dat zou ik kunnen zeggen. Wil je dat ik dat doe, Tom?'

Tom antwoordde niet, en de rest van de linzensoep werd in stilte genuttigd. Het was het seizoen van lange dagen maken op de boerderij, en Tom bedankte zijn vrouw voor de maaltijd, excuseerde zich en ging naar buiten. Waar had hij dat eerder gezien, de echtgenoot die van tafel opstaat, iets zegt wat giftig is van beleefdheid en naar buiten loopt? Bij hemzelf thuis, als kind.

De hordeur ging open. Tom draaide zich om bij het geluid en zag Hannah op de veranda staan, haar gezicht verwrongen van emotie.

Ze liep snel het trapje af, pakte Tom met beide handen bij de voorkant van zijn overhemd en trok aan hem. 'Ik doe het niet, Tom. Nee. Kijk me aan.'

Hij keek. Maar het was zo'n moment waarop hij zichzelf, zijn wezen, als ver weg en alleen in de wereld ervoer, en hij kon nauwelijks oproepen wat Hannah voor hem betekende. Hij haatte haar niet, hij hield niet van haar. Hij voelde de superieure helderheid van een krijger die een wapen oppakt tegen een vijand van wie hij weet dat hij hem zal verslaan.

Hannah zei: 'Tom, wees aardig voor me. Ik begin hier niet aan. Ik hou niet van deze stomme dingen. Kijk eens hoe hard je blik is!'

Ze draaide zich om en ging het huis weer in, en Tom liep naar de schuur, naar de trekker. Een probleem met de versnellingsbak. Hij vond het fijn om alleen te zijn met het probleem. Hij zou het niet erg vinden als ze haar boeltje pakte en terugging naar Harp Road, of naar Boedapest. Zolang hij de versnellingsbak maar kon repareren.

Hij werkte alleen en met grote voldoening. Hij hoorde de blaadjes van de cidergombomen, die door de noordenwind werden opgetild van de grond, met een tikkend geluid op het zinken dak van de schuur vallen. En hij hoorde de wind zelf, om de haverklap een harde vlaag als een stemverheffing in een ruzie.

Het was een veer die het probleem veroorzaakte. Een klein metalen veertje dat aan één kant versleten was, waardoor het de achteruit niet meer vastzette. Tom hield het versleten veertje voor zijn neus en bestudeerde het. Daarna liep hij naar een houten kist en grabbelde met zijn vingers door honderden onderdeeltjes van een andere trekker, reservemateriaal, tot hij precies had gevonden wat hij zocht: een veer voor de versnellingsbak van vrijwel dezelfde grootte. Hij nam de vervangende veer en duwde hem op zijn plaats, waarop het ding een bevredigende klik liet horen. Hij testte de werking van de versnellingen. Perfect. Perfect. Hij glimlachte en knikte, genietend van het werk. Zijn geest was vrij, koel en helder. Hij dacht niet aan zijn vrouw; hij dacht niet aan de kleine Peter die leed in het Jezuskamp.

Hannah kwam de schuur in en hield iets van stof bij de hoeken naar hem omhoog. Ze glimlachte. 'Tom, kijk eens wat ik heb gevonden. Ik was in een doos op zoek naar mijn theedoeken. Zie je hoe mooi hij is?'

En hij was verdwenen, zomaar, die woede die op een of andere manier veranderd was in een intens gevoel van vrijheid. Hij stond weer in de arena; Hannah keek hem aan onder een fel licht. Bij zijn vrouw geen spoor van de ongerustheid en ergernis van een halfuur geleden.

Hij vond het niet erg dat zijn voldoening was verdwenen. Hij kon niet én Hannah hebben en toch op die manier vrij zijn. Hier hoorde hij te zijn, in de arena.

'Hij zat in een doos, Tom, de doos met theedoeken. Per ongeluk daartussen beland, ik weet het niet. Zie je hoe mooi, Tom?'

'Ja, ik zie het. Hij is prachtig, Han.'

Het was een kussenovertrek. Het applicatiewerk verbeeldde een vrouw in een wijd oosters gewaad die een instrument bespeelde. Een man zat te luisteren.

'Mijn zus Susan heeft hem genaaid, Tom. Die met polio. Zie je die vrouw op de dulcimer spelen? Zie je hoe mooi ze is, helemaal gemaakt van vormpjes van stof? En de man, een koning, zie je al dat verlangen op zijn gezicht? Hoe kreeg ze dat voor elkaar? Ze was zo goed met naald en draad, in haar rolstoel, Tom. En de boom, zie je dat het een kersenboom is? Met allemaal kleine kersen? Hij lag in het appartement toen ik terugkwam. In Boedapest.'

Tom knikte. Hij hield nog steeds een punttang vast. De versnellingsbak lag op de werkbank. 'Han,' zei hij, 'ik hou van je. Ik kan niet anders. Echt niet.'

Hannah knikte. 'Ja, ik weet het,' zei ze. 'Tom, ik ga hem aan de muur hangen. Met een punaise in elke hoek. Je kunt hem niet om een kussen doen, dan gaat hij kapot. Snap je?'

Op de zaterdag voor Kerstmis, de achttiende van de maand, haalde Hannah een versierde kandelaar (een chanoekia, zoals ze zei) tevoorschijn uit een van de onuitgepakte dozen uit Harp Road. Ze zette hem op tafel en plaatste in de middelste houder een kaars, de sjammasj noemde ze die, en daarnaast nog een andere kaars, die ze met de sjammasj aanstak. Er zou elke dag een kaars bij komen. Elke aangestoken kaars mocht helemaal opbranden en werd de volgende avond vervangen, tot alle negen kaarsen tegelijk brandden. Tom moest aan tafel gaan zitten, wat hij deed, zij het met over elkaar geslagen armen en benen. Als zijn vrouw had onthuld dat ze de Opperheks van de hele wereld was, had hij zich niet ongemakkelijker gevoeld.

Hannah zat met rechte rug en haar handen in haar schoot gevouwen en zong een lied met een mooie fluitachtige sopraanstem. Het zingen maakte haar gezicht jaren jonger; ze had zestien kunnen zijn. Haar ogen straalden in het kaarslicht. Ze hief haar kin op tijdens het zingen en legde zo nu en dan een hand op haar hart. Toms ongemak ebde weg terwijl hij toekeek en luisterde. Hij dacht, zoals hij al vaker had gedaan, dat zij hem altijd zou blijven verrassen met haar transformaties. En kijk, nu, na afloop van het lied, zo'n verlegen, tevreden uitdrukking op het gezicht van Hannah, die nooit enige blijk van verlegenheid gaf.

Kerstmis brak aan, een dag van grote hitte na een paar dagen van gematigder weer. Licht in de lucht vanaf vier uur 's ochtends, wanneer Tom opstond om te melken. De blaadjes van de cidergombomen achter op het terrein wuifden mee met de bewegingen van de lucht, het gebruikelijke voorteken van een dag lang een strakblauwe lucht.

Na het melken begon de dag met een dreidel. Hannah riep Tom toen hij terug was van het melken naar de keukentafel. Ze legde de regels uit; ze verklaarde Hebreeuwse tekens op de dreidel. Tom had twaalf kersenlikeurbonbons, Hannah ook. Tom gokte telkens goed. Binnen een halfuur had hij alle chocolaatjes. Ze dronken cognac uit sherryglazen omdat het Kerstmis was, aten alle vierentwintig kersenlikeurbonbons op en gingen terug naar bed om te stoeien en te kussen. Later gaven ze elkaar cadeautjes, in een nogal brakke toestand. Van Tom een houten juwelenkistje met een koperen sluiting, met inlegwerk van cederhout, onder meer een davidsster op het deksel. Hij had er in het geheim drie maanden aan gewerkt.

'Tom, zo mooi! De ster, Tom. Mijn god, niemand heeft in al die jaren zo'n cadeautje voor me gemaakt.'

Van Hannah een geborduurd herdersjak, gebaseerd op een patroon uit Cornwall dat ze in een boek had gezien. Geplooid. Een prachtig ding, genaaid met dunne groene wol. Het was gemaakt door Thelma Coot van de Plattelandsvrouwenbond, een genie met naald en draad. Mooi, ja, maar ook belachelijk. Tom trok het aan en kon met de beste wil van de wereld niet beloven dat hij het ooit buiten zou dragen.

'Eén keer per jaar, Tom, draag het voor mij. Alleen voor mij. Met Kerstmis.'

Goed, één keer per jaar. Tom droeg het jak de hele eerste kerstdag om het te tonen aan de maker, Thelma, een weduwe met kinderen en kleinkinderen in Perth, die naar het kerstdiner kwam samen met Nev en Poppy: niemand in Hometown om de kalkoen mee te delen en, na de overstroming, ook geen huis.

Nev zei: 'Allejezus. Wat is dat in vredesnaam, Tommy?'

En Thelma: 'Het is een Cornish herdersjak, sufferd.'

'Heus? Luister, Tom. Laat je er niet in zien. De schapen zullen over de snelweg naar Henty's vluchten.'

Hannah had de chanoekia op de kersttafel gezet. Ze nodigde Tom en de gasten aan tafel, die was gedekt met een kraakhelder wit linnen kleed, en diende de gebraden kip, groenten en jus op die Tom had klaargemaakt. Gekleurde papieren hoedjes in de vorm van kroontjes, bonbons, fluitjes. Op de pick-up een lp met kerstliedjes, beginnend met 'God Rest Ye Merry, Gentlemen'.

'Mijn vader zou hierom huilen in de hemel,' zei Hannah. 'Vier christenen aan mijn chanoekatafel.'

'Hoho,' zei Neville. 'Ik ben geen christen. Dat had je gedacht.'

'Wel waar,' zei Poppy. 'We zijn voor de kerk getrouwd. Dat maakt een christen van je.'

In de versierde kerstboom in zijn terracotta pot hingen elektrische lichtjes die door Tom waren aangebracht; een transformator liet de kleine rood, blauw en geel geverfde lampjes knipperen. Twee elektrische ventilatoren bliezen een briesje over het gezelschap en lieten de papieren feesthoedjes ritselen. David de kanarie, die normaal gesproken na sluitingstijd in een nis boven het keukentje van de boekwinkel werd opgesloten, was meegenomen naar het feestmaal. Hij benaderde de bries van de ventilatoren als een soort avontuurlijk speelterrein; hij schoot door de luchtstromen en gaf luidkeels uiting aan zijn plezier.

Hannah verkeerde in opperbeste stemming, zong Hongaarse volksliedjes en tjilpte als een ongevederde David. Toen het tijd was voor de kerstpudding, danste ze die vanuit de keuken naar binnen met kleine huppelende stapjes en pirouettes. Na de pudding: optredens. Iedere gast moest iets zingen, voordragen, voorlezen – kies zelf maar. Het was een nieuwe chanoekatraditie die Hannahs Boedapester huishouden zelf had bedacht. Neville gaf een drakerige versie van 'The Face on The Barroom Floor' ten beste, waarbij geen gebaar hem te extravagant was. Poppy, een half biertje verwijderd van instorting, tekende met lipstick gezichtjes op haar knieën, trok haar rok op en draaide haar benen zo dat het jongensgezichtje het meisjesgezichtje kuste. Thelma, een streng baptist voor haar man stierf en iets rekkelijker daarna, zong 'Santa Claus Is Coming to Town'; Hannah zong een Hongaars kerstliedje waarin eigenaardige vogelgeluiden voorkwamen, en Tom, die een komisch talent aan de dag legde dat hij tot dan toe verborgen had weten te houden, las het gedicht 'Doreen' uit oom Franks exemplaar van *Songs of a Sentimental Bloke* voor. Oom Frank had hem soms voorgelezen uit hetzelfde boek. In plaats van oom Franks weelderige frasering, gaf Tom een mijmerende toon aan het gedicht.

En toen, vanuit het niets, Vietnam. Afgezien van Hannah wist niemand waar ter wereld het precies lag, maar er was aangekondigd dat er meer Australische dienstplichtigen heen zouden worden gestuurd, waar het ook mocht zijn.

Nev, die vrolijk was door de drank en klaar om te proosten op al zijn dierbaren, bood de opening. 'Op Terry!' Zijn neef was opgeroepen. 'Op naar de strijd tegen de kleine gele heidenen.' En terwijl hij zijn glas hief, voegde hij eraan toe: 'Vietnam.'

Hannah dacht hier even over na en ging erop in. 'Op naar de strijd. Is dat iets goeds?'

'Dat wil hij.'

'Heus? Het is niet wat de kleine gele heiden wil.'

De antioorlogsdemonstranten op radio en televisie konden in Hometown vooral op minachting rekenen: wezens uit een cultuur van elders, een dwaze cultuur, zo irritant. Dus: mond houden. Hannah leek helaas een van de irritante mensen te zijn.

Tom zette zich schrap. Zijn vrouw zou erop doorgaan; dat wist hij zeker.

Neville, die vond dat hij niets verkeerds had gezegd, tenzij 'kleine gele heiden' verkeerd was opgevat, zei: 'Het is maar een manier van uitdrukken, Han. Een grapje.'

'Tja, als puntje bij paaltje komt zijn het gewoon mensen, net zoals jij en ik,' zei Thelma. Thelma sprak alsof haar woorden dankbaar aanvaard zouden worden als de afsluiting van dit onderwerp, om de zaken gemoedelijk te houden.

'Bakkie?' vroeg Tom. 'Iemand trek in een bakkie?'

'De Vietnamezen, zijn dat van oudsher vijanden van Australië?' vroeg Hannah. 'Vechten jullie al duizenden jaren tegen hen? Willen ze jullie land afpakken? Neem me niet kwalijk, maar ik begrijp het niet.'

Tom mompelde: 'Mijn god.'

'Dat willen de Russen,' zei Neville. 'De Roden. Zij steunen de Vietnamezen.'

'O, de Russen,' zei Hannah.

Poppy zei: 'Genoeg over politiek.'

Het feestje liep ten einde. De drie gasten bedankten Hannah en Tom voor hun gastvrijheid, Nev extra enthousiast omdat hij wilde laten zien dat hij niet in zijn trots was gekrenkt, wat wel zo was. Thelma en Poppy smeekten om te mogen helpen met het opruimen en de afwas, maar Hannah zei: 'Nee! Ben je betoeterd.'

Eenmaal alleen met de rommel zei Hannah: 'Tom, ik wilde je niet in verlegenheid brengen. Maar Vietnam, Tom. De Amerikanen maken daar een nachtmerrie. Snap je?'

Dat deed hij niet. Maar misschien moest hij beter luisteren wanneer zijn vrouw met de krant in de hand bij hem kwam terwijl hij de greppels in de boomgaard aan het schoonmaken was; bij hem kwam om de Amerikanen uit te foeteren, Gorton uit te foeteren. 'Ai, Tom! Waar zijn ze mee bezig? Moet je horen.'

Wat hij wilde zeggen, was: 'Hannah, je bracht me inderdaad in verlegenheid. Alles wat je zegt, brengt me in verlegenheid. Alles wat je doet. Maar: pech gehad.'

Pech gehad op een andere manier wat betreft zijn cadeautje voor Peter. Een zelfgemaakt doosje zoals dat van Hannah, maar met twee gekruiste hengels op het deksel. Het was per post teruggestuurd met een briefje van Pastor Bligh waarop stond dat er op het Jezuskamp geen cadeaus werden gegeven met Kerstmis. Pastor Bligh wees erop dat de kerstcadeautjes van Tom vorig jaar ook waren teruggestuurd. Dus voortaan geen cadeautjes meer. Hoogachtend.

20

Op de laatste dag van maart 1970 nam Peter opnieuw de benen uit het Jezuskamp. Na de eerste keer dat hij wegliep, was hij alleen in een kamer gestopt en had Pastor een provisorisch waarschuwingssysteem van blikjes aan zijn deur bevestigd. Het idee was dat die zouden gaan rammelen zodra er beweging in de deur kwam. Peter moest de hele nacht in zijn kamer blijven; hij had een po gekregen voor het geval hij moest plassen. Maar als je geduld had, was het een koud kunstje om Pastors waarschuwingssysteem te ontduiken, en Peter had geduld.

Deze keer had hij geld. Hij had muntjes uit de broekzakken van de mannen van de congregatie gejat wanneer ze 's nachts lagen te slapen. Niet van de vrouwen; die merkten eerder dat er een stuiver ontbrak dan de mannen, had Peter ontdekt. In het holst van de nacht, wanneer iedereen sliep, glipte hij zijn kamer uit en ging hij van kamer tot kamer in wat 'het onderkomen' werd genoemd. De kamers zaten daar als teken van vertrouwen niet op slot. Zo geruisloos als een spin kroop hij slaapkamers binnen en stak hij een geoefende hand in broekzakken. Van het loon dat de mannen verdienden met hun diverse banen in de omgeving mochten ze allemaal vijfentwintig dollar per week houden, voor persoonlijke aankopen: voornamelijk tabak, en lekkers voor de kinderen.

In het Jezuskamp woonden vijftien gezinnen (en nog

eens tweehonderd woonden in hun eigen huis in het wijde verzorgingsgebied van de kerk), dus er viel een rijke oogst aan muntjes te halen. Peter pakte alleen muntjes van vijf en tien cent, wat minder opviel dan wanneer hij munten van twintig of vijftig cent zou gappen.

Hij had een totaal van vier dollar dertig bij zich toen hij het terrein van het Jezuskamp verliet en zich over de brug in de richting van het station haastte. Als hem op de brug een auto tegemoetkwam, zou hij in de verte de lichten zien voor de bestuurder hem zag. En dan zou hij onder de bielsen glippen en daaraan hangen tot de auto voorbij was. Hij had erover nagedacht.

Hij had ook bedacht hoe hij in de trein kon komen, die pas om zeven uur 's ochtends van het station vertrok, zo laat dat Pastor hem al zou missen. Pastor zou in zijn Chevy naar het station rijden en de stationschef vragen uit te kijken naar een jongetje dat alleen was. Maar de stationschef zou hem niet te zien krijgen. Hij zou een rijtuig in glippen en zich verstoppen tot de trein ging rijden.

Net zoals de vorige keer verstopte hij zich op Anderson Station in het hoge gras achter het perron. Hij dacht: Tom wil ik spreken, maar de vrouw niet. Ik wil Tom in z'n eentje spreken. Ik vertel hem dat ik mezelf van kant maak als hij me terugbrengt naar Pastor en Trudy. Goddomme nog an toe. Hij voelde in zijn zak naar zijn papieren zak met muntjes. Hij was niet van plan zijn geld aan treinkaartjes uit te geven, tenzij het niet anders kon; hij wist hoe hij zich op het toilet moest verstoppen als de conducteur eraan kwam. Maar als hij werd betrapt, zou hij betalen. Tom had gezegd dat het drie dollar kostte om helemaal naar Spencer Street en vandaar naar Cornford te gaan. Dus misschien had hij genoeg om op Spencer Street een broodje en een stuk vruchtencake te kopen. Misschien een flesje passievruchtenlimonade.

Hij zou lang op de trein moeten wachten. Hij lag plat op zijn buik met zijn wang tegen het gras en dacht aan Tom. Hij maakte zich zorgen om hem. De vrouw in het huis was oud. Peter was ervan overtuigd dat Tom met zo'n oude vrouw niets behoorlijks kon doen. Vissen, dat soort dingen. De motor van de trekker repareren. Het was vreselijk voor Tom om samen met die vrouw te zijn. Peter had in de afgelopen twee weken een oplossing voor Toms probleem bedacht. Die was hem ingevallen. De vrouw moest weg. Tom zou zeggen: 'Petey is nu terug. Je moet weg.'

Nu was het helaas zo dat mensen die je niet aardig vond nooit weggingen. Trudy en Oma gingen niet weg. Tijdens het Stille Gebed in de kerk, wanneer de mensen hun hoofd bogen, bad Peter dat Trudy en Oma zouden weggaan. En Pastor – vooral Pastor – maar wanneer hij zijn ogen opendeed, zaten ze er nog.

Pastor zei: 'Wat je tegen God zegt, is een maatstaf voor wie je bent.' Peter wist niet wat Pastor daarmee bedoelde, maar ergens ook wel. Pastor bedoelde geheime dingen. Peter wilde dat Trudy, Oma en Pastor zouden sterven, en dat was geheim. Hij vond ze niet leuk. Hij vond het Jezuskamp niet leuk. Hij vond Jezus niet eens leuk.

Trudy zei: 'Hij heeft me gered.' Maar Jezus maakte haar niet blij. Ze had de hele dag een slecht humeur. Ze zat de hele dag aan haar haar te trekken en zei dat ze wilde dat het groeide. De vrouwen en meisjes in het Jezuskamp moesten elke twee weken hun haar laten knippen door Margareta. De jongens gingen echter nooit naar Margareta. Het haar van de jongens liet Pastor koud, hij wilde alleen dat de meisjes en vrouwen kort haar hadden. Trudy zei: 'Ik ga niet naar Margareta', en toen dwong Judy Susan haar te knielen in het grote veld achter de woningen en om gemoedsrust te bidden.

Judy Susan was de vrouw van Pastor. Tijdens de Grote Eredienst op zondag vertelde Pastor de gemeente, altijd meer dan tweehonderd zielen, van wie sommigen onder de nieuwe uitbouw van triplex achterin stonden: 'Ik dank mijn God voor Judy Susan. We danken allen Judy Susan, die onze kerk laat stralen.' Judy Susan, die vooraan zat, vlak bij Pastor, draaide zich dan glimlachend om, met haar handen samengeklemd onder haar kin. Ze was een heel knappe vrouw, veel jonger dan Pastor, en ze mocht haar zijdeachtige rode haar heel lang dragen. Ze was Pastors tweede vrouw.

Peter had met name aan haar een hekel. Pastor verhief nooit zijn stem en sloeg niemand, maar Judy Susan wel. Ze zei bijna dagelijks tegen Peter: 'Ik kijk dwars door je heen, stoute jongen.' Ze trok graag aan zijn oren of trapte op zijn tenen. Als Pastor in de buurt was, zei hij: 'Laat de jongen met rust. Hij doet zijn best.' Wat niet waar was. Hij deed niet zijn best. Wanneer Judy Susan hem vroeg of hij zijn best deed, zei hij: 'Ja, m'n verdomde best.' En dan kreeg hij een klap.

Hij sliep telkens een paar minuten. Maar hij was wakker toen er licht in de lucht gloorde en de stationschef aan het werk ging. Hij zag Pastors Chevy stoppen voor het station. Trudy en Oma waren bij hem, en Judy Susan. Trudy riep: 'Peter! Waar je ook bent, kom onmiddellijk hier!' Peter kon het viertal duidelijk onderscheiden. Pastor gebaarde naar Trudy dat ze stil moest zijn. Ze stonden met zijn vieren met de stationschef, Clarrie, te praten. Ze tuurden het spoor af, daarna in de andere richting.

Peter glimlachte. Dachten ze soms dat hij op het spoor zou staan? Wisten ze niet dat hij verstopt lag in het hoge gras? Wisten ze niet dat de trein pal naast het hoge gras zou stoppen? Wisten ze niet dat hij vlak voor de trein naar Nyora vertrok een deur zou opentrekken aan de van het perron afgewende kant en naar binnen zou klimmen en zich zou verstoppen in het toilet? Hij kronkelde op zijn buik van de pret en zong diep tevreden voor zichzelf: 'Peter is onvindbaar, Peter is onvindbaar, al springen jullie hoog en laag, Stoute Jongen vinden jullie niet!'

Op het perron stonden mensen op de trein te wachten, niet veel. Een man in een pak met een grote leren tas. Een moeder met een baby en een klein meisje. Peter bedacht dat hij in de wagon zou gaan zitten die zij uitkozen. Mensen zouden denken dat hij bij de moeder hoorde.

De trein arriveerde met een lang geknars van remmen. Hij zou op zijn heenreis drie andere stations aandoen en dan terugkeren richting Nyora. Peter zou in Nyora overstappen voor de volgende etappe van zijn reis door Koo Wee Rup en Dandenong naar Spencer Street. Als Tom zei dat hij niet kon blijven, zou hij in treinen gaan wonen. In deze en andere. Hij zou overal heen reizen. Hij zou voedsel jatten, op de banken slapen. En als de trein dan op een dag over een rivier reed, zou hij eruit springen en zichzelf verdrinken. Voor hij sprong, zou hij overal heen reizen.

Toen de trein stopte, liepen Pastor, Judy Susan, Trudy en Oma over het perron en tuurden door de ramen van de rijtuigen. Zes rijtuigen, en ze keken door de ramen van elk ervan naar binnen. Peter kon zien wat ze aan het doen waren. Zijn schuilplaats was op een heuveltje, dus hij kon door de rijtuigen heen kijken. Hij lachte, want waarom zou hij instappen als de trein de verkeerde kant op ging? Het gaf hem een vrij en vrolijk gevoel om Pastor en Judy Susan dom te zien doen. Hij zong zachtjes tegen zichzelf: 'Stoute Jongen, Stoute Jongen, niemand ziet je...'

De trein kwam even later terug en stopte een minuutje

vlak voor het station. Toen klonk er gerammel, en de trein bewoog zich na een rilling langzaam voorwaarts tot hij bij het perron was. Peter keek welk rijtuig de dame met de baby en het kleine meisje koos. Hij verliet het hoge gras en kroop langs de rijtuigen aan de kant die vanaf het perron niet te zien was, verborgen voor Pastor. De trein had ouderwetse wagondeuren die opengingen met een draai aan een koperen hendel en naar buiten zwaaiden. Peter hoorde Clarrie op zijn luidruchtige manier roepen: 'Bestemming Nyora! Overstappen in Nyora voor Dandenong. Bestemming Nyora!' Net toen de trein zich in beweging zette, eerst nog geruisloos, sprong Peter op en greep de koperen hendel. Hij liet de deur openzwaaien en klampte zich toen uit alle macht vast tot hij zich naar binnen kon werken.

De vrouw met de baby en het kleine meisje keek hem geschrokken aan. Twee andere passagiers, mannen, stonden op. Peter ging tegenover de vrouw, de moeder, zitten en glimlachte stralend. Hij zei niets. Het kleine meisje keek hem vanuit haar wijd opengesperde bruine ogen bewonderend en diep achterdochtig aan.

De man in het pak met de hoed en de leren tas stond op van zijn plaats, bekeek Peter met een glimlach, liep toen door het gangpad en kwam met een plof naast hem zitten. Hij zette zijn tas op zijn schoot, lichtte beleefd zijn grijze hoed op voor de moeder. Hij zat te dichtbij en Peter probeerde meer ruimte tussen hem en de man te maken. Maar zodra hij een paar centimeter had gewonnen, schoof de man ook op, helemaal tegen Peter aan. Zijn hoofd was te groot voor zijn hoed, die een heel stuk boven zijn oren zat, alsof hij grappig wilde doen. Hij was van top tot teen een grote man. Te groot: hij zag eruit alsof hij uit anderhalve normale man in elkaar was geflanst. Zijn glimlach was geen glimlach, zag Peter toen hij een snelle blik op het gezicht van de man wierp, slechts een vreemde stand van zijn lippen.

Toen de man sprak, wat hij na een paar minuten deed, gedroeg hij zich monter genoeg. 'Op naar de metropool, jochie?'

'Jochie' was een term die Pastor gebruikte. Peter haatte dat. Hij antwoordde niet maar draaide zijn hoofd om uit het raam te kijken. Zijn instinct zei hem dat hij in de problemen zat.

'Licht bepakt?'

Peter wist niet wat een 'metropool' was en ook niet wat 'licht bepakt' betekende.

'Hoe heet je, jochie?'

'John,' zei Peter.

'Alleen maar John?'

'John Hope.'

'John Hope, dus? Je zou er goed aan doen je eigen naam te noemen. Zou dat niet het beste zijn?'

Er klonk nu een barse autoriteit in de stem van de man, ondanks zijn vriendelijke toon. Hij leek bijval van de moeder te verwachten, misschien ook van de dochter. Wanneer hij iets tegen Peter zei, richtte hij alleen de eerste twee woorden tot hem, om daarna naar de moeder in haar zomerjurk te kijken.

'Luke Shutter,' zei de man, en hij stak een zachte witte hand naar Peter uit.

Peter wilde de man liever niet aanraken, maar het leek hem beter de handdruk te aanvaarden.

'Jij bent dus John,' zei de man. 'John Hope. Niet Peter Carson uit Pastor Blighs Jezuskamp.'

Peter bloosde. Maar hij schudde zijn hoofd.

'Ik denk dat je hem misschien wél bent. Ik denk dat jij best eens die kleine Peter Carson kan zijn die is weggelopen.'

Peter schudde zijn hoofd, nu nadrukkelijker.

'Ik sprak de pastor op het perron. Hij vroeg of ik wilde uitkijken naar een jochie van jouw leeftijd dat Peter Carson heet.'

Peter dook over de man heen, maar werd gegrepen en op zijn plaats teruggeduwd.

'Dat dacht ik al,' zei Luke Shutter. Hij keek naar de vrouw, alsof hij zijn overwinning wilde delen.

De vrouw, die de baby in haar armen had, maakte een hand vrij en trok haar dochter dichter tegen zich aan. De bruine ogen van het meisje werden in haar verwondering nog groter. Peters rechterbeen was bij zijn vluchtpoging naar voren geschoten en raakte de knie van het meisje aan. De moeder duwde Peters knie bruusk weg, en terwijl ze dat deed, vertrok haar gezicht in een vlaag van walging.

'Welnu, Petertje, het volgende station is Woolamai. Daar stap jij uit. Maar de vraag is hoe. Heel rustig? Dat lijkt me het beste. Ik zal je vertellen wat ik in deze tas heb zitten, jochie.' Luke Shutter klopte op de leren tas op zijn schoot. 'Handboeien. Voetkluisters. Je wilt toch niet met handboeien en voetkluisters om uit de trein gedragen worden, of wel soms? Zoals een crimineel uit de gevangenis. Wat zeg je ervan? Nou?'

Peter zei: 'Nee', zijn stem gesmoord door de vernedering.

'Nee. Tuurlijk niet.'

De ogen van het meisje waren nu strak op de leren tas gericht.

Pastor stond te wachten op Woolamai, met Trudy, Judy Susan en Oma. Ze moesten om een of andere reden hebben vermoed dat Peter op Anderson op de trein zou springen. Luke Shutter opende de deur van het rijtuig en riep naar

Pastor, die zijn hoofd naar achteren gooide en zijn handen met een luide klap tegen elkaar sloeg. Hij beende op de deur af en nam Peter aan van zijn overmeesteraar.

'Meneer Shutter, ik dank u vanuit het diepst van mijn hart.'

'Niets te danken, Pastor.' En Luke Shutter lichtte zijn hoed op.

Pastor keek de wegrijdende trein na en stak zijn hand in de lucht als antwoord op Luke Shutters zwaai vanuit het open raam van het rijtuig.

'Luister,' zei Pastor tegen Peter, 'dit is niet goed, jochie. Helemaal niet goed, of wel soms?'

Trudy hield haar hand op Peters nek. Judy Susan stond aan zijn andere kant zichtbaar te popelen om haar vingers aan zijn oor te krijgen. Oma stond met haar armen over elkaar en schudde haar hoofd. Ze kon waarschijnlijk wel een uur met haar hoofd blijven schudden, zo teleurgesteld was ze.

Pastor zei: 'In je zak. Wat is dat?'

De papieren zak met muntjes stak uit als een dikke bobbel.

Peter zei: 'Een appel.'

Pastor stak zijn hand in Peters zak en vond de zak met munten. 'Wat is dit? Wat is dit?'

Judy Susan griste de zak uit Pastors handen voor hij erin kon kijken. Haar instinct moest haar hebben verteld dat de inhoud ervan Peters vergrijp tegen Pastor en God aanzienlijk vergrootte.

'Geld!' zei ze, terwijl ze in de geopende zak keek. 'Geld!'

Ze hield een dubbeltje omhoog, liet het terugvallen in de zak en toonde toen een stuiver. Ze schudde met de zak zodat de getuigen van deze misdaad het geld in heel zijn omvang konden horen rinkelen.

‘Dief!’ zei Judy Susan, en het was duidelijk dat diefstal volgens haar opvattingen veel zondiger was dan weglopen uit het Jezuskamp.

Pastor greep met zijn hand in zijn witte bos haar. Trudy bedekte haar openhangende mond en haalde diep adem. Oma bleef haar hoofd schudden, in een bedroefd verwijt.

‘Naar huis met hem,’ zei Pastor, en hij omklemde met zijn reusachtige hand Peters schouder.

Zo nu en dan moest er in het Jezuskamp een kind een pak slaag krijgen, en dat was jammer. Het kwam niet vaak voor, zo’n drie of vier keer per jaar. Het was niet Pastor zelf die de straf uitdeelde, en zeker niet Judy Susan; het leek Pastor verstandig om wat afstand te bewaren tussen zijn vrouw en het botvieren van haar lusten.

Nee, het was altijd Leo Bosk, die van de katholieken naar het Jezuskamp was gekomen. Na als kind vier jaar bij de Christelijke Broeders te hebben gezeten, wist hij hoe een pak rammel eruitzag. Maar niet alleen zijn achtergrond maakte Leo geschikt als straffer, want er stak geen kwaad in hem, slechts een oprecht plichtsgevoel. En hij was zelf vader, vier dochters en een zoon in het Jezuskamp, al die kinderen toonbeelden van braafheid, het rietje nooit gespaard.

Pastor woonde zo’n pak slaag altijd bij, om de zaak in de hand te houden. Judy Susan mocht ook toekijken. En de ouders van het kind dat de straf onderging, of in Peters geval zijn ene ouder, Trudy, zijn oma en zijn tante Tilly. Straffen werden meestal uitgedeeld in de recreatiezaal, waar anders de jonge kinderen met boetseerklei, pijpenragers en gekleurde houten blokken speelden. Pastor, Peters familie en Judy Susan zaten in een halve kring op veel te kleine stoeltjes, terwijl Leo Bosk op een stoel voor volwassenen zat met Peter dwars over zijn schoot. Peters korte broek en onderbroek waren tot op zijn enkels getrokken, zodat zijn billen bloot waren.

Leo, die zoals altijd in een vrolijke stemming was, zei voor hij begon te slaan tegen Peter: 'Kijk, Pete, dit bewijst maar weer dat een ongeluk in een klein hoekje zit. Pech voor je dat je in het rijtuig stapte waar meneer Lucas Maynard Shutter in zat. Hij verkoopt tegenwoordig toupetjes maar was ooit politieagent.' En toen liet Leo Bosk zonder verdere omhaal zijn dikke leren riem op Peters achterste neerkomen.

De klap van leer op vlees klonk misschien harder dan verwacht voor de mensen die nog nooit een afranseling hadden meegemaakt – Trudy, Oma en tante Tilly. Ze schokten alle drie op hun kinderstoeltje. Peter, wiens armen slap omlaaghingen, verkrampte van de pijn maar schreeuwde niet. De slagen volgden elkaar snel op. Het moesten er tien worden. Peter kronkelde na elke slag maar hield zijn lip tussen zijn tanden. Toen Pastor zijn hand na de achtste slag ophief, was Peters achterste inmiddels felrood.

'Tien,' zei Pastor. 'Dat was het.'

Dat was zijn manier om een of twee slagen van de straf af te trekken, veinzend alsof het vereiste aantal was uitgedeeld. Maar niet iedereen was blij met zo'n verlichting; soms protesteerden de ouders er zelfs tegen. Vandaag was het Judy Susan die bezwaar maakte.

'Acht,' zei ze.

'Tien,' zei Pastor.

'Acht volgens mijn telling,' zei Leo Bosk.

Trudy stond vlug op. Haar gezicht was nat van de tranen, en haar lippen trilden in haar poging ze in bedwang te houden. 'Het waren er tien!' zei ze. Ze liep op Peter af, tilde hem op zijn voeten en trok zijn onderbroek en korte broek op tot aan zijn middel. Toen keek ze Pastor en Judy Susan aan. 'Ik ben het hier niet mee eens, Pastor. Ik wil zeggen dat ik dit niet goedkeur. Het is niet goed om de jongen te slaan. Ik ben helemaal overstuur.'

Terwijl ze sprak, hief Peter zijn gezicht op, dat net als dat van zijn moeder nat was van de tranen. Hij had de kreten van pijn kunnen onderdrukken, maar niet de tranen.

Pastor knikte. Zijn witte haar was een ragebol nadat hij er tijdens de afranseling een hand in had begraven. 'Lieve Trudy, niemand van ons beleeft hier enige voldoening aan,' zei hij. 'Ik niet, Tilly niet, en ook Judy Susan en jij niet, en Peter al helemaal niet. Maar denk eens aan Spreuken 29:15. "Roede en bestraffing geven wijsheid, maar een aan zichzelf overgelaten knaap maakt zijn moeder te schande."'

Pastor stond met verrassend gemak op van zijn kinderstoeltje; met zijn zevenenzeventig jaar had hij aanzienlijk strammer kunnen zijn. Hij stond voor Peter, nam zijn gezichtje in zijn handen en tilde het op zodat hij in de ogen van de jongen kon kijken. 'Zijn we weer vrienden, Peter? Want ik zou veel verder dan dit gaan om jou terug te brengen in de armen van Jezus. Veel verder. Zijn we weer vrienden?'

Peter zei niets. En zou dat ook niet doen. Pastor stond tussen hem en Tom. Trudy zou hem op den duur wel laten gaan. Maar Pastor... nee. Nooit. In Peters blik brandde onverzoenbare vijandschap. En in Pastors blik, nu hij Peters gezicht zo met twee handen vasthield, was ook het genot van ongebreidelde vijandschap te lezen. Als hij door omstandigheden die in deze tijd niet meer golden – natuurlijk niet – gedwongen was geweest om een stapel hout met daarop een vastgebonden Peter in lichterlaaie te zetten, dan zou hij dat hebben gedaan. Dat wist hij. En hij zou de last van het verdriet accepteren die op hem zou drukken vanaf het moment dat hij de toorts naar het hout bracht.

21

De stokoude locomotief die voor het perron van Toruń stond te stomen zou twintig gehavende rijtuigen naar het Anhalter Bahnhof in Berlijn trekken. Als hij daartoe in staat was. Hannah en Lette hadden uren op de komst van de trein gewacht, samen met honderden Russische soldaten en zo'n vijftig burgers die een late poging deden om aan de Sovjetbezetting te ontsnappen.

De Polen, soms met kinderen, zagen er verslagen uit. Alsof ze verwachtten dat de Russen hen onderweg uit de trein zouden gooien of doodschieten – een gegronde angst. De Russen waren uitgelaten, roekeloos met hun wapens, schoten op raven in de bomen achter het station. Ze dronken geen wodka maar slivovitsj, een heldere pruimenbrandewijn uit de streek. Onder de soldaten was een aantal dat eruitzag als dwergen, allemaal met dezelfde insignes op hun uniform. De taal die ze onderling spraken, was niet Russisch. Hannah hoopte met heel haar hart een rijtuig te vinden zonder dwergsoldaten; ze zagen er barbaars uit en dronken tomelozer dan de Russen.

Ze hadden zich voor de reis chic aangekleed als tijdschriftmodellen, Hannah en Lette. Ze wilden er speciaal uitzien, onschendbaar. Zo'n outfit zou normaal gesproken geheid problemen opleveren, maar met de handgeschreven reispas van luitenant-kolonel Zalman rekenden ze erop dat ze onaantastbaar leken, misschien de maîtresses van hotemetoten, en met rust werden gelaten. Tenzij een door Zalman geschreven document juist voor geharrewar zou zorgen, gezien het feit dat hij nu waarschijnlijk dood was, geëxecuteerd om welk absurd vergrijp zijn meerderen ook bedacht hadden. Zouden de Russen zo ver van Moskou weten dat Zalman een verrader was? Hannah dacht schouderophalend: we hopen van niet.

Een magere jongen in het officiële uniform van de Poolse spoorwegen riep met bevende stem om dat alle passagiers nu in de rijtuigen moesten stappen. Zijn uniform was hem veel te groot en moest tot voor kort van het lijk zijn geweest dat nu half bedekt door een deken op de vloer van de wachtkamer lag.

Hannah trok Lette gehaast mee naar een rijtuig vlak achter de locomotief, zo ver mogelijk bij de dwergen vandaan. Ze koos het kleinste van de vijf compartimenten, met slechts vier zitplaatsen. Het was een rijtuig dat ooit eersteklas moest zijn geweest en nog steeds de tekenen van gelukkiger tijden droeg; de blauwe pluchen bekleding was niet zo erg gescheurd als je zou denken. Lampjes boven de stoelen, een enkele antimakassar op een hoofdsteun, kleine uittrekbare koperen blaadjes waarop een kop-en-schotel pasten. Hannah had haar spullen op de overige twee zitplaatsen kunnen uitspreiden om anderen te ontmoedigen dit compartiment te kiezen, maar dat deed ze niet; ze vond zichzelf het soort mens dat zich niet zo hebberig gedraagt. Ook Lette moest dat niet doen, zei ze.

Twee soldaten gooiden met een smak de deur van het compartiment open, keken met begerige nieuwsgierigheid naar de twee vrouwen en legden hun plunjezakken op het bagagerek. Zodra de soldaat die naast Hannah stond was gaan zitten, probeerde hij zijn hand onder haar jurk te steken. Hannah sloeg zijn hand weg en legde hem terug op zijn schoot.

'Spreek je Russisch?' vroeg ze. 'Mooi zo. Kun je lezen? Nee? Luister.'

Ze las voor uit het door Zalman uitgegeven reisdocument. Toen ze bij het eind kwam van wat hij had geschreven, voegde ze er met de nodige nadruk een eigen tekst aan toe: 'Als de drager van deze pas iets overkomt, zal ik dat te weten komen en mijn wraak zal verschrikkelijk zijn.' Melodramatisch, maar alleen melodrama zou doordringen bij ongeschoolde Russen.

Niet bij deze Russen. De soldaat griste het document uit Hannahs handen en spuugde erop. Gaf het toen terug. Er volgde een levendige ruzie tussen de twee soldaten in een dialect dat Hannah volstrekt vreemd was.

Lette schoof behoedzaam op naar het randje van haar zitplaats. Hannah veegde met haar zakdoek het spuug van het document. De trein was nu in beweging, maar slechts stapvoets. Zodra hij weg was bij het perron, stopte hij. De soldaten staakten hun ruzie en luisterden. Een stem riep iets in het Russisch wat Hannah nauwelijks kon verstaan. Maar de twee soldaten begonnen vol walging te tieren, waarbij de nodige Russische vloeken klonken die Hannah ondanks het dialect herkende.

De deur werd opengewrikt en een soldaat – een luitenant, te oordelen naar zijn insignes – met een iets beschaafder voorkomen dan zijn collega's riep in duidelijk, keurig Russisch: 'Pak je plunjezak, broeders! We stappen uit!' Hij liep de gang door en riep bij elk compartiment hetzelfde bevel. De soldaat die op de reispas had gespuugd, boog voorover en kuste Hannah hard en met prikkende tong op haar mond. Bij de deur zei hij iets in zijn dialect. Hannah verstond het woord 'liefje'.

Minuten later zette de trein zich weer in beweging, ontdaan van soldaten.

De reis nam de monotonie van het passerende platteland aan, dat weelderig groen, vlak en zonovergoten was. De ramp van de oorlog was hier niet zo duidelijk zichtbaar: in de dorpen een paar uitgebrande huizen, een verwoeste boerderij in de velden. Maar buiten een dorp op een paar uur ten westen van Toruń lagen er met regelmatige intervallen lijken langs de rails, alsof deze mensen – allemaal in burgerkleding, er waren ook kinderen bij – in de deuropening van rijdende wagons waren doodgeschoten en naar buiten waren geduwd. Onlangs vermoord, misschien niet langer dan een paar dagen geleden. Toch zeker geen etnische Duitsers? Die zouden negen maanden geleden al halsoverkop naar Duitsland zijn gevlucht.

Hannah keek zonder weerzin naar de lijken, maar met een ontstellende woede. Waar was dit voor nodig? De oorlog was afgelopen. Een trein in het oosten van Europa passeert dode mensen die zijn achtergelaten waar ze neerploften, en er valt niets te zeggen, niets is bekend. Het putte haar uit, dit wisselende decor, dit bewijs van de terugtocht van de verslagen nazi's: zonneschijn boven de Poolse velden, maar dan komen de lijken, zelfs die van kinderen. Het zou eeuwig doorgaan: gerechtigheid, schoonheid, moord.

Lette had... iets in haar hand. Wat? Zoiets als een steentje, dat ze ronddraaide tussen haar vingers. Mompelend.

Hannah vroeg: 'Wat doe je?'

Hannah had Lette de afgelopen maanden vaker met dit ding, wat het ook mocht zijn, zien frutselen. Ze had er nooit naar gevraagd.

Lette haalde haar schouders op, maar ging gewoon door.

'Jij daar, gekkin, ik vroeg: wat doe je?'

De trein passeerde met zijn boemelgangetje een klein station waar een groep haveloze vrouwen stond die stukken papier, stukken karton ophielden met daarop boodschappen in het Pools. Dit soort vrouwen stond in groepjes op elk station en langs de wegen. Elk bordje vroeg of iemand wist waar deze of gene persoon was, van zus of zo'n leeftijd, stuur een brief naar dit of dat postkantoor. De vergeefsheid van het verzoek deed Hannah telkens weer zuchten. Maar deze keer zuchtte ze niet, omdat ze bezig was met Lettes gekte.

Lette, met haar chique kleding, haar vilten clochehoed, haar felgele jerseyjurk, lippenstift, kleine oorringen van jade, zei: 'Gaat je niets aan.'

Hannah stak haar hand uit en haalde een witte steen tussen Lettes vingers vandaan. Ze bekeek hem aandachtig. Er liep een blauwe ader door de steen.

'Wat mag dit wezen?'

Lette zei: 'Een amulet.'

'Een amulet? Wat voor amulet?'

'Van Kristina.'

'Welke Kristina?'

'Die op de boerderij. Een van de Siberiërs. Kristina.'

'Die grote?'

'Nee. Niet groot.'

'Die met de platte neus?'

'Ja.'

'Een amulet?'

Lette nam de steen terug. 'Hij weert het kwaad.'

'Wat?'

'Hij weert het kwaad. Ik kreeg hem omdat ik haar van haar kiespijn had afgeholpen.'

'Van haar kiespijn? Hoe dan?'

'Een spreuk. Een Magyaarse spreuk.'

‘Wat? Ben je soms een heks? Hoe kom je aan een Magyaarse spreuk?’

‘Onze meid in Boeda.’

‘Lette, wij zijn Joden. Wij hebben geen spreuken. Wij aanbidden geen stenen. Moet ik je dat nog zeggen?’

‘Nou en? Iets van de Magyaren, iets van de Siberiërs. Wat maakt het uit? Ik was in Auschwitz omdat ik Joods was. Mag ik dan niet wat hulp van de barbaren krijgen?’

Hannah liet het onderwerp rusten. Ze wist waarom haar vriendin tot stenen bad. Ze wilde haar man levend terugvinden, en de kinderen. Door een wonder. Door het wonder van de steen.

Hannah wilde er niets mee te maken hebben. Michael was dood. Zelfs zijn botten waren er niet meer. Wanneer ze over wonderen hoorde, schoot er een vlaag van walging door haar heen. Praat me niet van wonderen. Eén mens krijgt een wonder, miljoenen anderen niet.

Ze stapten twee keer over, steeds op een trein die nog krakkemikkiger was dan de vorige. Maar met horten en stoten bereikten ze de ruïnes van Berlijn. Weggeruimd puin lag hoog opgetast aan beide zijden van het spoor. Door de verwoeste bovenverdiepingen van gebouwen was blauwe hemel te zien. De geplunderde hoofdstad van het Derde Rijk. Het deed Hannah totaal geen plezier. Hitlers egotisme was zo extreem: Berlijn verwoest? Waarvoor?

In Berlijn was een herhuisvestingsbureau voor Joden opgericht, geleid door strenge jonge mannen en vrouwen uit Palestina, uit Jeruzalem. Het was gevestigd in een elegant gebouw in Charlottenburg dat door de Amerikanen was aangeboden, niet ver van de Spree: pilaren, colonnades, gazons, iepen. Het zat van alle kanten ingeklemd tussen het puin van bombardementen; al het andere in de buurt was de lucht in geblazen. Wanneer je noordwaarts naar Schloss Charlottenburg keek, kon je zelfs van een afstand zien hoeveel schade de vijfhonderdponders, afgeworpen door RAF-Mosquito's die over de stad joegen, aan het gebouw hadden toegebracht.

De Joden die in haveloze jassen en tot op de draad versleten jurken naar het bureau kwamen, beleefden bij aankomst een paar momenten van goede moed. Dit moest wel een teken zijn dat er onmogelijke dingen konden gebeuren. Er was niet één bom op het gebouw gevallen? Dan was er hoop.

De agenten van het bureau waren zeer gemotiveerde mensen die weliswaar konden glimlachen, maar dat tijdens hun werk zelden deden. Het was hun taak huisvesting te vinden voor overlevende Europese Joden die om hulp vroegen. Het huis dat hun werd aangeraden was Palestina. Teel sinaasappels, aardbeien, tomaten. Meng het zweet van je voorhoofd met de aarde van je oude vaderland. Ga in de schaduw zitten van bomen die je zelf hebt geplant. Geen schaduw kan tippen aan de schaduw van een in Israël gekweekte boom, het Israël dat eraan komt. In de kanaaltjes tussen de bomen stroomt zoet water. Steek je handen in het water. Was je gezicht en je handen op de traditionele manier.

Maar je mocht dat advies naast je neerleggen, als je wilde. Er werd nog steeds thee met een koekje aangeboden; ze zouden ergens anders een huis voor je zoeken. Misschien in Wenen, als je daar had gewoond. Misschien Berlijn. Misschien Boedapest.

De jonge mannen en vrouwen van het bureau hadden tussen juni 1945, toen het werd opgericht, en november van dat jaar, toen Hannah en Lette er aanklopten, lijdensverhalen gehoord van Joden van meer dan twintig nationaliteiten. Wanneer ze naar die verhalen luisterden, hielden ze hun gevoelens, wat die ook waren, voor zichzelf. Ze wisten al voor ze vanuit Palestina naar Berlijn kwamen van de kampen, en het doel ervan. Ze wisten nog niet het precieze aantal Joden dat in de kampen en elders was omgekomen, maar hun schatting lag dicht bij het cijfer dat een paar jaar later na uitgebreid onderzoek aan het licht kwam.

Ze hielden een strenge afstand tussen henzelf en de nazigruwelen. Ze waren getraind om praktisch te denken en om weinig te zeggen wanneer de mensen die bij hen kwamen over hun dagdromen vertelden. 'In Wenen waren we met z'n vijfentwintigen, ze kunnen niet allemaal dood zijn. Zoek mijn zus, zoek mijn moeder.' De enige denkbare troost voor een verwoest verleden was een veilige toekomst, voorgoed. En dus Israël. De sinaasappelbomen, de schaduw.

Hannah kreeg het adres in Charlottenburg van een jonge man op het Anhalter Bahnhof, die eenvoudig gekleed ging in een zwarte jas en broek met wit overhemd, en een gezonde glans had. Best knap. Hij gaf haar een aan twee kanten bedrukt stukje papier en zei: 'Ga hierheen.' Onder het adres stonden in vier talen – Hongaars, Duits, Frans en Hebreeuws – de woorden: WIJ ONDERSTEUNEN U.

Hannah zei: 'U bent Joods.' Een vaststelling.

De jongeman zei: 'Natuurlijk' in het Hebreeuws.

Ze knikten elkaar toe.

Het duurde uren om in Charlottenburg te komen. De stad was geruïneerd, een chaos, en zoveel controleposten. Wie kon er in zulke tijden papieren laten zien? Een paar bussen reden korte trajecten, geen kaartje vereist. En anders liepen Hannah en Lette. De meest voorkomende gelaatsuitdrukking onder de Duitsers op straat was er een van doffe berusting. Zelfs kinderen hadden die blik. Ook wrok.

Tegen wie? Hun Führer? De bezetters? Misschien domweg tegen de pech in het leven.

Tussen het puin waren bescheiden kruisen opgericht. Op sommige waren namen geschreven met pen of potlood, of ze waren in het hout gekerfd; sommige waren onbeschreven. Tussen het puin gaven de teksten van uithangborden blijk van een handelsleven dat nu niet meer voorstelbaar was. LEBENSMITTEL FÜR SIE. ALLES IST FRISCH. BILDERRAHMEN. CHIROPEDIST NACH VEREINBARUNG. KUNZ UND SÖHNE BESTECK UND KERZENHALTER.

Tussen het puin waren soms mensen te zien, gezichten die uit kuilen en gaten gluurden, de ogen schitterend van honger. Hannah zag een kind dat als twee druppels water op Michael leek, en haar hart stond stil. Ze riep in het Hongaars: 'Wie ben je?' Het kind dook weg. Hannah mompelde tegen zichzelf: 'Wat gebeurt er in je hoofd?'

Op het bureau bracht een efficiënte jonge vrouw, die Duits sprak met een accent, hen naar een tafel, noteerde hun namen en geboortedata en vroeg toen op kalme en vlakke toon naar hun ervaringen.

'Auschwitz,' zei ze. 'Kwamen jullie in vierenveertig? Waarvandaan? Hoe? Met jullie familie? Een echtgenoot, een kind? Vertel me over de selecties. Werd je kind geselecteerd? Wat erg voor je. En zijn naam? En zijn leeftijd? Ken je namen van vrouwen die werden geselecteerd? Weet je waar ze vandaan kwamen?'

De jonge vrouw droeg kleine oorbellen, in goud gevat barnsteen. Het zorgde voor een eigenaardig effect. Een zweempje charme, maar híér, en dan vragen naar Auschwitz? Verder zo sober.

Lette vroeg naar haar man. Het stellen van de vraag kostte haar moeite. Lette had zichzelf maandenlang voorgehouden dat haar man nog leefde. De kalme jonge vrouw raadpleegde een map vol papieren. Ze zei: ‘Mevrouw Rosen, we hebben niets. Het spijt me.’

Naar Boedapest dus, als dat mogelijk was. En dat was het. Maar weinig soldaten maakten de reis naar Boedapest, en slechts zes rijtuigen. De locomotief was zelfs nog ouder dan die op de Poolse lijn. Het was alsof de Russen liefde hadden opgevat voor een vervlogen tijdperk van stoomtreinen. Tot je in Leipzig de Sovjet-hotemetoten in de trein zag stappen, die zo verzuurd waren dat ze geen liefde meer hadden voor wat dan ook. Ze riepen schor naar Hannah en Lette, en zwaaiden met een fles cognac.

Geen lijken meer, godzijdank.

Het platteland had zijn prioriteiten hervat. In Bohemen kondigde de winter zich aan, de loofbomen waren bijna kaal. Voorbij de grassige zoom van de spoorlijn graasden edelherten in groepjes van vier, vlak bij de veilige bosrand. Was het waanzin je voor te stellen wat Hannah zich voorstelde? ’s Zomers een reisje per trein naar het bos buiten Boedapest, een picknick, rode wijn, het zonlicht dwarrelend door het gebladerte? Alleen zonder Michael. Alleen zonder Leon. Was dat voorstelbaar? O, heel even, voor twee tellen. Daarna: nee.

22

Elk jaar stuurde Tom in februari de lammeren naar het slachthuis van Garland & Garland, voorbij de begraafplaats van een klein gezellig stadje dat een overblijfsel was van de goudkoorts. Dit jaar hield hij ze bij zich om zich toe te leggen op het oogsten van de appels, nectarines en peren, die allemaal tegelijk als een dolle hingen te rijpen. Andere boomgaarden in de vallei leverden niet meer dan een gemiddelde oogst, maar bij Tom waren de bomen gek geworden.

Er werden theorieën geopperd. Toms uitstekend onderhouden afwaterings- en irrigatiesysteem had de wortels tijdens de overstroming voor schade behoed. Dat was wetenschap. Ook hekserij werd genoemd. Hannah de Jodin had een bezwering uit Hongarije toegepast, of misschien uit een toverspreukenboek dat Joden, zoals iedereen wist, achter slot en grendel in hun, hoe noem je dat ook alweer, synagoge bewaarden. Dit alles volgens Pearly Gates, voorzitter van de Veteranenbond, afdeling Hometown.

Pearly's soort antisemitisme betrof alleen primitieve Joden (hij had er ooit een gezien) die een eigenaardig kloffie en rare hoeden droegen, en niet, bijvoorbeeld, sir John Monash, een voortreffelijk soldaat uit de Eerste Wereldoorlog en een geleerd man naar wie onlangs een universiteit was genoemd. Een Jodin zoals Hannah kon (sluw als ze was) een boekwinkel hebben en toch primitief zijn.

Toegegeven, Hannah had Pearly's vooroordeel, waar heel het stadje van wist, alleen maar erger gemaakt. Hij kwam op een dag naar de boekwinkel om een Gouden Boekje te kopen (*Kippetje Tok* was zijn keuze, er was een kleinkind jarig), waarop Hannah hem zei dat ze op de boerderij een zwarte haan hield die Hebreeuws kon praten.

Het arbeidsbureau stuurde Tom vier plukkers, naar verluidt ervaren maar in werkelijkheid hopeloos: bang voor ladders, vliegen, pissebedden, spinnen. Het was een gezin, Assyriërs uit Turkije die als migranten waren toegelaten omdat ze christelijk waren en Engels spraken. Papa, mama en twee dochters. De vader, Hector, had op aanraden van een immigratiemedewerker zijn eigen naam en die van zijn hele gezin veranderd. Hij had een baard die tot op zijn borst kwam en zat tijdens lunch- en theepauzes een mes van dertig centimeter te wetten, waarvoor hij speciaal een zwart wetsteentje in zijn zak bewaarde. En om aan te tonen dat iedere Assyrische man, zelfs een ingenieur, wel raad wist met een mes, spietste hij met een worp van vijftien meter een appel aan een tak.

De dochters, Sue en Sylvie, veertien en vijftien, plukten op hun dooie gemak, ondertussen meezingend met Herman's Hermits uit een transistorradio die op 3UZ stond afgesteld. De moeder, Sharon, werkte lang en hard, maar ze deed er vijf minuten over om op een ladder te klimmen. En ze had een belabberde pluktechniek. Ze vulde op een dag misschien één zak, in plaats van de gewenste vier. 's Nachts sliepen ze met z'n vieren in de logeerkamer. Ze haalden oom Franks schilderijen van de muur en hingen er afbeeldingen van Turkije op, en wollen borduurwerk in traditionele Assyrische patronen, portretten van The Beatles, Mick Jagger en Johnny Farnham. Ze moesten 's ochtends om zeven uur worden gewekt voor het ontbijt, dat uit een heel gesneden brood en een tiental gebakken eieren bestond.

De andere plukker was Bobby Hearst, die elke zomer twee weken voor Tom werkte. Hij zong en giechelde tussen de takken van de appelbomen, nam met een denkbeeldig M14-geweer 'spleetogen' op de korrel en riep oneerbare voorstellen naar Sue en Sylvie. Tom moest hem zeggen dat het in Hectors land van herkomst de gewoonte was dat vaders de keel afsneden van jongens die met hun dochters flirtten.

Al wist je bij Hector niet goed wat dat mes voor hem betekende. Hij was meer filosoof dan janitsaar wanneer hij, leunend tegen zijn ladder, over het innerlijk leven van bomen sprak terwijl Tom de kwaliteit van de peren in zijn zak beoordeelde. 'Het zijn wezens, net zoals jij en ik, als je begrijpt wat ik bedoel. Het fruit, dat zijn de kinderen. Wanneer ik het fruit uit de boom haal, zeg ik sorry. De boom zegt me: "Het geeft niet. Maar plant de zaden." In deze wereld, meneer Tom, hoe lang zijn we hier? Honderdduizend jaar? Bomen miljoenen, miljoenen jaren. Miljoenen.'

Hector was in Turkije zijn baan als ingenieur kwijtgeraakt toen de regering hem als subversief element aanmerkte. Tom vroeg glimlachend of hij dat ook echt was.

Hector haalde zijn schouders op. 'Wie zal het zeggen?'

Hannah plukte appels wanneer ze kon, misschien een uurtje van vijf tot zes, na haar laatste leerling. De zon was nog steeds heel heet wanneer Hannah tussen het gebladerte klom onder een potsierlijke strooien hoed zo groot als een Mexicaanse sombrero, een van die momenten dat ze comfort belangrijker vond dan stijl. Ze plukte in haar eentje in het bosje gravensteins dat oom Frank had aangeplant voor een stel Oostenrijkers in Melbourne, die er *Obstler*-brandewijn van maakten, iets heel belangrijks in de Oostenrijkse streek waar ze vandaan kwamen.

Ze koos het bosje om buiten gehoorsafstand van Bobby's oorlog tegen spleetogen te blijven. En het kalmeerde haar om tussen het gebladerte te zijn. Dat had ze nodig. Die doornstruiken tussen haar en Tom: zijn liefde voor de jongen, zijn hoop dat Peter naar hem toe zou komen en bleef.

Hannahs hart was geen parlement, eerder drie of vier tirannen die naar elkaar stonden te schreeuwen. En de luidruchtigste tiran brulde: 'Je gaat bij hem weg. Als de jongen komt, ga je bij hem weg.' Maar wat een waanzin. Weglopen van deze man van wie ik zielsveel houd, deze Tom? En dan alleen door het leven gaan? Ik doe het. Dat weet ik. Maar intussen smeekte ze Tom voortdurend, in woorden die ze nooit hardop uitsprak: breng de jongen niet hier. Doe het niet. Haal hem niet hierheen.

Op een middag hield Hannah op haar ladder even stil, en in die pauze gaf ze de herinnering aan een andere boomgaard vrij spel. Ze had haar gedachten ook op andere middagen zo kunnen laten afdwalen, maar nee. Waarom vandaag dan wel? Alleen maar omdat ze tranen van haar wangen had geveegd in de appelboom. Alleen maar omdat de soldaat, op die dag, jaren geleden, had gehuild toen zij, Eva en Lette, zich uitgehongerd door Polen sleepten en in een boomgaard een schuurtje vonden waarin ze beschut waren tegen de winter. Eva, die ermee bekend was, zei: 'Het is een ciderhut. Hier bewaren ze de slechte appels voor cider. De gebutste.' De hut was kaal. Eva en Lette zaten weggedoken in hun lompen op de aarden vloer. Hannah zocht op alle plekken waar je nooit voedsel zou aantreffen maar het tegen alle redelijkheid in wellicht toch vond, en vond niets. Maar toen – hoog in een van de bomen van de naakte boomgaard – een appel. Een appel die onmogelijk een appel kon zijn, omdat het november was en er vier maanden geleden was geoogst. En toch. Hannah klom steeds hoger tussen de takken en plukte behoedzaam de gele vrucht, die zo koud was als een sneeuwbal, stopte hem tussen haar vodden.

Voor ze omlaag kon klimmen, verscheen er op het pad beneden een soldaat in zicht, die zich moeizaam voortsleepte, zonder pet, met een hand tegen zijn hals. Een jongen, blond, zestien, zeventien. Hij droeg geen geweer.

Hij struikelde en viel neer onder Hannahs boom. Ze bleef doodstil zitten, omklemde een tak, haalde nauwelijks adem. De soldaat, de jongen, lag op zijn rug tussen zwart geworden bladeren omhoog te kijken naar de wolken en snikte hevig. Er sijpelde bloed tussen de vingers van de hand door die hij tegen zijn wond hield. Het bloed gutste synchroon met zijn hartslag uit zijn lichaam. Het had de schouder van zijn uniformjasje doordrenkt tot het embleem van de *Wehrmachtsadler* op zijn borstzak aan toe.

Hij zag Hannah boven zich en slaakte een luide gil. Hij zal hebben gedacht dat hij de engel des doods in lompen zag. Het snikken begon weer. Hij wist ongetwijfeld dat hij zo meteen dood zou zijn. Het was niet het snikken van een man, maar dat van een kind, de mond vertrokken, dikke tranen.

Hannah zag dat zijn holster leeg was en even dacht ze erover om omlaag te klimmen en hem te troosten. Maar toen kreeg ze een ander, praktischer idee: ze kon hem smoren. Het geluid van zijn gehuil trok misschien Russen aan, want er moesten hier Russen zijn, wie anders kon hem hebben neergeschoten? En met de Russen wist je het wel. Zagen ze een vrouw, dan dachten ze maar één ding.

Maar nee, ze bleef waar ze was en keek toe hoe de jongen zijn leven prijsgaf, onverminderd luid snikkend tot hij stopte. Ze bleef kijken, zelfs toen hij stillag en zijn oogleden niet meer knipperden, zijn mond geopend bleef in een grimas van verdriet. Ze klom omlaag, knielde naast het lichaam en dacht: zo groot voor zijn leeftijd. Ze liet zijn ogen open, hoewel ze die had kunnen sluiten; ze vond dat dit laatste gebaar jegens de dode niet aan haar was, omdat ze hem niet kende.

Ze doorzocht de zakken van zijn uniform in de hoop op voedsel, misschien een biscuitje dat hij bij zich had, iets. Maar zijn zakken waren leeg. Niet eens documenten. Iemand had hem al gefouilleerd, misschien degene die hem had neergeschoten. Ze rolde hem om, doorzocht zijn achterzakken en vond, grote god, tabletten chocola, *Schokolade*, in een donkergroen wikkel. Op dit wikkel stond in het Duits: UNSERE JUNGS. Onze jongens.

Hannah was de soldaat op slag vergeten en haastte zich met de gele appel en de Unsere Jungs-chocolade terug naar de ciderhut.

Er was een briesje opgestoken in de boomgaard, Toms boomgaard. Hannah genoot van de streling. Haar natte wangen droogden op. Het leek onvoorstelbaar dat ze bij Tom zou weggaan als de jongen terugkwam. Dat vreselijke obstakel voor haar geluk. Het briesje tilde de rand van haar grote strooien hoed op. Dat vreselijke obstakel voor haar geluk, net nu de boekwinkel van de gebroken harten begon te lopen.

Denk liever aan succes dan aan het vooruitzicht van een echec. Hannah had de dames van de Plattelandsvrouwenbond gerekruteerd om boeken te verkopen in de regio. Ze bezochten scholen, serviceclubs, de drie bibliotheken in de streek, en prezen hun boeken aan op high teas die speciaal waren georganiseerd om boeken te dumpen. De vrouwen kregen de helft van de winst voor hun bond.

Hannah hield een magere marge over, maar niet té mager. Boeken verkopen: je bleek ervan te kunnen leven. Ongeveer op het niveau van de jongste bediende op het postkantoor, oké. Hannah vond het niettemin geweldig. Kijk en zie: een winkel met een voorraad ter waarde van bijna twintigduizend dollar, overheadkosten, Maggies loon: je kon ervan leven.

Bovendien stonden de geschriften van geniale mannen en vrouwen op de boekenplank van huizen in de tweeëndertig stadjes in de regio; misschien lag *Zo is het leven* naast de dubbelgevouwen roze pagina's van de *Sporting Globe* op een nachtkastje, misschien stak er een boekenlegger in *Middlemarch*. Oké, ook heel veel onzin. *Kussen om middernacht*, *Kussen bij het ontbijt*, maar Hannah beschouwde de onzin tenminste als familie: Nina met haar boezem uit *Kussen bij het ontbijt*, haar pannenkoekenbrein gesmoord in suiker en slagroom, was het nichtje van Dorothea Brooke; je zou het toegeven als je niet zo'n snob was.

Hannah was niet op een missie, ze was er niet op uit de massa tot de kunsten te bekeren. Maar ze hield bij hoeveel boeken ze verkocht. Haar doel was vijfentwintigduizend, het geschatte aantal boeken dat op 10 mei 1933 in Berlijn was verbrand. Op dat moment verkocht ze ongeveer honderdtien boeken per week, met de hulp van de plattelandsvrouwen. Dus vier, vijf jaar. Haar vreugde wanneer er iemand uit een huis in het stadje, uit een boerderij dertig kilometer verderop, aan haar toonbank verscheen en een boek afrekende dat de studenten in de fik hadden gestoken: *Het proces*, *Afscheid van de wapenen*, *Verliefde vrouwen*, *Anna Karenina*, *The war of the worlds*, *Ulysses*.

Hannah was vaak verrast door wie wat kocht. *Het onbehagen in de cultuur* werd gekocht door een vrouw met slordig opgebrachte lippenstift, die met behulp van twee wandelstokken liep. Ze was de grootmoeder van het parlementslid van Hometown, Bob Carroll, en was als weduwe uit Ierland gehaald. Ze bleek een van de eerste vrouwen te zijn die in 1910 tot Trinity College in Dublin werden toegelaten. Het enige exemplaar van *Ulysses* ging naar Des Bond, een gepensioneerd schoolhoofd dat met zijn vrouw in Hometown was komen wonen vanwege de forellenvisserij. Hij las zich door een lijst klassiekers uit *Punch* heen, iets waar hij al dertig jaar mee bezig was.

Dit was niet Boedapest, het grote appartement vlak bij de Andrássy, en ook niet het kleinere appartement aan de Nagymező waar ze eerst met Leon en later met Stefan had gewoond. Iedereen die daar kwam aanwaaien had alles gelezen, dwaze mensen met dwaze politiek en nu allemaal dood, met al hun ideeën. Niemand daar stelde het lezen van boeken uit tot na zijn pensioen. Toch moesten de inwoners van Hometown, de mensen uit de regio, op waarde worden geschat: allesbehalve bohemiens, maar ze waren Hannah dierbaar. Hier zou Adolf Hitler voor niets hebben staan schreeuwen. Misschien. Er waren dagen waarop ze met open armen in de deuropening van de boekwinkel wilde gaan staan en zeggen... tja, wat? Iets onmogelijks, iets kwetsend minzaams, zoals: 'Joost mag weten wat er zich in jullie Australische koppen afspeelt, maar ik mag jullie toch graag.'

De oogst was zevenentachtig manden groter dan vorig jaar; de prijzen voor blikfruit waren veel hoger vanwege de overstroming. De prijs voor lamsvlees zou ook omhoogschieten; duizenden schapen waren verdronken. Tom verrekende de hoge fruitprijs in wat hij Hector, diens gezin en Bobby betaalde met een eindeoogstbonus van vijfenzeventig dollar. Voor de plukkers kwam de bonus uit de lucht vallen. Hector liet zijn dochters, dankbaar als hij was, een soort Assyrische polka dansen op de roestbruine aarde van de boomgaard. Hij zei dat hij zou terugkomen als de Australiërs zijn documenten hadden erkend en dan een waterbekken voor Tom zou graven. 'Denk je dat ik het vergeet? Nooit, meneer Tom. Vijf meter diep, aangestampte aarde, een ijzeren brug in het midden. Woepie!'

Hannah had voor de laatste avond een maaltijd met een Assyrisch tintje bereid. Te oordelen naar het al te bereidwillige koor van complimenten van Hector en Sharon, en de wat zuinigere lof van de dochters, waren de gerechten een mislukking. Ook gezien de hoeveelheid die op de borden achterbleef.

Maar de gedeelde maaltijd en de gedeelde wijn boden Hector de kans zijn beeld van een Turkije dat doorstroomd werd door rivieren van bloed wat breder uiteen te zetten. Het was voor de Turken niet genoeg dat ze de Armeniërs hadden vermoord, of die het nu wel of niet hadden verdiend, wie zal het zeggen; moesten ze toen ook nog eens de Assyriërs afslachten? Dat was een dag vol kwaad, veel dagen vol kwaad. Maar er werd een leger opgebouwd, zei Hector, een geheim leger, mannen die overdag winkelier en 's nachts moordenaar waren. En de tijd zou komen dat de Turken met duizenden in hun bed omkwamen, daar zou God wel voor zorgen.

Dochter Sylvie zei: 'Pap, dat kan niemand wat schelen.'

Sharon zei: 'De biryani, Hannah! Te mooi. De aardappels mogen iets langer in de koekenpan liggen. Volgende keer.'

Hector vertelde verhalen over massamoorden. Zijn stem kreeg iets zangerigs, alsof er iets in de sfeer van het heilige moest worden aangeroepen.

Bobby, die ook bij het oogstfeestmaal was, nam alles voetstoots aan. Hij zei: 'Laat ze maar aan mij over, man. Die klote-Turken. Sorry.'

Sylvie en Susie flirtten met hem door hun borsten naar voren te duwen en diep in en uit te ademen.

Tom keek naar Hannah, en Hannah keek terug. Ze kwam niet met verhalen over haar eigen beproeving. Haar gezicht was een masker. Tom hoopte maar dat Hectors verhalen niet zover zouden gaan dat de Joden aan de Turken werden toegevoegd als vijanden van het Assyrische volk.

Maar nee. Alleen de Turken. Hector wees erop dat de Assyriërs en Australiërs een verwantschap hadden in door Turken vergoten bloed. Gallipoli.

23

Moord in de wildernis, moord in de stad: niet hetzelfde. Zo vinden moorden op het platteland 's middags plaats, en die in de stad 's nachts. De plattelandsmoord is eerlijker, wordt in het volle daglicht begaan. En de overdenking is kort en direct, men gaat nonchalant tot handelen over. Geen worsteling met de duivel, en niet al te veel gedoe om de zaak geheim te houden. De daad en zijn gevolgen worden samen opgevat, alsof de moordenaar mompelt, terwijl hij zijn spullen, geweer, mes pakt: 'Dit kan weleens de doodstraf worden.'

Bernie Shaw was een nieuwkomer in Hometown: acht jaar bij de dienst Rivieren aan Hydro Road, overgeplaatst vanuit het zuiden. Hij had zijn vrouw bij zich, Lou. Geen kinderen, maar Bernie hield een grote domme bastaard, Huey, waar Lou en hij gek op waren.

Na jaren van aangename huiselijkheid werd Huey die winter op het slechte pad gebracht door een zwerfhond van de vuilstortplaats, een echte bandiet, half zo groot als Huey maar met genoeg zuiver kwaad in zijn hart voor allebei. Ze sloegen aan het doden. Huey bleek er handig in te zijn – tot hij op een dag, zijn snuit begraven in de warme ingewanden van een lam, Henty's geur niet oppikte. Een .303-dumdumkogel sloeg zijn achterpoten weg. Henty beende op de hond af, sneed zijn keel door en las de informatie die gewetensvol op zijn plaatje stond gegraveerd.

Hij bracht het kadaver naar Bernies en Lous huis aan de Commonwealth of Australia Street, maar om tien uur 's ochtends op een werkdag was alleen Lou thuis. Ze gilde, ging tekeer, begreep misschien niet helemaal dat in schapenland een dolle hond in een wei een bewegend doelwit was.

Later op die dag verscheen Bernie, gekleed in een pak met een das, bij de Henty's op de stoep met een .22 en schoot Henty's vrouw bij de voordeur een kogel door het hoofd. Daarna schoot hij Henty zelf neer in de werkplaats, niet één maar vijf keer; na elk schot herlaadde hij zijn geweer.

Hij reed over de snelweg de vijfhonderd meter naar Tom om te vertellen wat hij had gedaan. Bernie plukte tijdens zijn jaarlijkse vakantie van de dienst Rivieren zo nu en dan fruit bij Tom, betaald werk, maar niet dit jaar. Maar waarom koos hij Tom? Misschien omdat je erop kon rekenen dat die kalm bleef? Zoiets misschien?

Tom was in de vochtige wei bezig met een ooi die gek was geworden en zonder duidelijke reden andere schapen aanviel. Hij hoorde zijn naam roepen bij het huis en riep terug. Er verscheen een figuur met een pak en hoed bij het hek, wat moest die? Hij zag de figuur hannesen met het hek. Bernie Shaw, geweer in de ene, koffertje in de andere hand. Tom keek totaal niet op van Bernies geweer, niet in deze zwaarbewapende regio. Maar dat koffertje. Dat was raar. En die hoed en dat pak ook.

Bernie zei: 'Tom, ik heb Henty en z'n vrouw doodgeschoten.'

'Wat?'

'Ja, twintig minuten geleden.' Bernie wapperde met een hand in de richting van Henty's boerderij. 'Twintig minuten geleden,' zei hij weer. 'Allebei dood. Dat moet Kev Egan natuurlijk weten.'

Tom keek hem strak aan. Als Bernie gek was geworden, zou dat het overhemd, de das en het jasje, en de gepoetste zwarte schoenen verklaren.

'Je hebt Henty doodgeschoten? En Juliet?'

'Inderdaad.'

Tom hield de getikte ooi vast aan haar vacht. Ze had een maniakale schittering in haar ogen. Hij gaf haar een pets op de neus en liet haar gaan.

'Geef me het geweer, Bern.' Hij nam het geweer aan van Bernie, klapte het open. Het was ongeladen.

'Op naar de petoet.'

Tom zei niets.

Een keurig gaatje tussen de ogen voor Juliet. Ze was in de deuropening op haar knieën gevallen, de hordeur stond wagenwijd open. Juliet was een soort boerenschoonheid, gladde huid, donkere gewelfde wenkbrauwen. De moord had een onaantrekkelijke grimas op haar lippen achtergelaten. Nadat Tom haar pols had gevoeld, liet hij haar achter waar ze lag en volgde hij Bernie naar de werkplaats. Henty lag met opgetrokken knieën op de vloer, zijn hoofd en gezicht een puinhoop.

Geen pols.

Patronen lagen her en der op de schoongeveegde betonnen vloer. Henty was pietluttig in zijn gewoonten, ook al verwaarloosde hij zijn schapen. Op planken en rekken langs de wanden van de schuur lagen stukken hout opgeslagen, geordend naar lengte.

'Zo dood als een pier,' zei Tom. Hij had geknield gezeten. Nu stond hij op en legde een hand op Bernies schouder.

Bernie was aan de kleine kant en moest zijn kin opheffen om Tom aan te kijken. De punt van zijn neus was rood en glom, alsof er een alarm in werking was gesteld.

'Bernie, waarom in vredesnaam?'

Bernie haalde nauwelijks zichtbaar zijn schouders op en liet ze toen weer hangen. 'Hij had Huey doodgeschoten.'

'Huey?'

'Onze hond. Huey.' Bernies blauwe ogen stroomden vol tranen.

Tom knikte om Bernie wat begrip te tonen, maar ook ter bevestiging tegenover zichzelf dat de man gek was. 'We gaan naar binnen om Kev te bellen,' zei hij.

Bernie zei: 'Yep. Ik ben er klaar voor.'

Het gezag zorgde voor Bernie; eerwaarde Costello zorgde voor de zielen van Augustus en Juliet Henty. Een lange rij auto's met lichten aan reed stapvoets van de Sint-Benedictuskerk op Federation Hill via Alfred Deakin Way naar Mercer Street, en over Top Bridge en Old Melbourne Road naar de begraafplaats. Eerwaarde Costello reed in zijn oude blauwe Fiat met een rotgang (zoals gewoonlijk) van de kerk naar de begraafplaats en stond in het katholieke gedeelte aan de rand van het graf te wachten toen de rouwstoet arriveerde.

Onder de rouwenden waren de twee dochters van Henty, Bea en Pip, lange blonde meisjes met het knappe uiterlijk van hun moeder, die op stel en sprong van de lerarenopleiding waren overgekomen. Bea was van verdriet wit weggetrokken; Pip, de oudste, was kalm en beheerst. Later, tijdens de receptie (op het instituut voor technisch volwassenenonderwijs, de boerderij was immers een plaats delict) begon Pip tegen Tom over de drieduizend schapen van haar vader: wat moest ze ermee aan, wist hij het, wist iemand het?

Tom zei dat hij voorlopig voor ze zou zorgen. Pip knikte. 'Wil je ze kopen? Wil je de boerderij kopen? Wij hebben er niets aan. Ik heb het hier nooit fijn gevonden. Ik ben liever in Glenferrie. Niet hier. Hij is gek, hè, die man? Die mama heeft doodgeschoten?' Na een korte stilte zei ze: 'En papa.'

Ja, antwoordde Tom, Bernie Shaw was gek. En hij zei dat hij de boerderij niet wilde kopen.

Of misschien toch wel. In de weken dat hij voor Henty's schapen zorgde, begon hij te denken: het is niet onmogelijk. Onder de omheinde weiden, die zich uitstrekten tot aan de voet van de grasheuvels, lag rijke vochtige grond die in de loop der eeuwen van de hellingen af was gezakt. Op die bodem groeide het hele jaar sappig gras. Henty, die een hekel had aan schapen, had er precies genoeg gehouden om ze rendabel te laten zijn, maar het was Tom duidelijk dat die achterste weide twee keer zoveel schapen kon voeden.

Henty's vijfduizend bomen – appel- en perenbomen, slecht onderhouden, zelden gesnoeid – misschien. De conservenfabrieken betaalden grof geld. En Juliet had onlangs bij de zijarm van de rivier een veldje aardbeien aangelegd, al was het haar niet gegeven geweest te zien hoe dat experiment afliep. Dat dus ook: de aardbeien.

Hannah zei: 'Tom, koop hem. Je wilt het.'

Op een avond in het late voorjaar keken ze rond op Henty's boerderij. De magistraat die als rechter van instructie zou optreden, Ted Beach, was eerder langsgekomen in zijn oude rode Riley om de plaats delict te bekijken. Het was Ted die Toms idee om de zaak te kopen een zetje gaf. Toms kudde zou met Henty's schapen erbij groot genoeg zijn om altijd te kunnen leveren, waardoor hij bij Garland's een voorkeursstatus zou krijgen. Hetzelfde gold voor het fruit: voorkeursstatus bij de conservenfabrieken.

Ted bezat zelf grond in de vallei en wist waar hij het over had. 'Doe het maar, Tom. Je zult er wel bij varen.' Waar hij aan toevoegde: 'Tenzij iemand je doodschiet. Ha! Tenzij iemand je doodschiet, Tom.'

Een eindje achter Henty's huis en werkplaats stond een grote schuur die was gebouwd door de Duitsers die in het decennium na de Eerste Wereldoorlog op dat perceel hadden geboerd. Het was een voortreffelijk bouwwerk op een uitgehouwen granieten fundament dat zo hard was dat elke staande balk volgens de waterpas loodrecht stond. In 1928 verkochten de Duitsers, de Baughmans, de boel en vertrokken naar Zuid-Australië om zich daar bij een grotere lutherse gemeenschap aan te sluiten; idioot, aangezien het ze voor de wind was gegaan.

De schuur was te groot en te eigenaardig voor de Sullivans, de opvolgers van de Duitsers. En voor Henty, die in 1950 de Sullivans had uitgekocht. Het ding was gebouwd ten behoeve van agrarische praktijken die het plaatselijk boerenbedrijf vreemd waren.

De benedenverdieping was verdeeld in stallen en paddocks voor de paarden, maar de openingen waren zo geplaatst dat de knollen een bocht om moesten voor ze vrij waren. Als de zwaaideur van een stal per ongeluk open bleef staan, dan zou het paard niet uit zichzelf de bocht om gaan, was de gedachte. Het kippenhok zat aan een katrol en een haak, en een touw om de haak trok het hok van de vloer, zodat de vossen er niet bij konden. Een instrument dat ook met katrollen en haken werkte, zorgde ervoor dat het hok gelijkmatig omhoogging.

De wanden van de schuur waren aan de binnenzijden met grenen planken bekleed, die in deze tijd (vertelde Tom aan Hannah) alleen voor meubels werden gebruikt. Op de bovenverdieping werd hooi opgeslagen; het was geen zolder, maar een volwaardige verdieping met drie valluiken, het grootste voor hooi, een ander vermoedelijk voor gedorst graan, en nog een voor ingekuild voer, dacht Tom.

En kijk hier eens. In de granieten bodem uitgehakte groeven liepen naar een goot die uitkwam op een kuil buiten de schuur, die nu overwoekerd was.

'Waarvoor?' vroeg Hannah.

'De slacht,' zei Tom. 'Varkens, schapen, misschien stiertjes. Om het bloed weg te laten lopen. Allemachtig. Er is overal aan gedacht.'

Een trap, geen ladder, leidde naar de bovenverdieping. Die wilde Hannah bekijken. Het plafond was van grenen planken, net als de binnenwanden. De opslagruimte tussen het plafond en de vloertegels was hoog genoeg om rechtop in te staan. Met stof bedekte open kisten van triplex, een soort theekistjes maar dan rechthoekig, waren gevuld met Duitse tijdschriften, Duitse boeken. Om een of andere reden door de Baughmans achtergelaten.

Hannah boog zich er kirrend van plezier overheen en veegde met haar zakdoek het stof van de tijdschriftomslagen. *Jugend*, *Simplicissimus*, *Pan*, *Puck*.

'Tom, hoe is dit mogelijk? Dit zijn kunsttijdschriften, en satire. Voor een Duitse boer? Wiens smaak was dit?'

'Geen idee. Ik weet alleen wat oom Frank had gehoord. Duitsers, vier kinderen. Dat is het.'

'En de boeken, de bóéken.'

Vooraan in dit zoldergedeelte, onder de smalle spits, was een raam getimmerd met verticale stijlen, een klink en scharnieren. Op het glas zat aangekoekt gruis. Tom wrikte met zijn zakmes de roest van de klink en duwde het raam open. Hannah en hij stonden met hun bovenlichamen in de openlucht en keken uit over de boerderij, en helemaal tot aan de rivier, de heuvels, de zijriviertjes, de schapen in de weelderige noordelijke weiden.

Hannah zei: 'We verkopen de winkel. De nieuwe winkel komt hier.'

'Wat?' Tom keek haar strak aan. 'Echt?'

'Snap je het?'

'Nee.'

'Snap je het niet?'

'Een beetje. Toch?'

Ze lachte. 'Snap je het niet? De boeken.' Ze gebaarde naar de triplex kisten. 'Tom, lieveling, het is een teken.'

'Een teken.'

Als er iemand niet in tekenen geloofde, was Hannah het.

'Waarom niet? Ik ben van gedachten veranderd. Tekenen zijn goed. Tekenen zijn overal. Het teken van de Duitsers. "Hannah, mooi Joods meisje, gebruik onze schuur voor je boeken. Ga alsjeblieft je gang."'

Tom reikte onder Hannahs rode blouse en legde zijn hand in het kuiltje onder aan haar rug. Er trok een rilling door haar vlees. In Hannah: de wereld; in hem: appels en peren, schapen, het opnieuw afstellen van de pick-uptruck. Tussen hen: een levende stroom.

Hij wilde dat ze naar hem keek zoals ze vroeger deed, alsof ze te gek was voor gewone liefde, alsof ze uit pure uitzinnigheid zijn hand zou pakken en erin zou bijten. Soms deed ze dat. Zo wilde hij het. Dat ze meer kracht, meer woede, meer vrolijkheid, meer ambitie had.

'Han,' zei hij, 'mensen komen hier niet naartoe.'

'Dacht je?'

'Het is een boerderij. Mensen komen niet helemaal hierheen om een boek te kopen.'

Hannah glimlachte. 'Daar ga ik voor zorgen.'

24

De inwoners van Boedapest, inclusief Hannah Babel, begonnen te begrijpen dat de Russen het laatste woord hadden. Meestal maakten de Russen hun wensen achter de schermen zo duidelijk kenbaar dat het niet nodig was om er in het openbaar iets over te zeggen. Zelfs in zaken als moord waren ze discreet. Lijken werden nooit op straat gegooid, maar stilletjes verbrand. Voor zover mogelijk moest de indruk worden gewekt dat de Hongaren hun toekomst in eigen hand hadden. De Hongaarse communisten van 1919, die op zoveel hadden gehoopt, mochten uit hun Moskouse ballingschap terugkeren en hun loopbanen hervatten. De Russen zeiden: 'Ga niet gek doen', en de grijsharige mannen en vrouwen namen dat advies ter harte, maar het liet zich niet gemakkelijk verteren.

In november 1945 werden democratische verkiezingen gehouden. Het was niet irreëel te denken dat het Hongaarse volk de Russen dankbaar zou zijn voor wat ze hadden gedaan in de maanden sinds het einde van de oorlog – de grote landgoederen waren opgebroken en de grond herverdeeld onder de armen – en dus voor de Hongaarse Communistische Partij zou stemmen. Maar nee.

De Hongaren kozen een partij van conservatieve kerkgaande boeren, die achter de landhervormingen stonden maar de architecten ervan afwezen. Er werden gevoelens gekwetst. De Russen lieten vanaf 1946 elke subtiliteit varen en begonnen de instelling van een socialistische eenpartijstaat na te streven. Daar slaagden ze in. Uiteraard.

Toen Hannah begin 1946 terugkwam in Boedapest liep ze direct naar het appartement aan de Nagymező dat tot 1944 haar echtelijk onderkomen was geweest. Ze had geen enkele reden om aan te nemen dat het onbewoond was gebleven, maar dat was wel zo. Een prachtig appartement, art nouveau, rijk gekleurde raampjes in de twee badkamers en de woonkamer. Heel mooi, op de herinneringen na. Michael, Leon.

Sommige spulletjes die de familie had achtergelaten toen die naar het platteland vluchtte, waren er nog toen ze terugkwam. Slechts een van de twee blauwe banken was weg, de tapijten, de houten tafel uit de voorraadkamer. Zelfs de schilderijen waren er nog, tot ze er drie voor een schijntje verkocht om te kunnen eten.

Toen ze zich een soort plan, een toekomst probeerde voor te stellen, dacht ze maar één ding: zinloos. De ambities van koppige, kwaadaardige mannen hadden haar opgepakt en over grenzen gesmeten, en nu had een nieuw stel ambitieuze mannen die taak overgenomen.

Maar ze kende de Russen tenminste, begreep hen. Ze zouden Hongarije niet teruggeven aan de Hongaren. Ze moest bedenken hoe ze hen kon gebruiken. Een voordeel was dat ze hun taal nu behoorlijk goed sprak. Maar laat dat niet te snel blijken. Kies je moment. Ze zouden achterdochtig zijn, en bij een Rus is de oplossing voor achterdocht al snel een gevangenisstraf. Ze moest het voorzichtig aanpakken.

Ze kwam aan de weet dat een bepaalde kapitein uit het troepencontingent van de politieke vleugel iets minder star was dan zijn kameraden; hij was weleens op een glimlach betrapt. Het was zijn taak om met een 35mm-Leica de straat op te gaan en foto's te nemen van anti-Russische graffiti, maar hij vond het ook leuk om mooie meisjes te kieken. Toen Hannah eens vanuit een winkel in Lipótváros naar buiten keek, had ze hem met zijn blozende jongensgezicht en vochtige roze lippen vrouwen in vreselijk Hongaars horen toeroepen: 'Rusland! Ivan! Neem leuke foto!' De jonge meisjes namen de benen, maar de vrouwen lieten hem doen wat hij wilde. Ze zochten naar een opening, een kans om een gunst te vragen; misschien kon Ivan hen aan kousen of een rantsoen boter helpen.

Een van de straatjes bij Deák Ferenc Utca trok elke avond patriotten aan, en de Russische kapitein kwam elke ochtend naar die straat om de schanddaden vast te leggen. Hannah drentelde daar op het juiste moment rond, met lippenstift op (uit Toruń, net zoals het prachtig vormgegeven handspiegeltje) en in kleding waarin haar figuur goed uitkwam. De jonge kapitein verscheen precies op het juiste moment, kreeg Hannah in het oog en draafde stralend van oor tot oor het straatje in. Ze liet hem een paar minuten stuntelen in het Hongaars voor ze liet blijken dat ze zijn moedertaal sprak.

Hij stond van vreugde te springen op de straatkeien. Hij wilde haar meenemen naar een café. Ja? Vond ze dat goed? Dat vond ze goed. Thee en taartjes, foto's van zijn vrouw en driejarige dochtertje. En van een icoon die hij had gered uit een kerk in Łódź en als curiositeit had bewaard. Haha! Zou Hannah voor hem willen poseren? Niet op straat, in een appartement dat hij deelde met een andere officier in Belváros. Dat wilde ze wel.

Het appartement was verrassend licht. Hannah had iets smerigs verwacht, een plaats buiten de barakken waar de kapitein en zijn kameraad de vrouwen die ze oppikten mee naartoe namen. De woning was aangeveegd en afgestoft, in de gootsteen stonden borden te drogen. De vloeren waren kaal maar niet ruw. Boven de gelakte schouw hing een portret van kameraad Stalin, op de plaats waar ooit de gekruisigde Jezus moest hebben gehangen. Twee keurige achterkamertjes, in beide een smal bed met schone witte lakens. De ramen van de woonkamer keken uit op een straat met winkels en verkeer.

Deze huisvrouwachtige netheid was de smaak van de kameraad van de kapitein, Vasily Vasilovitsj, een verlegen, donkerharige luitenant uit een voorstad van Leningrad. Hannah zag in hem direct het type jongen dat dag en nacht wordt gekweld door pijnlijke gedachten aan naakte meisjes, aan wie hij hartstochtelijk zijn liefde verklaarde. Ze begreep ook dat haar vrolijke kapitein haar naakt zou willen fotograferen. Dat zou ze weigeren, maar een languissante pose zat er wel in, misschien zelfs getuite lippen. En als de tijd rijp was, dan zou ze hem vragen een baantje voor haar te regelen in de grote Szabó Ervin-bibliotheek. Haar academische scholing zou tot aanbeveling strekken, tot op zekere hoogte.

De kapitein accepteerde zonder morren Hannahs weigering om zich voor zijn camera uit te kleden. Hij fotografeerde haar in wat hij de 'klassieke stijl' noemde, maar zo nu en dan vroeg hij haar om een 'nonchalantere' pose: rook een sigaret, staar in de lens met je kin rustend op een hand, een verleidelijk glimlachje. Vasily Vasilovitsj bracht parfum voor haar mee – gekocht of clandestien op de kop getikt – en kookte voor hen drieën.

Het feit dat Hannah Russisch sprak, nam de kapitein en de luitenant zozeer voor haar in dat er nooit geweld dreigde. De Russen mochten haar op de wang kussen, haar hand vasthouden, maar verder dan dat: nee.

Ze hoorde alles wat er te horen viel over Vanja's familie,

over Vasily's ouders en zijn lamme zusje, troostte hen als ze huilden (voortdurend), proostte op kameraad Stalin met bier, cognac en wodka. Ze dansten polka's en walsen op platen die zo goed als legaal verkregen waren toen Ivan Ivanovitsj een tabakshandelaar over het ophanden zijnde staatsmonopolie op sigaretten had getipt; met de platenspeler en de platen gaf de handelaar blijk van zijn dankbaarheid dat hij genoeg tijd had gekregen om zijn voorraad van de hand te doen.

Een baantje bij de bibliotheek. Wat te doen? Boedapest werd bestuurd door een gemeentelijke autoriteit, die zelf onder gezag van een Russische generaal stond. Op het niveau van benoemingen in de lage ambtenarij – bibliothecaressen bijvoorbeeld – konden de Hongaren hun gang gaan. Geen voormalige fascisten, geen voormalige anticommunisten, maar voor de rest: je doet maar. De Russische bestuurders maakten zich meer zorgen om de hyperinflatie.

Vanja sprak met een politiek officier die toezicht hield op de generale staf en op de generaal zelf. De politiek officier stond bij Ivan Ivanovitsj in het krijt omdat die hem van uitstekende koffie van de zwarte markt en kaas van de Krim voorzag. Hij zei tegen Ivan Ivanovitsj dat hij Hannah op die en die dag naar de bibliotheek moest sturen, en dat ze daar naar die en die persoon moest vragen, die haar op de loonlijst zou zetten. Ze zou in roebels betaald krijgen. Niet heel veel, maar beter dan de Hongaarse rommel. Ook echt iets doen in de bibliotheek... tja, als ze dat graag wilde.

Dat wilde ze graag. Van de twintig man bibliotheekpersoneel voerden de meesten sinecures uit zonder enige kennis van boeken. Een paar waren totaal bezeten van de collectie. Hannah schaarde zich bij de totaal bezetenen, terwijl ze bij haar verstand wist te blijven.

Het hoofd van de bibliotheek was een nerveuze, vermoeide man van in de zeventig die de gewoonte had om aan het begin van elke zin te zuchten. Hij droeg Hannah op de boeken op tekenen van slijtage te controleren wanneer ze uit de dertien leeszalen werden teruggebracht. En ze moest twee keer per dag nagaan of de boeken op de juiste plaats waren teruggezet, wat nooit het geval was.

De bibliotheek bezat een voortreffelijke collectie, met boeken in zeven grote talen en ook in kleine talen uit Oostenrijk-Hongarije. Het gebouw zelf was een gedrocht in neobarokstijl, ooit een paleis: overal glitter, verguldsel, spiegels en gelakt teakhout. Maar je wende er verrassend snel aan. En het allerbeste: de boeken. Ze ontdekte tot haar vreugde dat de bibliotheek niet gezuiverd was van Joodse schrijvers. Hannah sloeg met haar witte handschoentjes de bladzijden om van pre-renaissancistische manuscripten, sommige met fraaie kaften van perenhout, het geïllumineerd velijn zwaar om op te tillen.

Lette kwam na twee jaar in Debrecen naar Boedapest om zich daar te vestigen. De rouw om haar echtgenoot was voorbij, en zijn plaats was ingenomen door een nieuwe echtgenoot, Isaiah, een architect. Hij had wonder boven wonder de arbeidersploegen overleefd die door de Hongaren en Duitsers het laatste jaar van de oorlog de dood in werden gejaagd.

Man en vrouw trokken in bij Hannah, en op die manier maakte Hannah kennis met Stefan, Isaiahs neef, zeventwintig jaar oud, een van de laatste nog levende mannen van zijn generatie in Hongarije. Hij had van april 1944 tot de komst van de Russen begin 1945 een zwervend bestaan op straat geleid. Hij kwam op een avond eten in het appartement en zat liedjes uit Hollywoodfilms te neuriën, knap, zelfverzekerd, vol heftige nihilistische energie. Hij haalde zijn schouders op wanneer hem werd gevraagd te spreken, maar begon dan ineens te ratelen.

Isaiah had naar de bedoelingen van de Russen gevraagd waar het de Joden betrof.

'O, de Joden, de Joden, ik kwam er laatst een tegen, hij vertelde me een reuze-ingewikkeld sprookje met zijn talliet en zijn tefilin en zijn schattige keppeltje. Zelfs de nazi's hadden een logischer verhaal. Zelfs de Russen. Ik moest hem wurgen.'

Isaiah glimlachte. 'Niemand neemt jou serieus.'

'Nee, nee, neem mij niet serieus. Neem niets wat uit mijn reet komt serieus. Neem mijn pis niet serieus. Niets, alsjeblieft! Behalve dit.' Hij pakte een banaan van de fruitschaal; Lette had er twee gevonden op de Armeense markt. 'Neem alsjeblieft mijn banaan serieus. Natuurlijk! Dit is een zeer serieuze banaan.'

Hij voelde zich aangetrokken tot Hannah. Hij zei dat hij met haar zou trouwen, met haar op huwelijksreis zou gaan naar Niagara Falls en haar daar over de rand zou duwen. Hij studeerde aan de toneel- en filmacademie, maar met horten en stoten. 'Weet je wat de beste film is die je ooit zult maken?' vroeg hij aan Hannah. 'De film die je niet maakt. Plan alles. Schrijf het script. Zoek de acteurs. Ontsla op de eerste draaidag de acteurs en verbrand het script.'

Maar in bed klampte hij zich aan haar vast als een kind. Een bende had zijn rug met scheermessen bewerkt om hem te laten toegeven dat hij een Jood was. Hij was ontsnapt, maar de littekens waren gebleven. Hannah troostte hem. Alleen in het donker verdroeg hij tederheid. In het licht irriteerde hij haar: die minachting voor haar volharding om ook het goede in mensen te zien. En vooral de manier waarop hij haar lieve en bezorgde woordjes nabauwde.

'Ik ben Stefan Schat,' zei hij. 'Ik ben Hannahs schat. Noem

me schat, dan noem ik jou mijn lief. Ik ben de lieve schat, en jij bent de lieve schat. Maar Lette is niet de lieve schat. Lette is het lieve dikkerdje. Lette is het lieve dikkerdje van Isaiah. Mollig en blij.'

Ze trouwde toch met hem. Hij zei: 'We kiezen onze fantasie, nietwaar? Dit is een mooie fantasie, een huwelijk, een choepa, een klein, oud rabbietje uit Kecskemét met lange grijze bakkebaarden. Slecht gebit, maar wie kan er na de nazi's nog kieskeurig zijn?'

Hij was een dronkaard, maar niet van de ergste soort. Hij werd niet agressief. Nee, hij zat daar met zijn fles en amuseerde zich met plannen waar tienerjongens warm voor lopen: ondergrondse mierenkolonies voor mensen bouwen, of de poolkappen smelten met atoomexplosies, zodat Boedapest een strand zou krijgen. Andere ideeën koos hij vanwege hun stuitende karakter. Auschwitz kon in een pretpark worden veranderd. Er zou limonade uit de douchekoppen komen. In de ovens zouden taarten worden gebakken.

Soms verdween het huwelijk. Stefan was dan weken achtereen zoek. Hannah zocht heel Boedapest af. Ze vond hem terug in een schuurtje aan de rivier, in een verlaten koekjesfabriek, tussen de ruïnes van een Joods kinderdagverblijf. Hij voelde zich aangetrokken tot vervallen oorden, plaatsen waar de ellende en hopeloosheid van afdroop. Alleen hij wist waarom het hem gelukkig maakte om met zijn voeten in een plas modder te staan, omringd door hopen aangewaaid vuil tegen vervallen muren. En Hannah dacht: waarom ben ik met hem getrouwd? Ik ben een kinderoppas. Wat had het voor zin?

Misschien dacht ze dat ze hem nieuw kon maken. Misschien kon hij worden overgehaald om een schoon pak aan te trekken, elke dag naar de academie te gaan, de fles te laten staan, liefde te voelen of tenminste een siddering van genegenheid in zijn hart. Hannah schreef zijn werkstukken, de opdrachten die op papier moesten worden gemaakt, zijn scripts, maar het filmen kreeg ze niet onder de knie. Hij werd van de opleiding gegooid, een dag van triomf voor Stefan. Hij pakte voor een paar maanden het schilderen weer op, zijn eerste liefde. Hij maakte drie of vier naaktportretten van Hannah per week. En van meisjes die hij op straat tegenkwam.

Hannah vond een baantje voor hem bij de bibliotheek, bedacht een functie. Hij moest een nieuwe catalogus maken, in het Latijn. (Hij beheerste het Latijn, uiteraard, voor hem was een in onbruik geraakte taal ideaal om te leren.) Niemand had iets aan zo'n catalogus, maar gezien het tempo waarin Stefan werkte, zou hij er toch honderd jaar over doen.

Gelukkig beviel het werk hem. Hij dompelde zich onder in vervlogen eeuwen op dezelfde manier waarop hij opging in verval, en Hannah besefte voor het eerst dat ellende voor Stefan een uitvlucht was. Hij genoot van vervallen gebouwen, van lege vlakten vol puin; het verleden was een eindeloze zee aan puin, aan dode tijd waarin niets ooit nog kon gebeuren.

Hannah had gelijk wat zijn werktempo betrof: hij besteedde maanden aan het formuleren van lemma's voor de tien delen van een vijftiende-eeuwse studie die de anatomie van de ziel beschreef.

Ze lengde alles wat hij dronk aan met water, heel kleine hoeveelheden, stiekem, en op die manier verkleinde ze heel geleidelijk de hoeveelheid alcohol die zijn systeem binnenkwam. Het verraste haar hoe gemakkelijk ze bedrog als tactiek omarmde, maar ze zat er niet mee.

Een vreemd gevolg van Stefans grotere helderheid was dat hij betrokken raakte bij een bende desperado's van de universiteit en de kunstacademie, oude vrienden die alles op het spel zetten om van de communisten af te komen. Het appartement werd het trefpunt voor deze onstuimige lui. Lette en Isaiah, die problemen voorzagen, pakten hun biezen.

Isaiah zei tegen de studenten dat ze gek waren als ze dachten dat Stalins dood iets zou veranderen in Oost-Europa. 'Weet je wie er na Stalin komt? Meer Stalins!' Hannah wist zeker dat Isaiah gelijk had, maar ze liet zich meevoeren door het moment, zoog de vrolijkheid van Stefans vrienden in zich op, kookte maaltijden voor tien of vijftien man per keer, liet haar middel omarmen door uitgelaten jonge mannen die erover fantaseerden om met haar naar bed te gaan (wat ze niet toestond) voor ze op pad gingen om hun vijanden te vermoorden.

Maar wat kon het Stefan schelen, die revolutie? Democratie, was dat wat hij wilde? Toen Hannah hem ernaar vroeg, werd hij terughoudend, wat niets voor hem was. 'Ach, weet je, een beetje vrijheid, wie kan daar nu bezwaar tegen hebben?' De uitbundige vreugde in zijn ogen als hij zich samen met zijn vrienden de deur uit haastte met jutezakken vol flessen die molotovcocktails zouden worden.

4, 5 en 6 november 1956 – dat was zijn leven. Drie dagen. En toen hij op elk van die avonden terugkwam naar het appartement, vree hij als een bezetene met Hannah, nadat hij haar maandenlang nauwelijks had aangeraakt. Samen met Milan van de academie beklom hij een tank, en hij hielp hem de mond van het kanon te vernagelen. Duizelingwekkende dagen!

En toen was hij dood en werd hij teruggedragen naar het appartement en uitgestrekt op de keukentafel gelegd, met een gat zo groot als een biljartbal in het witte vlees van zijn borst.

Hannah sloot zijn blauwe ogen, kuste zijn lippen en liep

door de maalstroom van straatgevechten om een rabbi te zoeken.

Paul, de leider van Stefans bende, eerde hem na de kaddisj met een epiloog: 'De dapperste van ons allemaal. Niets hield hem tegen. Een strijder voor vrijheid.'

Hannah keek toe, luisterde en zei tegen zichzelf: 'Ik ben er klaar mee. Geen echtgenoten meer. Het enige wat ze willen, is doodgaan.'

De Russen kregen hun overwinning. Er werd een marionettenregering geïnstalleerd. Binnen een maand was de hoogoven van de revolutie afgekoeld. Mensen zeiden: 'Dit is dus ons lot. Je hebt er maar mee te leven.' Mensen die er niet mee konden leven, werden doodgeschoten of gevangengezet.

De bibliotheek ging na een korte onderbreking weer open. Toen Hannah terugkwam, zat ze steeds vaker te lezen tussen de boekenrekken. Ze dacht: het leven, daar geef ik niet om. Boeken des te meer. Ze las alles uit de renaissance, en wat daarna kwam: eschatologie, de ontdekking van de Nieuwe Wereld, manuscripten over het leven van vogels. Door een foutje in de administratie bleef ze zowel haar eigen salaris als dat van Stefan in roebels uitbetaald krijgen.

Nadat ze nog een paar jaar haar hart had opgehaald aan de boeken, besloot ze te emigreren. Ergens naartoe. Amerika, misschien. Engeland. Frankrijk. Australië? Dat was nog eens een toeval. Ze had in de TLS een artikel gelezen over de fictie van Patrick White. Was het een teken? Nee. Maar toen besloot ze dat het dat wél was, en ze begon navraag te doen. Met haar talen en haar muziekdiploma's kon ze in Australië lesgeven op middelbare scholen, zo bleek.

Australië. Echt waar? Patrick White, meer wist ze er niet van. O ja, en kangoeroes.

25

In februari van het nieuwe jaar kocht Hannah een FB-bestelauto en reed ermee rond door de regio om dozen vol boeken op te halen, soms vijfhonderd exemplaren per keer. Ze mikte op een voorraad van dertigduizend, die ze gemakkelijk kwijt zou kunnen in de nieuwe winkel. Was ze ooit gelukkiger geweest?

De boekwinkel in Hometown werd verkocht aan Ron Coombes, de tandarts, die een grote visserijwinkel wilde opzetten met ter aanvulling boeken over forel en kabeljauw. Misschien een paar exemplaren van *De grote vissersgids* om de collectie wat stijl te geven. En dit alles voor tijdens zijn pensioen, dat nog tien jaar op zich liet wachten; de winkel zou intussen worden beheerd door Kerry O'Connell, die in de omgeving roem had verworven als de man die een regenboogforel van vijf pond had verschalkt met een kaaskrul aan een drietandige haak.

De FB was de grootste auto waarin ze ooit had gereden. Ze vond het prachtig. Haar kleine Austin was weg, ingeruild, en ze miste hem niet. In Templestowe kocht ze de hele bibliotheek van een Italiaanse geleerde die een halfjaar daarvoor was gestorven, en ze bracht die in twee ritten met de FB terug naar huis. Zijn volwassen kinderen zeiden: 'Neem die boeken mee. Als je iets wilt betalen: honderd dollar.' Hij was hoogleraar aan de universiteit van Milaan geweest voor zijn kinderen hem na zijn pensioen naar Australië haalden.

Alles was in het Engels, de taal waarin hij onderwijs gaf. Op zijn ex libris stond in het Engels: DIT BOEK IS VAN EMMANUEL VITTORIO DEL PIERRO. Dezelfde boodschap in het Italiaans, met daarbij een houtsnede van een schedel, maar met lang haar.

Ze ging overal naartoe; het platteland was weelderig na de herfstregens, zelfs in het uiterste noordwesten. Tom ging slechts één keer met haar mee, naar een doods landgoed in Nagambie. Hij had het enorm druk met Henty's boerderij en al het timmerwerk in Hannahs nieuwe boekwinkel. Hector en Sharon namen het beheer van oom Franks boerderij over, met de afspraak de winst te delen. Ze woonden in Henty's huis. De twee meisjes, Sylvie en Sue, vertrokken elke dag naar school, en terwijl ze langs de snelweg op de bus wachtten zongen ze met hun mooie zachte sopraanstemmen 'These Boots Are Made for Walkin'', 'Yellow Submarine' en 'Raindrops Keep Fallin' on My Head'.

In de nieuwe boekwinkel, de Duitse schuur, zouden op de zolder tweedehandsboeken komen die Hannah van heinde en ver had opgehaald. De nieuwe boeken uit de winkel in Hometown zouden op de begane grond komen. Tom maakte de planken van de voorraad cederhout die hij ook voor de oude winkel had gebruikt. De planken kwamen hoger dan de vorige; Tom moest zowel boven als beneden schuifladders maken. Hij zette Hannah aan het werk en liet haar het oude hout van de wanden en de vloer met bijenwas boenen; allemaal zonder knoesten, mooie schone lichte planken van drieëntwintig centimeter breed.

Toen hij op een middag kletsnat binnenkwam na het verijdelen van een zelfmoordpact van twintig schapen die zich in de rivier wilden verdrinken, zat Hannah op een bankje een roman te lezen. Ze keek op en glimlachte. 'Tom, heb je gezwommen?'

Hij verloor voor het eerst zijn geduld tegenover haar. Dacht ze soms dat dit een vakantiekamp was? Dacht ze dat de winkel ooit zou opengaan als ze op haar kont zat terwijl de vloer wachtte tot ze het hoofdstuk uit had? Ze deinsde terug voor zijn woede, alsof ze eerst haar armen had willen uitspreiden maar nu twee stappen terug deed.

'Tom, het spijt me.'

'Ja, Han, en ik vind het jammer dat ik er niet op kan vertrouwen dat jij je aan jouw deel van de afspraak houdt. Dat is het enige wat ik vraag. Dat jij je aan jouw deel van de afspraak houdt terwijl ik me aan het mijne hou. We zijn niet in Boedapest met je artistiekerige vriendjes. Dit is goddomme Australië!'

Ze moest lachen. '"In Boedapest met je artistiekerige vriendjes"?' De lach borrelde omhoog en barstte bijna los in Toms gezicht. 'Tom, lieve Tom, het spijt me verschrikkelijk. O, mijn hemel!' En de lach borrelde weer op.

Tom breidelde zijn woede en glimlachte. Hij begreep wat ze bedoelde.

Hannah sprong op en kuste hem. 'Mijn artistiekerige vriendjes. Madame Babel en haar artistiekerige vriendjes.'

'Daar steek ik als een boerenkinkel bij af, vind je niet?'

Ze hield hem dicht tegen zich aan. 'Madame Babel en haar artistiekerige vriendjes nodigen je uit voor de opening van haar artistiekerige boekwinkel. De boekwinkel van haar en Tom... Tom de ruwe bolster. Hij zal voor die gelegenheid zijn werkschoenen aantrekken en "*gorblimey*" zeggen.'

'Australiërs zeggen geen "gorblimey". Dat doen cockneys. Jij onnozelaar.'

'O, dus je bent wel ruwe bolster maar geen cockney! Domme Madame Babel. Je zou met me moeten vrijen, weet je. Waarom neem je me niet mee naar binnen om met me te vrijen, bolster?'

Dat deed hij. Ondanks alles. Daarna ging hij verder met het werk in de boekwinkel, met droge kleren aan.

De winkel in Hometown was prachtig, maar de schuur overtrof hem nog. Hannah bevestigde haar Hebreeuwse teksten op de glazen deur die Tom had geplaatst, dus dit was nog steeds de boekwinkel voor gebroken harten. Hannah zette advertenties in de literaire tijdschriften *Meanjin* en *Overland*, in het boekenkatern van de *Age* en in Rupert Murdochs *Australian*. De dames van de Plattelandsvrouwenbond waren namens de boekwinkel actief als altijd. Hannah hield op alle scholen in de regio lyrische praatjes over hoe heilzaam lezen voor de ziel was. De leerlingen luisterden aandachtig, omdat de mevrouw wellicht gek was en iets interessants kon gaan doen.

Ze bleef drie maanden in de *Age* adverteren, langer kon ze zich niet veroorloven. De advertenties wezen lezers erop dat grasduinen in de schuur op de idyllische boerderij van Henty als een heilzaam middel voor hun hart zou werken – iets van die strekking. Een beetje overdreven, maar het ging om reclame, dus.

De nieuwe boekwinkel voor gebroken harten ging in de lente van 1971 zonder toeters en bellen open, net op tijd voor de eerste bezoekers om lyrisch te worden van de capriolen van de nieuwe lammetjes. En de mensen kwamen, zowaar. En beter nog: ze kochten boeken. Het reisje uit de stad moest gerechtvaardigd worden. Er was een nieuwe belangstelling voor Australische literatuur, en in Hannahs advertenties kregen boeken van plaatselijke schrijvers extra aandacht. '*Uw land. Lees het.*' *Schindlers lijst* en *Picknick bij Hanging Rock* waren allebei populair. En door een gelukkig toeval lag de boekwinkel aangenaam dicht bij bekende toeristische trekpleisters als de granieten bruggen en de oude goudmijnen van het Mississippi Hole. Een kijkje waard.

Maggie kwam voltijds in de winkel werken. Alsof ze haar toewijding kenbaar wilde maken, maakte ze van haar prachtige zwarte lokken een knot boven op haar hoofd. En ze droeg weer haar bril, die ze had weggelegd terwijl ze wachtte tot haar afvallige vriendje berouw kreeg en in haar armen terugkeerde. Het vriendje en zijn afwezigheid kwelden Maggie niet meer. Hannah vroeg zich af of Maggie haar nieuwe zelf naar bibliothecaressen in Hollywoodfilms had gemodelleerd en misschien voorbestemd was om ooit haar haren los te gooien, haar bril af te rukken en het hart van een knappe vreemdeling te veroveren.

En toen, op een zonovergoten dag vol vogelzang, kwam de brief van Tennyson en Moore, en de bouwsels van weelde en geluk die Tom en Hannah met noeste arbeid hadden opgetrokken, wankelden en vielen om.

26

Pastor stuurde Trudy's moeder Monique en zus Tilly naar haar toe om op haar in te praten. Ze had gezegd dat haar zoon bij Tom moest gaan wonen. Ze zei dat Peter dat ook wilde, want dat had hij tegen Pastor gezegd.

Pastor zei tegen Trudy: 'Vind je jezelf tekortschieten? Bedoel je dat je niet in staat bent je eigen zoon op te voeden?' En Trudy zei: 'Ja, ik schiet tekort en ik kan mijn eigen zoon niet opvoeden.' Trudy's moeder en zus wisten dat het geen zin had Trudy voor te houden wat Jezus zei over gehoorzaamheid en families; Trudy had de laatste tijd niet zoveel op met Jezus. Ze stond erop: Peter moest naar Tom. Het was om te beginnen heel slecht van haar geweest om hem bij Tom weg te halen. En het straffen moest ophouden. Dat moest echt.

Wat Trudy bedoelde, was het slaan. Peter kreeg nu wekelijks een pak ransel. Geen enkel ander kind werd zo regelmatig gestraft. Trudy keek gedwongen toe en had er alles voor over om het straffen, de riem, te stoppen. Ze wist niet hóé ze dat zou doen, maar ze begon wanhopig te worden. Haar hele leven leek haar een blunder, één lange blunder. Wanneer ze, weg van de strafkamer, in bed haar verdriet suste, terwijl haar zoon in een andere kamer opgesloten lag met een grendel op de deur, fluisterde ze tegen zichzelf: 'Die man hield van je, snapte je dat dan niet?'

Peter fluisterde ook. In zijn smalle bedje prevelde hij: 'Het kan me niet schelen.' Maar dat was niet waar. Op strafdagen moest hij zichzelf in trance brengen: geloven dat niets echt was, zelfs de pijn niet. Judy Susan negeren wanneer ze in zijn oren kneep of aan zijn haar trok, was gemakkelijk. Ze liet hem koud. Hij spaarde zich voor zijn sessies met Pastor op de voorste bank in de kerk. Pastor zat daarbij scheef op de bank, met zijn hoofd naar Peter gedraaid, benen over elkaar, zijn elleboog op de leuning, kin op zijn hand. Hij bleef het hele gesprek door vriendelijk glimlachen. Peter reageerde op geen enkele vraag die hem werd gesteld. Zwijgen was het enige genoegen in zijn leven.

'Peter, weet je hoe donker de hel is?'

'Peter, begrijp je dat Judy Susan je uit liefde straft?'

Pastor legde altijd een stuk papier tussen hem en Peter op de bank. Daarop stonden zijn vragen geschreven, en ook pijlen die naar aantekeningen in de marge wezen. Peter las zo veel mogelijk van die aantekeningen, met snelle blikken. '*Weet hij dat hij wreed is tegen God?*' '*De troost van J – herinner hem daaraan.*' En vandaag het woord '*voogd*', omcirkeld.

'Weet je wat het woord voogd betekent, Peter? Het betekent dat je onder mijn hoede komt. Ik zal je vader zijn.'

Als Peter zich had verlaagd tot een reactie, zou hij dit tegen Pastor hebben gezegd: 'Je kunt mijn vader niet zijn, omdat Tom mijn vader is.'

Pastor zei: 'Er zal straf zijn. Ik weet dat je achterste nog pijn doet van afgelopen maandag. Het doet meer pijn als je achterste nog rood is, hè?'

Peter gaf geen antwoord.

'En Peter, geen tien, maar twintig. Ik zal meneer Bosk niet laten ophouden. Het worden er twintig.'

Peter haalde zijn schouders op. Al met zijn zeven jaar wist hij intuïtief dat hij telkens als Pastor hem strafte de winnaar was. Maar dit was iets wat ieder slachtoffer van martelingen begreep: het had niets triomfantelijks. En het hielp ook niet tegen de pijn. Pijn deed het, heel erg.

Pastor verschoof op de bank. Peter zag dat een vinger van de hand die op zijn knie lag omhoogkwam. Dat was een teken van ongeduld, vermoedde Peter. Mooi zo.

'Ik wil je een verhaal vertellen, over de tijd voor ik mijn broeder in Jezus vond,' zei Pastor. Hij verschoof weer op de bank. 'Ik ben jarenlang machinist geweest, Peter. Vele jaren lang. Ik reed op locomotieven door heel de staat. Vrachttreinen, passagierstreinen. Judy Susan was toen nog niet mijn vrouw, dat was Margaret. Ze schonk mij twee zonen, Walter en Carlisle, naar Margarets meisjesnaam. Weet je wat een meisjesnaam is, Peter?'

Peter had zijn hoofd kunnen schudden zonder zijn zwijggelofte te doorbreken. Hij deed het niet.

'Dat is de achternaam van een vrouw voor ze trouwt en de naam van haar man aanneemt. Margaret Carlisle. Zoals ik al zei, schonk ze mij mijn twee zonen, Walter en Carlisle. Mijn twee jongens kwamen om toen ze tieners waren, Peter. Ze verdronken in een mui voor Kilcunda, de een probeerde de ander te redden. Sterke, knappe jongens, slimme jongens. Maar ze verdronken in een mui voor Kilcunda. Peter, weet je wat ze bedoelen met een gebroken hart? Waarschijnlijk niet. Het is een pijn in je hart die je niet met rust laat. Een gebroken hart. Mijn hart was gebroken, Peter. Margarets hart was in tweeën gebroken. Toen kwamen de bloedneuzen, en dokter Smithers uit Moorooduc stuurde mijn vrouw door naar een specialist. Weet je wat een specialist is, Peter? Een expert. Hij ontdekte een hersenaandoening. Mijn vrouw Margaret verloor haar verstand en werd in een gesticht geplaatst. Jezus Christus bood mij hulp. Sterke liefde, Peter. Sterke liefde. Nadat Margaret haar strijd had verloren, nam ik Judy Susan tot vrouw. Maar Jezus Christus nam ik aan als mijn broeder. En Peter, ik zal jou tot Jezus brengen, al kost het mij mijn leven.' Pastor prikte met zijn vinger in Peters borst. 'Je mag gaan.'

Het verhaal zei Peter weinig. Het was niet eens waar. Margaret leefde nog. Ze werkte in de keuken, oud, broos en met slechts een paar taken om haar bezig te houden. En stil, behalve wanneer ze tot Peter sprak. Nooit met veel woorden ineens, maar altijd vriendelijk. Er was niets mis met haar hersenen.

Wat Peter wel verontrustte, was dat 'voogd'-gedoe. Als Pastor zijn vader werd, zou Peter hem vermoorden. Hoe, dat wist hij nog niet. Maar hij zou hem vermoorden.

De straf werd uitgevoerd zoals gepland. Twintig slagen met de riem. Meneer Bosk hield even op bij vijftien, maar Pastor knikte in plaats van het slaan een halt toe te roepen. Peter bloedde. Trudy gilde. Tilly leek bezwaar te willen maken, maar hield uiteindelijk haar mond. Peter schreeuwde het voor het eerst uit toen de laatste slagen neerkwamen.

27

Eyre Heath Moore van Tennyson en Moore liet Tom schriftelijk weten dat zijn voormalige vrouw, Gertrude Christina Hope, momenteel woonachtig in het Jezuskamp, Phillip Island, de wens had uitgesproken dat haar zoon, Peter Carson, momenteel woonachtig in het Jezuskamp, Phillip Island, onder zijn, Tom Hopes, hoede zou worden geplaatst. Tom moest verder weten dat Pastor Gordon Bligh, momenteel woonachtig in het Jezuskamp, Phillip Island, bij het departement Kinderwelzijn van de staat Victoria een verzoek had ingediend om als wettelijk voogd van Peter Carson aangewezen te worden, op grond van de geestelijke incompetentie van de moeder, Gertrude Hope, zelf momenteel onder de hoede van Pastor Bligh in het Jezuskamp, Phillip Island. De vader van het kind, Barrett Carson, zou geen aanspraak maken op de voogdij, omdat hij in oktober 1969 in Brisbane was overleden. Als Tom zijn rechten in deze kwestie wilde doen gelden, dan adviseerde Eyre Moore hem met klem een professioneel zaakwaarnemer te zoeken. Bijgesloten zou Tom vier brieven vinden die in het afgelopen halfjaar waren geschreven door Gertrude Hope. De brieven waren in beslag genomen door Pastor Bligh, maar waren nu op advies van Eyre Moore vrijgegeven. Ook waren er in totaal zestien brieven aan Tom van Peter Carson, die eveneens door Pastor Bligh in beslag waren genomen.

Ze waren door Eyre Moore ingezien maar niet aan Tom doorgestuurd omdat ze onbewezen beweringen van problematische aard bevatten.

Trudy's vier brieven waren in feite één brief die vier keer was geschreven. De eerste zin van elke brief luidde: '*Je zult deze brief alleen zien als Pastor zegt dat het mag.*' Tom had zijn vrouw nog niet over de brieven verteld (wat erin stond zou geen welkom nieuws voor haar zijn), maar nu ze om tien uur 's avonds samen aan de keukentafel zaten, reikte hij Hannah alle vijf de brieven aan, om te beginnen Eyre Moores bericht en toen de eerste van Trudy's vier.

Lieve Tom,

Je zult deze brief alleen zien als Pastor zegt dat het mag. Lieve Tom, wat ben ik een slechte echtgenote voor je geweest! Je hield zielsveel van me en het liet me koud! Maar nu heb ik je iets belangrijks te vertellen. Het zit zo. Ik wil dat Peter bij jou gaat wonen. Het is geen goede sfeer voor hem in het Jezuskamp. Hij wil jou. Hij heeft twee keer geprobeerd naar je terug te gaan en nu sluit Pastor hem op, eerst alleen 's nachts maar nu ook overdag. Peter is zo dapper. Ik ben trots op hem. Maar lieve Tom, ik ben een slechte moeder en ik zorg niet goed voor hem maar ik houd van hem maar ik ben alleen niet zo'n goede moeder en alles raakt door de war in mijn hoofd vanwege de domme fout die ik heb gemaakt weet je nog toen ik niet één maar twee keer bij je wegging en dan was er nog die vreselijke tijd met Barrett die nu gelukkig dood is in Brisbane. Peter houdt van je en ik weet dat jij echt van Peter houdt, dat is het enige wat ik echt heel goed begrijp, lieve Tom. Hij moet bij jou zijn. Ik weet dat je bent hertrouwd en hoop voor je dat het deze keer een heel, heel gelukkig huwelijk is. Ik hoop dat je nieuwe vrouw van Peter zal houden, dat hoop ik echt, en dat Peter gelukkig wordt op de boerderij.

Je vrouw van vroeger, Trudy, lieve schat

Hannah zat ineengedoken op haar stoel. Alles wat levendig in haar was, was uit haar gezicht weggetrokken. Tom wist wat ze zou gaan zeggen en zette zich schrap.

'Natuurlijk moet de jongen bij je komen,' zei Hannah.

Tom zei: 'Ja.'

'En ik moet weg.'

'Nee, Hannah, nee.'

'Ja, Tom. Ik wil niet meer met een kind samenleven. Niet nog eens.'

Tom had gehoopt dat hij haar kon ompraten. Dat hoopte hij nog steeds. Ze was te stellig in dingen die ze zei. Te dramatisch. Hij zou haar wel ompraten. Dat had hij in het verleden ook al een paar keer gedaan. Ze zou het hem toestaan. Ze zou het niet zover laten komen dat ze bij hem wegging. Hopelijk.

'We houden er nu over op, schat. We praten morgen verder.'

Hannah gaf geen antwoord. Maar had hij haar ooit zo grijs, zo afgetobd gezien? Hij pakte haar hand op van de tafel en kuste die. Ze klemde hem dicht.

'Schenk me iets in, Tom.'

'Whisky?'

'Cognac.'

Tom schonk gekweld de cognac in. Man en vrouw hadden dit nooit besproken: wat er zou gebeuren als Peter terugkwam. Omdat ze wisten dat het het einde van alles zou zijn, dat Hannah zich in een grot vol schimmen zou terugtrekken.

Ze dronk langzaam haar cognac, schuifelde naar de badkamer, poetste haar tanden. In bed hield Tom haar stevig vast. Hij zei: 'Liefste, mijn schat, goede Hannah. Ga nooit bij me weg.'

Toen de wekker hem om vijf uur wekte – later, omdat Hector en Sharon nu het melken op zich namen – was ze verdwenen.

28

Ze voer van Bremerhaven naar Melbourne op een Deens lijnschip vol optimistische Nederlandse gezinnen. Negen maanden nadat ze aan boord was gegaan leerde ze de kinderen van een stadje in de Mallee de liederen van Schubert en Cole Porter. Het was april 1966. De kinderen hadden Schubert nog niet gehoord of ze waren al ziek van hem, maar ze waren al snel enthousiast over 'You're the Top'.

Het departement van Onderwijs voorzag haar van een huisje aan een zandweg die naar de boomgaarden liep. Ze moest het huis delen met een nerveuze roodharige, Rhodie genaamd, die 's ochtends huilde voor ze naar school ging en 's middags als ze terugkwam. Ze zei dat de jongens haar tijdens haar lessen grof bejegenden. Hannah zei: 'Sla ze.' Rhodie probeerde het, maar was er niet goed in. Na twee weken gesnotter stapte Hannah de lastigste klas van de arme jonge vrouw binnen met een Beretta-pistool dat ooit van haar tweede echtgenoot was geweest. Ze legde het op Rhodies lessenaar en zei: 'Gebruik het als het nodig is.'

Het huis was nogal spaarzaam gemeubileerd en gedecoreerd. De meeste van Hannahs spullen moesten nog in Melbourne aankomen, waaronder haar piano. Ze hing drie van haar mooie Koptische appliques op van jongens en meisjes met krullende zwarte lokken die waterkruiken wegdroegen van een stenen put. Rhodie kreeg daarop de geest en haalde uit een enorme houten hutkoffer een paar vreemde schetsen van een man met een zwarte helm tevoorschijn. Hannah stond versteld van hun originaliteit, aangezien ze nogal snobistisch (gaf ze toe) sentimentele afbeeldingen van jonge vrouwen die liefdesbrieven lazen had verwacht.

'Ze zijn van een man die mijn moeder kende voor ze trouwde,' zei Rhodie, blij met Hannahs enthousiasme. 'Hij is nu beroemd.'

Rhodie bleef altijd tot vijf uur op school; consciëntieus als ze was, ging ze naar vergaderingen en bereidde ze de lessen van de volgende dag voor. Hannah kwam 's middags terug in het lege huis, verbijsterd door deze laatste wending in haar lachwekkende weg door het leven. Ze zat met een gin-tonic op het trapje uit te kijken over de niet omheinde achtertuin, met zijn gigantische peperboom in de hoek, zijn stoffige lapjes gras. Het was elke dag verzengend heet. Ze genoot van de hitte, het enige aan haar nieuwe thuisland wat haar blij maakte. Het blauw van de lucht was vele tinten dieper en constanter dan de hemels die ze zich uit Europa herinnerde.

Wanneer ze vroeger naar schoonheid had gekeken, was haar ziel altijd naar de bron gestroomd, zonder dat er enige angst in haar wezen was. Hier voelde ze zich verbijsterd en geïntimideerd. Van wie was dit land? Ze zeiden dat de plaatselijke zwarte mensen in een kamp buiten het stadje werden gehouden. Ze dacht: laat ze me zien. Maar haar collega's op school zeiden nee. De zwarte mensen zouden haar niets vertellen.

Ze ging toch. Ze had zonder al te veel rijervaring een oude auto gekocht, een Australische, met het stuur aan de rechterkant, heel raar. Byron, een vriend die minder conservatief was dan de anderen op school, had een kaart voor haar getekend. 'Toon respect, maar dat hoef ik jou niet te vertellen.'

Ze stak een grote vuile rivier over die omzoomd was door sluimerende gombomen, hun gebladerte warrig als het haar van een vrouw die de ramp geriskeerd had het zelf te knippen. Aan de overkant van de rivier liepen zandweggetjes de wildernis in. Ze nam, naar ze hoopte, het bewegwijzerde pad en was al na een paar minuten verdwaald toen het ophield. Toen ze achteruitreed, zette ze haar auto klem tussen twee gombomen met bleke stammen.

Het was niet moeilijk om het pad te voet terug te volgen naar de weg, maar Hannah raakte telkens weer verdwaald. Ze lachte, werd toen bang. Dit was de meest onverbiddelijke stilte die ze ooit had gehoord. Behalve wanneer die werd doorbroken door de roep van een vogel, of gekraak in het struikgewas. Toen klonk er een vijandig gekrijs als van aanvallende harpijen en vloog er een grote zwerm witte vogels met gele kuiven over haar heen.

Tegen het einde van de middag, in een nog steeds felle zon, werd ze gevonden door een familie van de zwarte mensen die ze zocht. Ze versperden haar de weg: twee vrouwen, een lange grijnzende man in een blauw, mouwloos werkhemd, drie blootvoetse kinderen. Ze stond abrupt stil en keek hen vol verwondering aan.

'Wat is er gebeurd, mevrouw?' vroeg de man. 'U bent zeker verdwaald, hè?'

De kinderen en de twee vrouwen lachten. Oprechte pret.

Hannah gebaarde achter zich. 'Mijn auto...'

Ze brachten haar in tien minuten terug naar haar auto. Een van de kinderen, een jongen, liep naast haar en rebbelde non-stop over het stadje Mildura, de ijsjes die je daar had, de bioscoop, de auto's. Een van de vrouwen liet Hannah onderweg stilhouden en zei dat ze haar hoge hakken moest uittrekken en blootvoets moest gaan lopen. Ze deed wat haar werd gezegd. Het was duidelijk dat de zwarte mensen, de Aboriginals, haar een volslagen idioot vonden, het arme ding.

De man – de vader? – bevrijdde moeiteloos de auto tussen de bomen vandaan. Hannah vroeg niet of ze haar naar het kamp wilden brengen. Ze was hun genoeg tot last geweest. Moest ze geld aanbieden? Ze had haar handtas meegenomen op haar hopeloze zwerftocht over de paden. Zou het lomp staan, een briefje van tien dollar? Ze stak hun het biljet toe. 'Voor ijsjes,' zei ze. De man haalde zijn schouders op. Het praatgrage jongetje nam het met een vreugdekreet aan.

Ze bezwoeren Hannah langzaam te rijden; de familie liep achter haar aan. Ze bleven vlak achter haar, tot ze bij de weg kwamen. Ze stapte uit en gaf de man een hand – hij had gezegd dat hij Jonathan heette – en bedankte hem, de hele familie, omstandig. Reed toen naar huis.

Rhodie lag in bed met Kurt, de Duitse wiskundeleraar die onder dezelfde regeling als Hannah naar Australië was gekomen. Rhodie geneerde zich dood; Kurt veel minder.

Op het trapje, in de schemer, nipte Hannah aan haar gin-tonic. De familie had voornamelijk de eigen taal gesproken. De klank ervan drong haar Hongaars, Duits, Russisch en Engels naar de achtergrond. Byron had haar verteld dat een groep Aboriginals na de Kristallnacht naar het Duitse consulaat in Melbourne was gelopen om te protesteren tegen de wijze waarop de nazi's de Joden behandelden.

Toen ze op het trapje terugdacht aan de zwarte man, zei ze: 'Nu snap ik het.' Ze stelde zich voor hoe de witte stammen van de wereld van hun schepen aan land gingen om mensen te onderwerpen die niet wit waren en slechts een elementair begrip van vuurwapens hadden. Of geen. Ze zuchtte. Wat wist ze ervan? Binnen in het huis maakten

Rhodie en Kurt ruzie. Ze hoorde Rhodie roepen: 'Ja, maar wanneer, wanneer, wanneer?'

Na vier maanden op de Mallee-school stuurden Hannahs werkgevers haar naar Swan Hill, verderop langs de rivier. Ze was diep teleurgesteld en belde het departement van Onderwijs. Ze belandde in handen van een hogere ambtenaar die simpelweg zei: 'Je hebt het contract getekend, schat.'

Ze was op Rhodie gesteld geraakt en betwijfelde in alle eerlijkheid of dat arme dwaze kind het zonder haar zou redden. En op Byron, die het bed met haar had gedeeld, respijt van vier drukke kinderen en een terecht achterdochtige vrouw.

Het huis dat haar in Swan Hill was toebedeeld, was min of meer hetzelfde als dat in Mildura. Peperbomen, verschroeid gazon, geen hek dat vanaf het trapje aan de achterkant het uitzicht kon belemmeren op weiden die inmiddels een winters zweempje groen vertoonden. Ze deelde het huis met een jonge vrouw die even neurotisch was als Rhodie, en even knap. Deze nieuwe jonge vrouw heette Stephanie – Steph – en gebruikte tijdens haar ruzies met haar vriendje dezelfde zinnetjes die Rhodie graag bezigde. 'You're the Top' was weer populair, en Schubert werd weer geminacht.

Hannah had last van een gevoel van stilstand, niet alleen door de herhaling van huizen en huisgenoten, maar ook door de wereldvreemdheid van mensen. Ze vond de Australiërs aardig: blijmoedig, maar onderling weinig verschillend. Wanneer je in Boedapest op straat liep, wist je dat je langs boeven, visionairs, tirannen en engelen liep. Hier, nee. Mensen glimlachten altijd, waren altijd vrolijk. Te. Haar uitlatingen werden vaak verkeerd beoordeeld. Zij bedoelde iets satirisch, laconiek; de Australiërs dachten dat ze gemeen deed. En mijn god, het teryleen. De vrouwen droegen teryleen.

Van Swan Hill naar Hometown, na vijf maanden. Inmiddels waren Hannahs spullen aangekomen, in het bijzonder de piano. Ze kreeg een huis even buiten het stadje, aan de weg naar de vuilstortplaats. De knappe eerstejaars lerares met wie ze het huis moest delen, Valerie, had een moeizame relatie met haar vriendje en ernstige problemen met de tweede klas. Niets nieuws onder de zon.

Hannah kon met de beste wil van de wereld niet het optimisme opbrengen om voor de derde keer het hele absurde proces te doorlopen. In de eerste maand van het nieuwe jaar vond ze het huis aan Harp Road en verhuisde ze. Ze wist niet of ze kon doorgaan met lesgeven. Haar waren vooral eersteklassers toegewezen. De jongens waren ouder dan haar zoontje voor Auschwitz was geweest, maar hier en daar herkende ze in de kinderen maniertjes die hem met beangstigende kracht en scherpte opriepen. Op zulke dagen kroop er een somberheid als van de koudste dag van een koude winter in haar hart en stroomde haar bloed als trage modder.

Ze adverteerde om leerlingen te trekken. Piano, fluit. Ouders werden destijds door een onzichtbare kracht gedreven om hoop in de talenten van hun kinderen te investeren. Ze vonden het schitterend om hun zoon of dochter Beethoven te horen spelen op een keyboard, Mozart op een fluit. Hannah had meer dan genoeg leerlingen om in haar levensonderhoud te voorzien als ze aan het eind van haar contract besloot op te houden met lesgeven. En dat deed ze.

29

Hij werd wakker in het donker, in zichzelf mompelend als een krankzinnige. Steeds opnieuw zei hij: 'Ze komt terug.' Woede kreeg de overhand. Wat wilde ze van hem? Dat hij dat jongetje, dat zo graag bij hem wilde wonen, zou afwijzen? Dat kon ze niet van hem verlangen.

Zijn gang door het huis eindigde aldoor op dezelfde manier. Hij plofte neer op een stoel bij de keukentafel en schudde machteloos zijn hoofd. Hij zag schaduwfiguren in de keuken, zoals de geesten waarmee zijn vrouw was gaan leven. Hannah was zijn adem en zijn bloed. In de drukbevolkte wereld waren zij beiden getekend met het brandmerk van hun ontmoeting. Hij zag haar tussen de schaduwfiguren en smeekte haar terug te komen.

Hij zocht haar in heel het stadje en vervolgens in de wijde omgeving. Hij had een foto van haar bij zich, hoofd en schouders. 'Heb je Hannah gezien? Heb je deze vrouw gezien? Ze is mijn vrouw.' Op een middag in een plaatsje waar ze nooit heen zou gaan, een klein stadje aan het noordelijke rak van de rivier, zag hij haar rond de hoek van het postkantoor verdwijnen, en hij sprong uit zijn auto om haar achterna te gaan. Hij riep haar naam. Telkens wanneer hij een glimp van haar opving, was dat net op het moment dat ze verdween, een hoek om, of ze stond opeens aan de overkant van de straat met een vrachtwagen vol boomstammen tussen hen in. Hij zag dingen die er niet waren.

Hij vroeg de postbeambte of er vreemden in het stadje waren, een vrouw van in de veertig, knap, lang, krullend haar, een rode FB-bestelauto. De postbeambte met zijn jampotglazen zei: 'Nee.'

Tom zei: 'Zie je wel goed door die dingen?' Hij bedoelde het niet lomp, maar het werd wel zo opgevat.

Hij werkte elke dag tot laat door om de uren die hij met zoeken kwijt was in te halen. Hector hielp een handje mee. Hij werkte op beide boerderijen. Hij zei: 'Meneer Tom, ze wil niet bij die jongen blijven, die Peter. Oké? Maar luister. Mijn beschaving is drieduizend jaar oud. Alles is al heel, heel vaak gebeurd. We weten het dus. En ik zeg je dat die vrouw, die Hannah, van je houdt. Jazeker. Ik kan het zien. Ze komt bij je terug. De nazi's, laat ze vervloekt zijn voor wat ze hebben gedaan.'

Hij moest aan andere dingen denken, aan Peter. Hij reed naar Shepparton om Dave Maine nog een keer te spreken. Goed nieuws. Een verandering in de wet maakte dat Tom nu wettelijk kon worden erkend als een van de volwassenen in het leven van de jongen met een geldige aanspraak op de voogdij.

Dave, die hetzelfde beige pak droeg als twee jaar geleden, vroeg Tom te bevestigen dat Trudy en hij gedurende de hele periode dat de jongen bij hen woonde getrouwd waren. Ja, ze waren getrouwd geweest. En Tom was als vaderfiguur opgetreden, klopte dat? Ja, dat klopte.

'Als de moeder geestelijk incompetent wordt geacht, ben jij strikt genomen de tweede in lijn, Tom. Volgens de nieuwe regels. Jij bent vijf opeenvolgende jaren als vader opgetreden. Maar je ex-vrouw, Tom, het klinkt alsof dat "geestelijk incompetent" een door haarzelf gestelde diagnose is. Is dat jouw indruk ook?'

'Ik geloof niet dat er een arts bij betrokken is geweest. Ze heeft het gevoel gekregen dat die Pastor Bligh een sukkel is. Ze wil Peter daar weg hebben.'

Dave Maine zweeg even om na te denken en kneedde het losse vlees van zijn gezicht met beide handen. 'Kijk, Tom, de wet heeft weinig op met dit soort zelfdiagnoses. Ziet liever een paar geleerde titels staan achter de naam van degene die de verklaring afgeeft. De mensen van de Kinderbescherming zullen zelf een oordeel willen vellen, of ze sturen die Gertrude, die Trudy, naar een inrichting. Misschien is ze gewoon moe. Tja, negentig procent van de Australische moeders is weleens moe. Die kunnen niet allemaal gaan zeggen: "Ik ga een tukkie doen, neem jij het kind maar." En waarom gaat ze niet gewoon weg? Ze zou de kleine Peter naar jou kunnen brengen, hem kunnen overdragen en weer weggaan. Dat kan ze natuurlijk niet doen als het allemaal formeel moet worden afgehandeld.'

Tom knikte. 'Dave, ik denk dat ze bang is voor Bligh. Maar ze wil Peter niet onder zijn hoede laten. Zichzelf wel. Maar Peter niet. Er zit nog een greintje lef in haar.'

Dave Maine zou navraag doen. En een bericht aan Trudy en Bligh sturen dat Tom Hope hem had ingehuurd. Maar Tom, die geen enkele garantie had dat een brief aan Trudy daadwerkelijk bij haar terecht zou komen, liet Dave ter plekke de brief opstellen en nam zelf een kopie ervan mee. Drie dagen later liet hij alles over aan de zorg van Hector en diens familie en reed hij naar Phillip Island, naar het Jezuskamp.

Onderweg dacht hij de hele tijd aan Hannah, niet aan Peter. Stel dat ik weet dat ik haar nooit meer zal zien? Hoe kan ik dan van Peter houden? Hoe krijg ik dat voor elkaar? Hij had het verhaal over de verdwijning van Hannahs zoontje gehoord. Ze was omringd door de hekken en barakken van een plaats die gemaakt was voor moord. Dat verdriet in haar hart, haar haar afgeschoren. Die dag zocht ze met elke blik de jongen, en ook de volgende dag, twee weken lang. Tot een Poolse schim, een Jodin met gezag die al drie jaar in Auschwitz was, Hannah Babel vertelde dat de jongen, Michael, door de schoorsteen was gegaan. Er was niets van hem over. Geen tand, geen teennagel.

Tom zei op weg naar het Jezuskamp: 'Ik vind het heel erg van je jongen. Maar je moet terugkomen, Hannah.'

Het Jezuskamp lag er uitgestorven bij. Tom speurde de gebouwen en het terrein af zonder een levende ziel te zien. Toen stond er vanuit het niets ineens een kind naast hem, een klein meisje in de vormeloze groene tuniek van het oord. Ze stond daar totaal ontspannen een liedje te neuriën. Tom vroeg haar waar hij Pastor Bligh kon vinden.

Het meisje onderbrak haar geneurie en zei: 'Pastor is in de kerk.'

Zondag. Natuurlijk.

Het meisje wees naar het kerkgebouw, dat werd bekroond door het gigantische witte kruis. 'Hier is niemand,' zei ze. 'Iedereen zit in de Grote Kerk. Ik ga niet.'

'Ga je niet naar de kerk?' vroeg Tom. Hij ging op zijn hurken zitten om met haar te praten. Hoe oud was ze, een jaar of zes? Haar haar was een weelderige bos donkere krullen, haar ogen gitzwart. Hannahs haar. 'Waarom niet?'

'Ik schreeuw,' zei het meisje.

'O ja? Waarom?'

'Om dingen,' zei ze, en ze gaf plotseling een schreeuw die zo hard was dat Tom geschrokken op zijn billen belandde. 'Ongeveer zo,' zei het meisje.

'Ja, dat mag je een schreeuw noemen,' zei Tom. En toen: 'Papa en mama?'

'Mama zit in de Grote Kerk. Ze stuurt me altijd weg als ik schreeuw.'

'Hoe heet je, schatje?'
'June.'
'June, ken je een jongetje dat Peter heet?'
'Ja.'
'Zit Peter in de Grote Kerk?'
'Ja, vooraan.'
'En Peters mama? Zit zij ook in de Grote Kerk?'
'Peters mama is Trudy.'
'In de Grote Kerk?'
'Ja. Vooraan.'

Tom liep naar de kerk. June kwam achter hem aan. Er werd een psalm gezongen: 'U zij de glorie'. Het volume zwol aan toen Tom de zware houten deur opende. De menigte binnen vulde de kerk en de aanbouw tot de laatste plaats. De gemeenteleden stonden schouder aan schouder, sommige hielden kleine kinderen omhoog, misschien om ze een glimp van Pastor Bligh op te laten vangen. Mensen draaiden zich al zingend om naar Tom, zonder enige goedkeuring in hun blik.

In de kerk waren nauwelijks versieringen en kunst te zien: de wanden en het plafond witgeschilderd, geen Jezusfiguur, een enkele vaas gele chrysanten op een rechthoekige tafel naast een wit kruisbeeld dat een miniatuurversie was van het kruis buiten. Rijen gelakte kerkbanken aan weerskanten van het middenpad leidden naar iets wat dienstdeed als altaar: simpelweg de tafel met de bloemen en het witte kruis, met een eenvoudige lessenaar van hout ernaast. Op boogramen met glas in lood in beide zijmuren waren Johannes de Doper aan een rivieroever en Johannes' hoofd op een grote gouden schaal afgebeeld. De schaal was dusdanig weergegeven dat hij ook als halo kon worden gezien.

Pastor Bligh stond in een wit gewaad achter de lessenaar, groot en krachtig. Zijn wilde bos wit haar gaf hem een intimiderend oudtestamentisch uiterlijk. Hij stond de psalm te brullen, luider dan alle anderen, hoofd opgeheven, armen gespreid. Ter begeleiding werd er een hammondorgel bespeeld door een vrouw in een schreeuwerige knaloranje tuniek, wier haar even wit was als dat van de pastor.

Tom, die lang van stuk was, rekte zich om Trudy en Peter vooraan te kunnen zien, maar zijn zicht werd belemmerd door de met de zang meedeinende massa. De pastor echter zag Tom. Zijn blik bleef op hem gericht. Aan het eind van de psalm gebaarde hij om stilte, en hij werd gehoorzaamd.

'Een bezoeker,' zei de pastor. 'Meneer Hope. Meneer Tom Hope.' Gezichten draaiden Toms kant op. 'Ik wil je vragen buiten te wachten tot we de dienst hebben beëindigd, meneer Hope. Als je wilt.'

Vooraan ontstond commotie. Trudy en Peter waren beiden opgesprongen en zochten naar Tom achterin. Tom zwaaide opdat ze hem zouden zien. Trudy was niet behendig genoeg om zich door de menigte te wurmen, maar Peter wel. Hij dook en kroop en kronkelde zijn weg naar Toms armen en werd hoog opgetild. De jongen kuste Tom over zijn hele gezicht, zoals een hond in een vlaag van aanhankelijkheid.

Tom lachte en kneep, maar hij was de enige die lachte. De gemeenteleden keken verwonderd, of anders afkeurend. Toen Trudy zich naar Tom toe had geworsteld, accepteerde hij haar kus. Maar mijn hemel! Trudy, wat een wrak, haar ogen verzonken in blauwgetint vlees, haar haar grof afgeknipt in slordige pieken.

'Tom, Tom, pak Peter en smeer 'm,' fluisterde ze. 'Pak Peter en smeer 'm.'

De menigte week uiteen voor de pastor.

'Kom met mij mee,' zei hij tegen Tom, en hij ging hem door de aanbouw voor naar buiten.

Peter bleef in Toms armen hangen, zijn magere beentjes om diens middel geslagen.

De bestemming was het kantoor van de pastor, een gebouw van asbestcement met een dubbel slot op de zware groene deur. De pastor draaide twee sleutels om, zwaaide de deur open en wenkte Trudy en Tom met enig ongeduld naar binnen. De wanden waren behangen met ingelijste foto's van de pastor in zijn jongere jaren, naast locomotieven en op perrons, in een boksring met opgeheven handschoenen.

Pastor Bligh trok zijn gewaad uit over zijn hoofd en drapeerde het over de rugleuning van een ouderwetse draaistoel. Hij droeg een blauw overhemd met korte mouwen en bretels, een donkere broek en zwarte schoenen.

'Meneer Hope,' zei hij. 'Meneer Tom Hope.'

Tom maakte een arm los van de jongen en schudde de uitgestoken hand van de pastor.

'Ik wil graag meteen duidelijk zijn, meneer Hope. Als je het terrein niet verlaat, sla ik je de hersenen in. Dat beloof ik je.' Hij zei dit met een brede glimlach, alsof hij zijn begroeting tegelijkertijd hartelijk en dreigend wilde laten overkomen. 'Je wilt hier waarschijnlijk weggaan met Peter. Dat kan niet. Peter blijft hier. Trudy blijft hier.'

Trudy sprak, en haar stem klonk ellendig en smekend. 'Pastor, ik wil weg. Ik wil Jezus niet meer. Ik wil weg.'

'En ik zeg je dat je hier blijft. Ik zeg dat nu eens en voor altijd.'

Peter wendde zijn gezicht van de pastor af en greep Tom nog steviger vast.

'Je kunt Trudy en Peter niet hier houden als ze weg willen,' zei Tom. 'Ze zeggen allebei duidelijk dat ze weg willen.'

Pastor Bligh, op wie dit geen enkele indruk maakte, hief zijn kin op en knikte. Hij stak een hand omlaag en trok een la van zijn bureau open. 'Je weet dit waarschijnlijk niet, meneer Tom Hope. Trudy heeft in het bijzijn van een arts en een vrederechter een document ondertekend waarin ze verklaart dat ze niet in staat is voor Peter te zorgen en mij verzoekt de rol van voogd op me te nemen. Dit was... drie dagen geleden, Trudy? Drie dagen geleden.'

Trudy jammerde. 'Tom, ik wilde het niet! Ik wilde het niet!'

Pastor Bligh hield het document dat hij uit zijn bureaula had gepakt aan de twee bovenhoeken omhoog.

'Tom, ik wilde dat hij Peter niet langer zou slaan. Tom, Pastor slaat Peter. Met een riem. Hij slaat hem.'

Tom keek naar Trudy's bleke, afgetobde gezicht. Haar lippen waren eigenaardig verwrongen, omlaaggetrokken, alsof ze midden in een schreeuw waren verstijfd.

'Wat?'

'Pastor straft Peter, Tom. Met een riem.'

Er daalde een rood waas neer. Tom zette Peter op de grond. Hij deed een stap naar de pastor. 'Sla je deze jongen? Is dat waar?'

'Doe ik Peter pijn? Nee. Zijn ongehoorzaamheid doet hem pijn. Zijn leugens doen hem pijn. Zijn verraad tegenover Jezus doet hem pijn.'

Toms hand schoot uit en greep Pastor Bligh bij de keel. Tom had in zijn leven nog nooit gevochten, nog nooit iemand op zo'n manier beetgepakt. Maar hij was buitengewoon sterk. Hij kon een baal hooi zo van de weide op de drie lagen hoge stapel op de aanhanger tillen, een zware hardhouten paal optillen en die kaarsrecht in een gat zetten.

'Nu moet je goed luisteren,' zei hij. 'Als je deze jongen ooit nog slaat, dan doe ik je wat aan, Pastor. Daar kun je op rekenen.' Hij hield de pastor nog een paar tellen vast bij de keel om zijn woorden kracht bij te zetten. Nog altijd woedend zei hij bruusk tegen Trudy: 'Dit moet volgens de wet gebeuren. Ik heb hier een kopie van een brief die is opgesteld door Dave Maine. Lees hem. Dezelfde brief is per aangetekende post naar je onderweg.'

Tom draaide zich naar de pastor en sloeg hem met de rug van zijn hand in het gezicht. De klap sloeg de pastor twee wankelende stappen opzij, verwarde zijn haar en zette de onderste helft van zijn kunstgebit scheef. Hij ging met een plof in de draaistoel zitten, en na een pauze van een paar seconden wrikte hij haastig het kunstgebit recht.

'Is het zo genoeg?' vroeg Tom. Hij leek in een stemming te verkeren waarin moord mogelijk was.

Pastor Bligh hief een hand op om dat te beamen.

Tom bukte zich en tilde Peter op. 'Dit moet volgens de wet gebeuren, Peter. Begrijp je wel? Het moet kloppen volgens de wet. Ik kom terug om je te halen, en dan neem ik je mee naar de boerderij. Ik kom terug. Maar nu moet je bij mama blijven. Deze man zal je niet meer slaan. Nu blijf je nog even bij mama.'

Peter knikte op zijn eigen ernstige manier, zijn ogen gelijk met die van Tom.

Tegen Trudy zei Tom: 'Zorg goed voor hem. Ik kom terug.' Hij deed een stap naar de deur en draaide zich toen om, alsof hij zich nog iets bedacht, en gaf zijn ex-vrouw een kus op het voorhoofd.

Het kleine meisje, June, stond alleen op het witte kiezelpad dat naar het kantoor leidde. Tom stond stil, legde een hand op haar donkere krullenbol en bedankte haar. Toen hij bij het hek was, kwam hij abrupt tot stilstand door Junes oorverdovende schreeuw. Ze stond nog steeds op dezelfde plaats, keek naar hem en klapte zachtjes en langzaam in haar handen. 'Hij is hárd!' riep ze naar Tom.

30

Op het terrein van het Jezuskamp was Junes schreeuw zo vaak gehoord dat niemand er meer van schrok. Pastor Bligh stond bij het raam van zijn kantoor te kijken naar de plek waar de pick-uptruck van Tom Hope geparkeerd stond en besteedde geen enkele aandacht aan het meisje. Hij wachtte tot Tom zou instappen en wegrijden. Hij had zijn besluit genomen.

Toen de pick-up vertrok, zei hij tegen Trudy: 'Er komt een straf.' En toen: 'Blijf hier. Blijf staan. Kom nergens aan.'

Hij deed de deur achter zich op slot, wat zijn bevel aan Trudy overbodig maakte, en liep naar de kerk. De menigte had het gebouw niet verlaten; de gelovigen waren niet eens gaan zitten. Dat zouden ze ook niet doen zonder dat Pastor het zei. Hij liep door de massa heen naar het altaar, hief zijn hand op en sprak het afsluitende gebed uit. 'Jullie mogen gaan,' sprak hij. Hij was zich ervan bewust dat vrijwel alle aanwezigen de striem op zijn gezicht hadden gezien, en het bloed dat onder zijn neusgaten opdroogde. Hij riep naar meneer Bosk: 'Ik heb je diensten nodig, Leo.'

Trudy's zus Tilly en moeder Monique werden naar de speelkamer geroepen. Evenals Judy Susan, die van de aanvaring met Tom Hope had gehoord en zich met een vochtige doek over het geronnen bloed op de lip van haar echtgenoot boog. Paars aangelopen van woede brieste ze dat ze Trudy en de jongen zelf naar de afstraffing zou brengen. Ze nam de sleutels van Pastor aan en zorgde ervoor dat ze al wat inleidende klappen gaf en aan oren trok. 'Over een paar minuten staan hier twee heel berouwvolle mensen,' zei ze. 'En aan tranen heb je niets, die zullen je niet helpen.'

Trudy was met Tom getrouwd zonder daar langer dan vijf minuten over na te denken. Perioden van langdurig nadenken hadden haar nooit wat opgeleverd, dus deed ze meestal het eerste wat in haar opkwam, zoals: weggaan bij Tom, intrekken bij Barrett, Barrett dumpen en teruggaan naar Tom, weggaan bij Tom, zich aansluiten bij de christenen van Phillip Island. Nu ze langs de keuken liep, viel het haar in dat ze naar binnen kon glippen om zich te wapenen met het keukenmes dat ze tijdens haar kookdiensten gebruikte.

Nu ze dit plan had opgevat, riep ze: 'Rennen!'

Peter schoot ervandoor, achternagezeten door Judy Susan. De gemeente was zich nog steeds aan het verspreiden, onder wie een stel mannen, vrouwen en kinderen die meteen gehoor gaven aan Judy Susans kreet: 'Grijp die jongen!'

Trudy glipte intussen de keuken in, waar Pastor Blighs eerste vrouw Margaret met het schapenvlees bezig was. Trudy wierp een blik op het mes in Margarets hand, keek haar aan, naar dat gerimpelde gezicht, dat bleek was van spijt, en smeekte de vrouw zonder woorden om haar het mes te geven. Margaret beantwoordde Trudy's blik en wendde toen haar ogen af, alsof ze een moment voor zichzelf nodig had. Ze opende haar hand en liet Trudy het mes pakken. Trudy schoof het in de mouw van haar groene tuniek en trok de manchet over haar hand.

Toen ze terugkwam in de chaos buiten, werd Peter net weer onder het gezag van Judy Susan gebracht door een potige veertienjarige die Nicky Mack heette en de jongen in een nekklem hield.

'Hebbes, mevrouw Bligh!'

Judy Susan feliciteerde Nicky en belastte hem met de taak Peter naar de speelkamer te sleuren, waar zijn straf op hem wachtte. Nicky mocht als beloning de afranseling bijwonen en als getuige optreden. (Toen zeer in zijn nopjes, Nicky. Later niet meer, toen hij een verklaring bij de politie van Newhaven moest afleggen en zich vrijwel niets kon herinneren, behalve het bloed.)

Het was de pastor zelf die Peters achterste ontblootte voor deze ranselsessie. Leo Bosk, die de dikke leren riem kreeg aangereikt, besefte dat er iets heel erg verkeerd was. En was in verwarring. Hij voelde er niets voor om met de riem op Peters bloederige billen te slaan, en hij vroeg zich af of Pastor Bligh wel goed bij zijn hoofd was. Hij had nog nooit meegemaakt dat Pastor zich op deze manier persoonlijk met een pak slaag bemoeide, had hem nog nooit in de greep gezien van woede.

Leo nam het voor zichzelf op terwijl de jongen al dwars op zijn schoot lag: 'Pastor, dit moeten we niet doen.'

'Pardon?' zei Pastor Bligh. 'Zeg je dat we het niet moeten doen? Ik zeg dat het wél moet, en dat we het ook zúllen doen, meneer Bosk! Veertig slagen.'

'Nee, Pastor. Nee.'

Judy Susan schoot op Leo Bosk af om hem eraan te herinneren dat Pastors woord wet was in het Jezuskamp, en als Pastor zei dat het veertig slagen waren, of vierhonderd, dan moest hij, Leo Bosk, doen wat hem was opgedragen, en hard ook.

Leo zei: 'We hebben regels. Pastors woord is geen wet. We hebben regels. En ik doe het niet. Die jongen krijgt geen enkele slag meer van mij. Moet je zien wat een puinhoop ik van hem heb gemaakt.'

Judy Susan, een overtuigd vijand van ongehoorzaamheid

in het kamp, of waar dan ook, spuwde Leo Bosk in zijn gezicht. Ze greep de riem en zou de veertig slagen zelf hebben uitgedeeld als Trudy een verdere afstraffing van haar zoon niet had voorkomen door snel naar Pastor Bligh toe te lopen en het mes diep in zijn buik te steken.

De pastor gooide verschrikt zijn armen naar voren, sloeg ze om Trudy heen, en heel even leken ze samen te dansen; Trudy werd overeind gehouden door Pastor Blighs greep terwijl hij met zijn gezicht omhooggericht naar links en naar rechts wankelde. En toen lag hij dood op de vloer; het benen handvat van het mes stak uit zijn buik.

Leo Bosk zette Peter haastig neer en knielde bij de pastor om te zien of de verwijdering van het mes hem weer tot leven zou wekken. Judy Susan stond met haar handen in haar haren te beven. Tilly liet een riedel gilletjes horen. Trudy's moeder stormde weg. Nicky keek hoe het bloed zich over Pastors blauwe overhemd verspreidde nadat het mes was weggehaald. Trudy liep kalm naar haar zoon en trok zijn onderbroek en broek op.

Peter keek een keer, en toen nog eens, naar de dode pastor.

Trudy fluisterde tegen hem: 'Zo meteen komt de politie.'

En Peter knikte.

31

De dames van de Plattelandsvrouwenbond namen Hannahs mening over alles wat met de boekwinkel en boekenverkoop te maken had klakkeloos aan, deels omdat het haar winkel was en deels omdat ze slim was en een Jodin en daarom wel zou weten hoe je geld moest verdienen. Bovendien had ze het zwaar gehad in de oorlog, die afschuwelijke Duitsers, en ze wist vermoedelijk waar ze het over had wanneer ze zei dat Tolstoj en Dostojevski en Toergenjev in elke schoolbibliotheek moesten staan. Ze gaf de dames samenvattingen van boeken die ze in de bibliotheken probeerde te krijgen, samenvattingen die ze hardop voorlazen aan de bibliothecarissen op middelbare scholen.

Maar Maggies gezag – Maggie deed dapper haar best om de boekwinkel van de gebroken harten draaiende te houden – nee, Maggies gezag accepteerden ze totaal niet. Wanneer Maggie hun samenvattingen gaf, zeiden de dames: 'Misschien.' En Patrick White, Joseph Furphy en Rolf Boldrewood lieten ze liggen, per ongeluk of expres. Jane Austen wilden ze nog wel accepteren. Ze zeiden: 'Wij weten wat ze willen, schatje.' Hannah had voor de lagere scholen vijftig exemplaren van *Max en de maximonsters* besteld voor ze haar ongeplande vakantie nam, maar de dames lieten ze wegkwijnen. Te raar.

Maggie huilde, heimelijk. Wanneer Tom langskwam, wat

hij zo'n drie keer per week deed, keek ze op van achter de toonbank met een vraag op haar gezicht: nog nieuws? Maar ze wist het al. Tom keek altijd strak, of terughoudend. Hij zei: 'Goed zo, Mag. Je bent een wonder.' Of: 'Goed zo, Mag, ga zo door.' Maar hij zei nooit: 'Kan niet veel zeggen, Mag, hartzeer.' Ze zou willen dat hij dat deed. Want dan kon zij zeggen: 'Ik ook. Waar is ze? Het is verkeerd. Waarom is ze weggegaan? We houden van haar, Tom.'

Op een gegeven moment was haar geduld op. Toen Tom op een vrijdag langskwam om haar loon uit te betalen, maakte ze van de gelegenheid gebruik en vroeg hem om informatie.

'Wat?' zei Tom. 'Pardon?' Dit was de vrijdag na zijn bezoek van afgelopen zondag aan het Jezuskamp. Dave Maine had hem daarna verteld dat zijn ex Pastor Bligh had vermoord. Naar verluidt.

'Tom, ik weet van niets. Vertel het me.'

Een tweede vrouw was van hem weggelopen, en hij zou dat liever voor zichzelf houden. Maar hij overwon zijn tegenzin. Terwijl Maggie op de houten kruk achter de kassa zat, een echtpaar boven aan het grasduinen was en Penny Holt van de cementfabriek op haar vrije dag Gouden Boekjes uitzocht voor haar kleindochter, sprak Tom met zachte stem over Auschwitz. Over Hannahs echtgenoot Leon, die binnen een week dood was, over haar zoon, Michael heette hij, die voorgoed was verdwenen. En Hannahs eed: dat ze nooit meer een moeder zou zijn, een kind zou voeden en aankleden, dat kind verhaaltjes zou voorlezen, uren en dagen naast zijn bed zou zitten om met een lepel de tong van de jongen omlaag te duwen zodat er een opening om te ademen overbleef, kinkhoest, de gebeden van haar geloof prevelend boven zijn hoofd, God lovend met vreugdekreten toen hij genas.

'En nu komt Peter hier wonen, denk ik. Ik heb je ooit over Peter verteld.'

'Hoezo?'

'Wat hoezo?'

'Hoezo komt hij hier wonen?'

'Zijn moeder heeft een pastor doodgestoken.'

'Wat?'

'Ik moet ervandoor, Mag. Ik spreek je later. Je bent een parel.'

Hannahs eed. Wat Tom niet zei, niet bedacht om te zeggen, maar wel geloofde, was dat alle eden de pot op konden. Dat was wat er uit de pijn in zijn hart kon worden ontward, eruit kon worden geplukt. Alle eden konden de pot op, die stenen begrenzingen die het weer en de verandering van de seizoenen doorstonden en niet veranderden terwijl alles eromheen elke dag anders werd; alles in de wervelende wereld veranderde, alleen die stenen, die bleven hetzelfde.

David Maine stuurde een telegram: *Bel me, dringend.* En nog wat meer. Tom, die elke dag steevast keek of er post was en op Hannah wachtte zoals hij op Trudy had gewacht, las de boodschap zodra Johnny Shields die had bezorgd. Iedereen die zich voor de zaak interesseerde had na enig giswerk bedacht dat Tom de pech had dat ook zijn tweede vrouw de benen had genomen, en Johnny Shields wachtte op iets wat hij misschien kon toevoegen aan de algemene kennis over de ramp.

'Van Dave Maine in Shep,' zei Johnny. 'Wat staat erin? Ik heb hem niet gelezen, eerlijk waar.'

Tom bekeek het gele velletje met een peinzende blik en zei: 'Hij wil dat ik hem bel.'

'Ja? Ga je dat doen?'

'Ja, Johnny, dat ga ik doen.'

'Over de jongen? Dat kereltje dat je hier vroeger had rondrennen?'

Johnny had in zijn dertig jaar als postbesteller iets helderziends ontwikkeld dat hem dingen vertelde die hij onmogelijk kon weten. Die vaardigheid van Johnny werd in Hometown niet als nieuwsgierigheid gezien, maar als een zuiver bovennatuurlijke zaak geaccepteerd. Hij kon ook het weer voorspellen, maanden van tevoren. Hij had de grote overstroming voorspeld, hadden de mensen maar geluisterd. Zijn advies was in al z'n beknoptheid altijd goed.

'Zorg dat je dat ventje terugkrijgt, Tom. Je was blijer toen hij hier was. Haal hem terug.' En hij voegde er met iets minder nadruk aan toe: 'En moeder de vrouw ook. Goed soort.'

Was het gewoon een stemming? Of was er iets ingedaald?

Toen Johnny was vertrokken, ging Tom naar een uithoek van de boerderij waar schapen noch mensen hem zouden vinden. Hij ging op de stam van een grote eucalyptusboom zitten die tientallen jaren geleden was omgevallen. De takken waren afgezaagd om het spoor voor de pick-uptruck vrij te houden, knapperige schors viel er in brokken af. In het westen rezen de weiden op waar Matty Pearces vee tegen betaling van weidegeld graasde. Dankzij de herfstregens waren ze overdekt met een groen waas. Halverwege de helling, die bekroond werd door een grote theeboom, waren de varens bruin geworden, wat betekende dat vossen met hun herfsthonger naar beneden zouden komen en de gekste dingen zouden doen om warme kip te proeven.

Op een steenworp van Tom zaten de carolina-eenden bij elkaar om het vruchtvlees te eten van eikels uit bomen die vijftig jaar geleden door de lutheranen waren geplant. De eenden kregen de harde buitenkant niet kapot en moesten wachten tot Tom over de eikels reed en ze plette. Wanneer hij tijd had, pakte Tom de pick-uptruck en reed hij over de eikels heen en weer terwijl de eenden goedkeurend toekeken. Hannah was een paar keer met hem meegegaan. 'Je bent een goede buur voor de eenden,' had ze gezegd. Dat vond ze leuk, dat hij te gevoelig was voor het boerenbedrijf maar dat toch met puur uithoudingsvermogen compenseerde. 'We helpen de eenden, we verkopen de boeken. Hoe ben ik hier beland? Ik weet het niet. Maar ik hou van je, Tom. Voorgoed. Ik hou voorgoed van je.'

Wat een onbetrouwbaar woord was dat, voorgoed. Het zou niet uitgesproken mogen worden. Een woord als 'voorgoed' kon mensen doden.

Hij had nog steeds het telegram in zijn hand. Hij zou Dave Maine bellen; hij zou te horen krijgen dat de jongen vrij was om naar hem toe te komen. Peter. En dan zou het doek voor zijn leven met Hannah vallen. Hector had gezegd: 'Drieduizend jaar geschiedenis. Wij weten het. Ze komt terug.' Maar dat zou ze niet doen. Ze zou zich aan haar dure eed houden.

Hij was het beu, zo was Toms stemming. De manier waarop zijn benen zijn brein gehoorzaamden om van de ene plaats naar de andere te gaan: irritant en stom. Alles in hem wat samenwerkte om voort te ploeteren: stom. De dingen zoals hij die nu zag – de heuvels, de rode gombomen aan de rand van de poel, Beau die met zijn grijzende snuit vlooien uit zijn vacht plukte – hij was het zat. De zware onderneming van leven en ademhalen.

Hij was afgemat door het malen van zijn herinneringen. Beelden van Hannah in het groen, geagiteerd op zoek naar de tweede schoen die bij haar jurk paste. En naakt, haar prachtige middel dat gemaakt was voor zijn omarming. Hem verrukt voorlezend uit de *Age* terwijl hij zorgvuldig de tong van een zwaluwstaartverbinding uitzaagde.

'Tom, jouw land, het is fantastisch. Ze zeggen dat Harold Holt is ontvoerd door een Chinese onderzeeër. Nieuw bewijs. Laat het waar zijn! De grootste nonsens die ik ooit heb gehoord. Heerlijk.'

Hij had vóór Hannah nooit over Australië nagedacht, en toen liet zij het hem zien. En nu moest hij het zonder haar stellen? Alsof het de gewoonste zaak van de wereld was?

Hij nam zijn hoed af en sloeg die hard tegen zijn dij. De carolina-eenden schrokken en renden alle kanten op, de wijfjes balkend als kalveren. Toen ze zagen dat het loos alarm was, keerden ze tevreden naar de eikels terug. Te veel voor hem, alles. En nu kwam Peter terug. Ga maar weer ploeteren. Ga maar weer denken. Gebruik die stomme armen maar weer, die van je schouders afhangen. Het hart is altijd op de ander gericht. Het hart zegt: 'Jou ken ik al. Laat me de ander zien.'

De ander was niet langer Hannah, maar Peter. Tom zuchtte en staarde omlaag naar het gras tussen zijn gespreide benen. De jongen had geleden. Zorg voor hem. Houd van hem.

Hij ging naar het huis en belde Dave Maine, die zei: 'Yep, hij is van jou. De papieren liggen in het regionaal kantoor in Benalla.' En dus reed Tom de volgende ochtend dwars door de velden naar Bonnie Doon, waar hij de Midland Highway naar Benalla nam. Hij sprak met een verlegen, slonzige vrouw van de Kinderbescherming met de weinig toepasselijke naam Desiree. Hij ondertekende documenten. Een week later reed hij naar het Jezuskamp en nam hij Peter van Tilly over. Een koffertje, halfleeg. Het oord was nog in rouw, zo stil als een kerkhof.

Er waren nog maar twee mensen in wie nog enige gekte zat, en Judy Susan was een van hen. Haar rode haar was slordig afgeknipt en ze barstte in tranen uit toen ze Tom zag, sloeg met haar vuist tegen haar hoofd. Toen hij met Peter het witte kiezelpad naar het hek af liep, kwam het meisje June achter hen aan gerend – de andere gekke. Ze bleef op het pad staan en schreeuwde. En in haar vreugde hipte ze giechelend van de ene voet op de andere.

32

Peters slaapkamer was nog precies zoals hij hem had achtergelaten. Hij stapte met een zucht van verluchting over de drempel. Mim Coots quilt van de bazaar van de Plattelandsvrouwenbond, met geborduurde eksters en kookaburra's. Hij stortte zich voorover, begroef zijn gezicht in de quilt en trappelde met zijn benen. Toen hij zich op zijn rug draaide, waren zijn ogen nat. Kinderen huilen niet van geluk, dus het was geen pure vreugde die hij voelde. Hij zat op de rand van zijn bed en zei Tom ernstig dat hij nooit meer terug kon gaan naar het Jezuskamp, nooit.

'Nooit,' zei Tom. 'Dat beloof ik je, makker.'

'Maar Tom, ik meen het. Ik kan nooit meer terug.'

'Je gaat ook niet terug, Peter.'

'Echt waar, Tom. Ik kan nooit meer terug.'

'Nooit.'

Hij had een mes in Pastor Blighs buik zien wegzinken, en misschien koesterde hij nog gemengde gevoelens over wat zich had afgespeeld. Dat was zijn moeder, die vrouw met dat slagersmes. Dat was zijn moeder die werd afgevoerd door de politie. Pastor Bligh weg uit zijn leven, goed. Door middel van moord, misschien niet zo goed. De tranen in zijn ogen... spijt, verdriet, ingewikkelde gevoelens voor een moeder die hem had behoed voor een afranseling van veertig slagen, eentje die misschien zijn dood was geworden, ja. Misschien zou hij haar opzoeken in de gevangenis (zoals Tom voorstelde), maar hij wilde dat Tom voortaan de baas was. Zijn gevoelens voor zijn moeder waren veranderd, maar niet onherkenbaar.

Roerei en zes doormidden gesneden en gebakken kerstomaatjes voor de lunch. Twee sneetjes toast van een groot witbrood dat die ochtend door Willy McNiff op een vensterbank op de veranda was achtergelaten, buiten bereik van Beau. Een glas melk van de ayrshires. Tom zat aan tafel met de jongen, iets naar voren geleund op zijn gevouwen armen, at zelf niet. Beau zat bij de achterdeur zachtjes te janken om binnengelaten te worden en mocht uiteindelijk de keuken in spurten en op Peters blote knieën kwijlen. Tom had geen zin in een lunch, en geen zin in wat hij de jongen ging vertellen.

Er wordt een bastaardhond doodgeschoten waarop er een man voor je deur opduikt met een geweer en de overtuiging dat moord zijn verdriet zal verlichten. Een vrouw vol tedere liefde keert zich af van een kind omdat haar eigen kind is vermoord. En dan ook nog een man, krankzinnig van trots, die met een mes in zijn buik sterft op de vloer van een kinderdagverblijf.

De moorden behoorden tot een ervaringsgebied waar Tom voor terugdeinsde als voor een hevige stank. Stilstaan bij moord was het bevuilen van je eigen nest. Hij wilde degene zijn die Bernie Shaw zijn geweer afnam voor hij het afvuurde. Degene die zei: 'Pastor, laat ze gaan' en gehoor vond. De man die naast Hannah in Auschwitz stond en het kind vasthield toen ze bewusteloos raakte.

Wat hij van de wereld verlangde was een kudde schapen die kon grazen op een goede weide, fruit dat rijpte door intelligente zorg, een tiental lome ayrshires, kerstomaatjes die uitbundig groeiden aan stengels van een meter, een geliefde vrouw die een boekwinkel had in een schuur met geboende eiken vloerdelen.

'Peter, Henty's land aan de overkant van de weg is nu van ons. Ik heb het gekocht.'

Peter keek op van zijn bord, Tom uitnodigend om verder te gaan, en richtte zich toen weer op zijn roerei. Geluk, groot geluk, ontgaat ons soms zonder het bewijs van de lach, maar je kunt het grootste geluk van je leven ervaren achter een ernstige, terughoudende gelaatsuitdrukking. Tenminste, als volwassene. Meestal niet als je pas acht bent.

Peter was zielsgelukkig, zonder dat te willen laten merken. Het was in hem opgeweld toen hij toekeek hoe Tom het roerei bakte. Hij was op de plek op de wereld waar hij het liefst wilde wonen, iets wat ons meestal niet gegeven is. Het feit dat hij niet meer zou worden geslagen, had niets met zijn stemming te maken. Het was gewoon Tom. Hannah had haar echtgenoot vaak puur om het plezier gadegeslagen, haar hart en ziel één stroom die naar hem toe liep. In Peters liefde ging het vooral om bewondering, alleen al voor de kracht die uit Toms onderarm sprak terwijl hij de eieren en de melk in de steelpan klopte.

'Henty, je hebt hem weleens ontmoet. Meer dan eens. En Juliet heb je natuurlijk ook ontmoet. Ze vond je aardig. Weet je nog wel?'

Peter zei: 'Hm.' Hij kon zich Henty noch Juliet herinneren.

'Nou, ze zijn neergeschoten. Dood. Door Bernie Shaw. Herinner je je Bernie Shaw nog, die voor ons plukte?'

Peter knikte. Het verhaal ging over iets ergs. Het kon hem niet schelen.

'Het was namelijk zo dat Henty Bernies hond had doodgeschoten. En daar was Bernie boos om.'

'Schoot meneer Shaw ze neer?'

'Ja. Hij werd gek. Met een .22. De boerderij ging naar

Henty's dochters toen hun ouders dood waren. Ze hebben hem aan mij verkocht.'

'Oké,' zei Peter. Hij had het roerei op en prikte nu een voor een de halve kerstomaatjes aan zijn vork.

'Zo zit het dus,' zei Tom. 'Nogal tragisch allemaal.'

Peter tilde zijn vork op en liet hem in de lucht wiebelen. 'Tom, we hebben meer mensen nodig. Met twee boerderijen hebben we meer mensen nodig.'

'Inderdaad. Zeer zeker. En dan heb je nog de boekwinkel.'

Peter keek niet-begrijpend, het hoofd iets gekanteld.

'Hannahs boekwinkel,' zei Tom. 'Je herinnert je Hannah toch nog wel?'

Peter bleef neutraal.

'Mijn vrouw. Ze was hier toen jij die keer hier kwam. Hannah.' Tom wachtte op een blijk van bevestiging, maar die kwam niet. 'Hannah had een boekwinkel in de stad, maar ze is naar de schuur verhuisd toen we Henty's land overnamen. Maggie werkt daar. Zij bestiert de boel. Maggie ken je niet.'

Peter stak het laatste halve kerstomaatje in zijn mond, pakte toen het resterende stukje toast en zette er zijn tanden in. Over het onderwerp Maggie had hij niets te zeggen.

'Het zit zo met Hannah, makker. Ze had een zoontje, iets jonger dan jij. Hij werd vermoord tijdens de oorlog. De grote oorlog die we hadden voor jij werd geboren. Heel lang geleden. Hannah komt uit Hongarije. Heb je daar weleens van gehoord?'

Peter schudde zijn hoofd op een zuinige manier: een halve draai naar links, een halve draai naar rechts. Hij klokte zijn melk naar binnen en had toen een snor. Likte eraan met zijn tong.

'En ze mist hem. Heel erg. Michael.'

Zonder het te beseffen was Tom steeds verder over de tafel gaan leunen. Nu trok hij zich terug. Hij wilde de jongen niet bang maken. Hij streek zijn blonde haar van zijn voorhoofd, zuchtte, en keek een paar tellen weg.

'Ze is er een tijdje tussenuit, Peter. Voor even, voor langere tijd, ik weet het niet. Misschien wel voorgoed. Ik heb geen idee. Maar als ze terugkomt, moet je aardig voor haar zijn, makker.'

Peter had in het Jezuskamp een behoedzame manier van luisteren ontwikkeld. Hij zei niets in reactie op Toms verzoek. Zijn geluk was niet afgebrokkeld. De kleine jongen, de dode jongen, daar dacht hij helemaal niets over. De oorlog? Hij was met Tom naar een Anzac-ceremonie geweest, en naar nog twee in het Jezuskamp. Hij had veel mannen, oude mannen, gezien met onderscheidingen op hun borst, medailles en gekleurde lintjes. Pastor Bligh had medailles en lintjes op zijn blauwe pak gedragen. Hij was de mannen van het Jezuskamp voorgegaan op een mars langs de woongebouwen en terug naar de kerk.

Tom keek naar de jongen met een blijdschap die niet sterk genoeg was om zijn hartzeer te overstemmen. 'Weet je wat, makker? Ik ga voor je zorgen. Oké?'

Deze woorden – het hadden andere met dezelfde boodschap kunnen zijn – deden Peters geluk nog sterker aanzwellen en krulden zijn lippen tot zijn eerste glimlach in twee jaar. Hij kronkelde op zijn stoel.

Peter stond inmiddels ingeschreven op de lagere school van Hometown, maar Tom gaf hem een week om rond te kijken. Hij stelde hem voor aan Hector en diens gezin. Hector snotterde. Hier stond een jongen met zwart haar en de ogen van Ezechiël, en hij zou nooit zo'n jongen hebben, alleen meisjes die liefdevol de draak met hem staken en liedjes van de radio zongen, met synchrone handbewegingen en zwijmelende blikken. Sharon snotterde. Hier stond een jongen, even mooi als Jezus, en zij zou nooit zo'n jongen hebben, alleen de twee meisjes die haar genadeloos plaagden en vrijwel nooit naar haar luisterden.

Peter joelde van plezier toen hij zag hoe groot Henty's kudde was en hoeveel lammeren er waren, nu zeven maanden oud. Tom en hij liepen over de roestbruine aarde van de boomgaard onder een blauwe herfstlucht en namen een kijkje bij de vier waterbekkens van Henty halverwege de hellingen van de vallei. Er moesten mannen worden ingehuurd, drie mannen: twee fulltime voor de schapen, en eentje voor de boomgaard van Henty. Die was bijna te groot, zei Tom. Hij zou een tweede trekker met een hakselaar nodig hebben, een eigen oplegger voor het hooiseizoen, in plaats van steeds die oude rammelkast van Bon Treadrow te huren. Het moest wel een tweedehandse zijn, geen nieuwe, zei Tom. Misschien een GM van drie ton; Peter kon met hem mee wanneer hij ging kijken wat de occasiongarage in Bendigo in de aanbieding had.

Terwijl ze zo wandelden, zei Peter: 'Ik heb een idee, Tom.'

'O ja, makker? Laat maar horen dan.'

Eén enorme kudde van alle schapen maken en ze op Henty's land houden, waar rond de rivierarmen overvloedig gras was.

Tom moest uitleggen dat het een jaar zou duren voor de kuddes op oom Franks boerderij niet meer zouden proberen om over de snelweg terug te gaan; het waren nu eenmaal gewoontedieren.

En dan de boekwinkel. Maggie, die met de dag conscientieuzer werd in haar strijd, gunde zichzelf genoeg tijd om Peter te omhelzen, hem te verwelkomen en hem over de beide etages van de winkel rond te leiden. Maggie was inmiddels achttien, maar had op een of andere manier de geestesgesteldheid van iemand van middelbare leeftijd ontwikkeld; ze begroef zich onder verantwoordelijkheden en haalde smalend haar neus op voor suggesties (van Tom) dat ze misschien wat meer uit moest gaan.

De volgende dag reed Tom met Peter in de pick-uptruck over een pad dat naar de top van de hoogste heuvel op Henty's land voerde. Hij wilde de jongen laten genieten van het uitzicht over alles vanaf de oostelijke hellingen op oom Franks land tot aan de kreken bij de rode gombomen op Henty's grondgebied. Hij wilde zien hoe de jongen zijn ogen uitkeek, en in zijn oor fluisteren: 'Ooit is dit allemaal van jou.'

Maar... misschien ook niet. Hij wilde niet dat de jongen zou denken dat hij aan de boerderij gebonden was. Hij wilde dat Peter naar de universiteit ging in de grote stad en iets zou worden, wat hij maar wilde. Wat dan ook. Tom zelf was op een indirecte manier in het boerenbedrijf beland; hij was niet met de klei getrouwd. Hij dacht vooral aan vrijheid: noord, zuid, oost, west. Laat de jongen in vrijheid leven. Laat vrijheid jaar in, jaar uit zijn ondergrond zijn. Opgroeien met rechte rug, weten wat het beste was, wat hij wilde, in plaats van kromgroeien tussen barsten en scheuren, zijn hart schenken aan een vrouw die gek was van verdriet, gek gemaakt in Auschwitz, te gek om nog te genezen.

Hij keek hoe Peter diep inademde bij de aanblik van alle schoonheid: de trage groene rivier, de grote bocht bij de granieten brug, het gouden gebladerte van de peren- en appelbomen op de heuvel die naar de boomgaarden van oom Franks boerderij voerde, de grote wrakkige cipressen tegen het hek langs de snelweg. En vlakbij het weidende vee, dat de natte neuzen ophief om de geur op te snuiven van de magische mensen die soms hooi op de oever van de kreken gooiden.

Peter bracht vijf dagen achtereen elke dag drie uur met Maggie in de boekwinkel door. Hij had nog nooit een boekwinkel gezien, en het leek hem te duizelen, zoveel exemplaren, hun ruggen naar buiten. Hij liep langs de rijen planken en las hardop de namen van de boeken en hun schrijvers op, alsof de overdaad hem een soort – wellicht poëtische – voldoening gaf. Maggie liep achter hem aan, hielp met de uitspraak en werd na elke hobbel bondig bedankt voor haar hulp. Ze loodste hem naar boeken die hij misschien leuk vond om te lezen, probeerde hem te enthousiasmeren voor haar favorieten. Hij zette een stoel achter in de zaak en las zich een *De vijf*-flauwte. Op de derde dag werd het *Schateiland*.

Het voordeel van Peters verslaving en zijn oprechte erkentelijkheid voor Maggies wezen, was dat hij haar redde uit haar isolement. Op een dag zou ze misschien – het was mogelijk – de moeder van een kind zoals dit zijn. Als ze een andere Tom vond. Als er een andere Tom was. Of deze Tom, als Hannah niet terugkwam. Nou, dat kon gebeuren. Waarom zou je zeggen dat dat niet zo was?

Er kwam nog een brief van Dave Maine. Nog meer papierwerk voordat de Kinderbescherming Toms voogdij over Peter kon bekrachtigen. En informatie: het bleek dat Trudy terecht moest staan wegens moord. Het Openbaar Ministerie leek te denken dat het leven van de jongen niet in gevaar was geweest. Dat was jammer, want het Hooggerechtshof vonniste vaak mild in geval van doodslag. De jongen zou naar alle waarschijnlijkheid worden opgeroepen als getuige. Maar als iemand wilde betalen voor een goed juridisch team – jij, Tom? – zou de straf nog steeds mild kunnen uitvallen.

Tom schreef diezelfde avond terug om te zeggen dat hij

het geld bij elkaar zou harken. En omdat hij dacht dat het moest, vertelde hij Peter heel voorzichtig dat zijn moeder voor moord terecht moest staan. Het was een uur later, rond bedtijd, dat Peter reageerde.

'Ik wilde dat het niet zo was.'

En een minuut later: 'Het was voor mij.'

33

Hij hield van de jongen; de jongen hield zielsveel van hem, maar de liefde van een kind rolt moeiteloos voort. Zes weken zonder Hannah en nog steeds onderbrak Tom elke dag zijn werk om zijn hoofd te schudden en in zijn ogen te wrijven vanwege alles wat hij niet kon delen. Je hebt allerlei soorten echtgenoten, maar Tom was ervoor gemaakt: een vrouw, liefdevolle plagerijtjes, trouw. Alleen had hij een slechte keus gemaakt.

Dat vertoon van verdriet stelde hem teleur. Tranen en zuchten bezorgen je een reputatie. Zelfs vreugde, die vrij door zijn aderen stroomde (maar niet de laatste tijd), kon je maar beter voor jezelf houden. Hij was van nature een man die de jackpot in de loterij kon winnen of een beroemd zwaard uit een steen kon trekken zonder ook maar een moment blijk te geven van wat er in zijn hart omging. Maar Hannah had hem tot melodrama gedreven.

De afgelopen week had hij uitgehaald, met zijn vuist tegen zijn hoofd geslagen. Het kon hem elk moment overkomen. Terwijl hij een klis uit de keel van een schaap haalde, de mest uit de staarten van de Guernseys knipte, de pakking van het spruitstuk van de pick-uptruck verving, koortsachtig overwegend om met de moersleutel hard op zijn vinger te slaan. De ringvinger.

Niets van dit alles als de jongen in de buurt was. Tom hield het vrolijk. Hij haalde Peter elke dag op bij de bushalte aan de snelweg en liep met hem naar huis, vol verhalen over de boerderij: hoe hij Stubby's blinde ogen een badje had gegeven met een oplossing van Don Ford, de veearts, en een schot had gelost op een vos zo groot als een collie. Echt waar, zo groot? Zo groot. Bijna. Maar Peter zag dat Tom niet meer de oude was. Op een middag na school had hij Tom vanuit zijn slaapkamerraam stil zien staan in de achtertuin, met gebogen hoofd; hij hief zijn handen op en liet ze toen weer langs zijn zij vallen. Het baarde hem zorgen, maar hij verwonderde zich er niet over. Hij was uit het Jezuskamp vertrokken met een veel gedetailleerdere kaart van de hartstochten dan de meeste achtjarigen ooit bezaten of nodig hadden.

Het had te maken met de mevrouw, had Peter uitgevogeld. Met Toms echtgenote, die weg was. Hij dacht niet dat Tom de mevrouw nodig had, maar hij bevroedde dat er vreemde krachten werkzaam waren in de wereld om hem heen. In zijn moeder, toen ze Pastor doodstak. En in Judy Susan, die al haar haar had afgeknipt. In meneer Bosk, die zijn handen in kokend water stak om te laten zien dat hij berouw had van de afranselingen. In de oude vrouw, Pastors eerste vrouw, die bij de keukendeur stond toen Pastors lichaam op een baar uit de kerk werd weggedragen, en die toen riep: 'Het ga je goed! Het ga je goed!'

Het grote doel in zijn leven was teruggaan naar Tom geweest. Dat was nu gebeurd. En nu, de bengelende handen, het gebogen hoofd – hij hoopte dat het voorbij zou gaan.

Een ochtend in mei. George Cantor, die sinds de dag van Toms huwelijk met Hannah niet meer was gezien, stond in de deuropening van Toms werkplaats en wierp een schaduw op de vloer vol olievlekken. Tom, die als zo vaak hartzeer had maar troost vond in precisiewerk, keek op van zijn werkbank. Hij nam George aandachtig in zich op, tweeëntachtig jaar, grijze bos haar en tweedjasje, en voelde zich door een voorgevoel van goed nieuws geneigd tot glimlachen.

'George.'

'Meneer Tom Hope. Mag ik binnenkomen?'

'Natuurlijk. Natuurlijk.'

George droeg net zoals op de bruiloft zijn keppeltje verder naar achteren op zijn hoofd dan gebruikelijk was onder Joden. Aanstellerij uit zijn synagoge in Boedapest, volgens Hannah. En hij wilde graag dat mensen zijn zijdeachtige lokken zagen. Zo ijdel was hij.

'Je ziet er goed uit, George, moet ik zeggen.'

George was naar de werkbank gelopen, nieuwsgierig naar de klus die hij had verstoord. Hij haalde zijn schouders op bij het compliment, boog zich over de klinken die Tom aan het reinigen was met schoonmaakolie en een schuurlinnen doek.

'Ik wil je wel een hand geven, maar de mijne zijn vies,' zei Tom.

George gniffelde en gaf hem een hand. 'Ik ben monteur. Wie maakt zich nou druk om vuile handen?' En toen: 'Die klinken, Tom. Antiek.'

'Uit de schuur. De boekwinkel. Ik dacht, laat ik ze eens in het zonnetje zetten.'

George knikte goedkeurend om de zorg waarmee Tom te werk ging. Hij had de klinken hersteld tot glimmend staal, elke speldenpunt roest weggeschuurd.

'De winkel,' zei George. 'Ik wil hem graag zien.'

Tom keek George vorsend aan. Hij was er niet meer zeker van dat hij goed nieuws te horen kreeg. 'Ben je helemaal hierheen gekomen om de boekwinkel te zien?'

'Misschien. Mag het?'

Tom veegde zijn handen schoon aan de oude blauwe

handdoek die aan een spijker boven de werkbank hing. 'Je wilt niet gaan lopen,' zei hij. 'Hij is op het andere stuk land. Bijna een kilometer.'

George glimlachte bedroefd en gebaarde met beide handen naar zijn benen. 'Als ik heel optimistisch was, zou ik zeggen dat ik het aankon. Weet je wat? Vandaag ben ik optimistisch, meneer Tom. Laten we gaan lopen. Mijn auto staat buiten geparkeerd. We laten hem daar staan.'

Rechts was de wei aan de snelweg waar Stubby en Jo graasden in iets wat neerkwam op een luxueus hospice, aangezien ze beide in lui tempo stervende waren aan een te grote ouderdom om te blijven leven. Links was de herstelweide voor schapen die zichzelf hadden opengereten aan prikkeldraad en ontstoken wonden hadden, en andere die bont en blauw waren door aanvallen van vandalistische soortgenoten. Mysterieuze motieven, die schapen die hun zusters aftuigden. Voor de gewonde schapen was er antibiotica, en voor de afgetuigde schapen mondelinge troost van Tom, een krabbel tussen de oren.

De hemel was weids in zijn herfststilte; de eiken langs de oprit waren goud aan het kleuren, maar heel geleidelijk. Tom kon zich niet voegen naar de sereniteit van het seizoen. George zou niet vanuit de stad helemaal hierheen komen zonder nieuws van Hannah. Wat was er mis met stilstaan en zeggen: 'George, kom op, man!'

Maar, wat? Gretig overkomen? Nee. Geluk was iets schichtigs voor Tom. Wanneer het verscheen, moest je het vertrouwen geven, aanmoedigen. Deed je te uitbundig, dan glipte het terug in de schaduw, misschien voorgoed.

Hij zei: 'Ik heb je geschreven. Ik vond je adres in het telefoonboek.'

'Inderdaad,' zei George.

'Ik heb je nummer gebeld. Drie keer. Je hing steeds op.'

George knikte langzaam, om aan te geven dat hij het verwijt accepteerde. Hij schuifelde nog zo'n tien minuten voort op zijn tweekleurige schoenen, bruin en crème, stond om de haverklap stil om iets te bewonderen wat dichtbij was (de schapen in de ziekenboeg) of ver weg (de bosjes schijnbeuken op de weideheuvels, groener dan de omringende eucalyptus) voor hij eindelijk over zijn missie begon. Hij keek Tom niet aan, maar hield zijn glimlachende blik op de schijnbeuken gericht.

'Hannah,' zei hij.

'Ja?'

'Waar is ze mee bezig, Tom?'

'Bezig?'

'Waar is ze mee bezig, Tom?'

'Ik weet het niet.'

'Ze neemt wraak op God.'

'Wat?'

George had zijn geschuifel gestaakt en keek Tom nu recht aan, vanaf zijn, wat zou het zijn? Eén meter zevenenzestig?

'Begrijp je?'

'Nee, George, ik begrijp het niet. Waar is ze?'

George hervatte zijn geschuifel. 'Haar jongen is haar afgenomen in Auschwitz. Wist je dat?'

'Ja.'

'Ze zegt: "Nooit weer." Tegen God zegt ze dat. "Nooit weer." Dus.'

Ze kwamen bij het grote hek. George had het bij aankomst achter zich dichtgedaan. Hij vestigde Toms aandacht hierop.

'Boeren willen graag dat je het hek dichtdoet.'

'Dank je, George. Waar is Hannah?'

'God laat haar liefhebben. En dan neemt hij de jongen. Nooit weer.'

Tom hielp George voorzichtig bij het oversteken van de snelweg. De geaccepteerde – niet de wettelijke – snelheidslimiet op dit stuk was naar eigen goeddunken. George wilde midden op de weg stil blijven staan om nog iets te betogen, maar daar werd een stokje voor gestoken.

Hij sprak verder zodra ze aan de overkant en door het hek van Henty's boerderij waren. 'Hoor je wat ik zeg, Tom? God laat ons liefhebben. Meer kunnen we niet vragen. Als dat dan een ramp wordt, is dat iets verschrikkelijks. Maar God laat ons liefhebben.'

'Waar is Hannah, George? Kun je me dat vertellen?'

'De jongen, heb je hem? Waar is hij?'

'Hij is op school. Peter. Waar is Hannah?'

George trok zijn schouders hoog op en liet ze vallen. 'Iedereen wilde haar, Tom. Wist je dat? Ze was heel kieskeurig. Nee tegen de een, nee tegen de ander. Toen ja tegen Stefan. Ja tegen Tom. Al haar familie is dood. Al mijn familie, Tom. Ik zou niet over geluk moeten spreken. Maar ik doe het toch. Nee tegen iedereen. Nee tegen mij. Ja tegen Tom.'

Een groene bus van Valley Tours stond op de parkeerplaats naast de schuur; de passagiers stapten juist in met hun draagtasjes van de boekwinkel. Dit was een van Maggies vernieuwingen. Ze had het bedrijf, dat twee keer per week een tour door de vallei organiseerde, gevraagd om de boekwinkel in het reisschema op te nemen. De toeristen bezochten een paar oude goudmijnen onder leiding van Teddy Rich, een groot kenner van de lokale geschiedenis, tuurden naar de rivier bij de stroomversnelling en het wonder van het Mississippi Hole, kochten met zorg bereide vleespasteitjes en Cornish pasty's van Stella in de bakkerij van Hometown, keken gefascineerd naar de granieten brug stroomopwaarts voorbij oom Franks boerderij, en stapten nog een laatste keer uit bij de boekwinkel voor ze naar de stad teruggingen. '*De beste nog bestaande Duitse lutherse schuur in Australië, nu de mooiste boekwinkel van heel het land. Een uitgebreid assortiment aan nieuwe en tweedehandsboeken.*' Maggies tekst.

Hij zag Hannah door het raam voor ze hem zag. Ze zwaaide de laatste klanten van de bus uit. George legde een hand op Toms onderrug. 'Ik moest haar afzetten bij de boekwinkel. Ze zei: "Ga hem zoeken, George. Als hij verbitterd is, zeg je niets." Dus ging ik je zoeken. Je bent naar mijn mening niet verbitterd. Vergeef haar, Tom. Ze heeft zes weken in mijn appartement gelogeerd. Geen woord. Een zombie.'

Tom stond stokstijf stil. Het was alsof ze nooit weg was geweest. Ze glimlachte, zei iets aardigs tegen een vrouw met een hooimijt aan geel haar en een grote wollen sjaal, onnodig op zo'n warme dag. Het eerste wat bij Tom terugkwam, was een intense splinterachtige steek van liefde. Toen woede. George moet dat aan Toms lichaam gevoeld hebben; zijn hand lag nog altijd op diens rug. Hij kwam voor Tom staan, greep zijn hand en kneep die krachtig tussen zijn beide knuisten. Tom keek langs George strak naar Hannah, die hem nog niet had opgemerkt.

'Tom, luister naar wat ik je zeg. Alsjeblieft. Die dwaasheid van haar... vergeef haar. Het is gedaan met haar als je haar laat zitten.'

Hannah had hem nu gezien. Ze hield haar kin hoog, haar blik strak op haar echtgenoot gericht. Daarna weifelde ze en liet haar hoofd zakken. Toen ze haar gezicht weer naar Tom ophief, was daar vertwijfeling van af te lezen. Ze maakte met een hand een wenkend gebaar. Tom bleef enkele momenten als aan de grond genageld staan en stapte toen de boekwinkel binnen. Maggie haastte zich naar buiten om hun wat privacy te geven.

De bus toeterde twee keer bij vertrek. Hannah hief haar hand op en zwaaide. De hand ging langzaam weer omlaag.

'Tom.'

David de kanarie, die boven op de kassa zat, was bijgekomen uit zijn verdoving en kwetterde erop los in wat zelfs in vogelzang wartaal moest zijn.

'Wat maak je me nou, Hannah?'

Hannah, gekleed in een bleekgouden zomerjurk die Tom niet eerder had gezien, knikte langzaam. 'Moet ik gaan?'

Het verleden doet zich gelden om invloed uit te oefenen op wat volgt: een gooi naar onsterfelijkheid. In die ruimte vol boeken, van glanzend, met bijenwas geboend hout, schemerde Auschwitz, het dode kind, een dode echtgenoot, de geschorenen, de verdoemden, de berg schoenen voor de deur van een ondergrondse kamer.

Maar even hardnekkig, wonderbaarlijk, was daar geluk: lapjes geluk, sommige best kostbaar. Met een strijkbout platgestreken vouwen in een witte jurk die over het hoofd werd aangetrokken, de geur van stijfsel, de warmte van de stof. Draaien voor de grote spiegel, de belofte van wat misschien komen gaat. Hannah had die jurk nog steeds toen ze Tom jaren later ontmoette, droeg die voor hem, trok hem over haar hoofd toen hij op een zondagmiddag op bed lag te wachten. Hij probeerde toen iets te zeggen, maar de woorden bleven steken in zijn keel. Zij zei: 'We houden van elkaar', en tien tellen later lag ze in zijn armen.

Nu, op de dag van haar terugkeer, zette hij drie stappen en trok haar naar zich toe, omarmde haar met een vurigheid die haar pijn had kunnen doen. Met zijn mond tegen haar oor zei hij: 'Nooit, echt nooit weer.' En toen moest zijn woede lucht krijgen. Hij deed een stap naar achteren, en met zijn handen op haar schouders keek hij haar dreigend aan. 'Dacht je dat iedereen dit voelde? Dacht je dat het iets gewoons was? Dat is het niet, Hannah. En je kunt er niet zomaar van weglopen.'

Hannah keek weg, met een blik die nog niet helemaal in berouw berustte. Ze schudde haar hoofd, tranen vulden haar ogen. Pas nu besefte Tom dat ze haar haren korter had geknipt. Hij wilde zeggen: 'Laat het weer groeien', maar dat kon niet, niet in deze situatie.

Eindelijk wist zij iets uit te brengen. 'Tom, ik moest weg. En ik moest terugkomen.'

Hier was Tom bang voor geweest, als ze terugkwam, wanneer ze terugkwam: woorden die uit haar verwarde innerlijk kwamen sijpelen, terwijl ze alleen maar hoefde te zeggen wat George had gezegd: dat ze een vergissing had begaan.

'Hannah, je moet nu besluiten of je blijft. "Ik moest weg en ik moest terugkomen." En wat wordt het volgende? "En toen moest ik weer weg." Genoeg, Hannah. Je blijft. Je zorgt voor Peter. En als je dat niet kunt, dan zullen onze wegen moeten scheiden. Ik wil dit niet nog eens meemaken, elke ochtend misselijk van bezorgdheid wakker worden. Als ik één ding van Trudy heb geleerd, dan is het dat er geen hoop is als je vrouw je niet wil. Dan is het doen alsof.'

Hannah slaakte een kreet, kort, afgekapt. Maggie en George, die door het ruitje in de voordeur stonden te kijken, mompelden verontrust tegen elkaar.

'Dacht je dat ik weg wilde? Ben je gek? Tom, hij zat aan mijn voeten. Hij dacht dat ik, zijn moeder, hem zou beschermen. Binnen een paar seconden was hij verdwenen. En waarnaartoe? Naar een nachtmerrie.'

'En is dit het antwoord? Nog een nachtmerrie?'

Hannah zweeg. Haar blik bleef op David rusten. Ze glimlachte naar hem, wat de vogel aanzette tot een nog uitbundiger uitbarsting van gezang. Deze pauze was misschien bedoeld om te voorkomen dat ze iets over de vergelijking zei. De nachtmerrie waar Tom het over had kon niet worden vergeleken met een kind dat werd weggegrist om vermoord te worden.

Als ze dat zei, zou dat alleen maar tot ellende leiden.

'Tom, ik wil terugkomen.'

Een tijdje werd er niets gezegd.

'Ik wil terugkomen. Ik wil blijven. Ik zal voor Peter zorgen. Hij mag me niet, maar dat geeft niet. Ik zal voor hem zorgen.'

Tom keek opzij. Hij had zijn armen over elkaar geslagen en leek onverzettelijker dan hij in werkelijkheid was. Hij maakte zijn armen los. 'Ja, kom terug, Hannah.'

Ze glimlachte. 'Wil je dat?'

'Ja.'

'Moet ik terugkomen?'

'Ja. Alsjeblieft.'

Het verdriet van Polen krulde zich op in hoekjes, voorlopig verbannen door boeken en bijenwas. En door deze thuiskomst. Een vrouw in lompen die het kamp in de verte had zien verdwijnen toen ze ervandaan liep, een vrouw die lang genoeg had geleefd om lief te hebben, te trouwen, zich de warmte van een gestreken jurk te herinneren, had een soort overwinning behaald. Zouden we kunnen zeggen. En niet zodat ze het vervolgens weer kon verpesten, natuurlijk.

Op de toonbank lag het groene in stof gebonden kasboek waarin werd bijgehouden hoeveel boeken er in een periode van drie jaar waren verkocht. De verkoop had nog niet het magische aantal van vijfentwintigduizend bereikt. Maar het was goed voorstelbaar dat dat aantal binnen een paar jaar overschaduwd zou zijn.

34

De aanklacht was moord, geen doodslag. Alle pogingen van Bunny Gorman, Trudy's advocaat, om het Openbaar Ministerie tot inkeer te brengen, waren mislukt. Maar onder vier ogen zei de rechter tegen Gorman: 'Blijf doorzeuren over verzachtende omstandigheden.'

Peter hoefde niet te getuigen en zou de zitting in het Hooggerechtshof niet eens hoeven bijwonen. Maar Tom vond dat hij dat wel moest doen, en Hannah was het met hem eens. Ze mochten met z'n drieën in de rechtszaal zitten en kregen voorrang boven mensen die alleen maar nieuwsgierig waren. Trudy zat er tijdens de inleiding kalm bij, netjes aangekleed en met haar haren op de meest aantrekkelijke lengte. Ze keek om de paar minuten naar Peter, glimlachte, tilde haar hand een stukje op om onopvallend naar hem te zwaaien.

Trudy's moeder en zus waren ook aanwezig, nerveus, snotterend. En Judy Susan, die nu graatmager was; haar haren groeiden langzaam weer aan. De stemmen in de rechtszaal klonken gedempt. Gorman en de rechter leken er een joviale relatie opna te houden, en de advocaat werd op een gegeven moment door de rechter aangesproken met 'Bunny'. Het was alsof over alles wat ging gebeuren reeds geoordeeld was en er alleen nog maar een script gevolgd hoefde te worden: Bunny mompelde zijn tekst, de rechter viel in op de regieaanwijzing, en het Openbaar Ministerie liet zich graag meevoeren op de gemoedelijke stroom. Trudy zei dat ze onschuldig was, en de rechter mompelde: 'Natuurlijk, natuurlijk.'

Peter luisterde overal naar. Hij glimlachte naar zijn moeder wanneer zij naar hem glimlachte. Hij wist dat ze om hem gaf; hij wist dat ze Pastor had neergestoken om een einde te maken aan het slaan. Maar hij hield niet van haar, en wanneer hij glimlachte, was dat slechts om aardig te zijn. Hij herinnerde zich de Trudy van de eerste maanden in het Jezuskamp, die tegen hem schreeuwde over gehoorzaamheid, die zei dat hij dom was, die hem een boerenkinkel noemde.

Ze was veranderd: in plaats van boerenkinkel noemde ze hem nu 'arm kind', maar het kwaad was geschied. Ze had hem bij Tom weggehaald, en verder dan vriendelijkheid zou hij niet gaan. Of een beetje verder. Misschien medelijden. Hij wist dat zijn moeder gek was.

Hannah was ook gek, maar op een andere manier. In de vier maanden sinds haar terugkeer voelde Peter hoe ze dichterbij kwam en zich weer terugtrok. Toen trok ze zich niet meer terug. Ze kon het vaak niet laten een hand op zijn schouder te leggen en die over zijn rug te laten glijden. Hij zag dat ze op haar onderlip beet. Aan tafel zat ze soms met haar vork een stukje boven haar bord naar hem te kijken terwijl hij at.

Peter was veranderd in de tweeënhalf jaar in het Jezuskamp. Veel mensen die hij kende uit het kamp waren gek (niet op dezelfde manier als Hannah). Te midden van alle waanzin was hij kalm geworden. Pastor moest bestreden worden, ja, en hij zou nooit zijn pogingen opgeven om terug te keren naar Tom, bij wie hij thuishoorde, maar verder bleef hij kalm.

Het was alsof hij vanbinnen een poel met helder water

had. Hij kon naar die poel toe gaan, knielen en drinken. Trudy zei: 'Boerenkinkel' en hij haalde zijn schouders op. Judy Susan zei: 'Je zult in een grote pan braden in de hel!' en hij glimlachte. Hij was daar niet degene die gek was. Dat wist hij zeker.

Hij zag wat er met Hannah aan de hand was. Haar jongen was gestorven en nu hield ze van hém. Hij was blij dat Tom hem over Hannahs jongen had verteld, anders was hij misschien voor haar teruggedeinsd. Het kon geen kwaad als Hannah van hem hield. Wanneer haar ogen volliepen met tranen, zei hij zachtjes: 'Maak je geen zorgen.'

Zijn jongensziel was aan het uitdijen, zo leek het. Het kon geen kwaad. Hij had Tom.

Peter sputterde niet tegen toen Hannah hem vroeg dinsdag vrij te nemen van school om met haar naar de stad te gaan en zich een pak te laten aanmeten. Zij met z'n tweetjes.

Hannah zei: 'Wil je dat?' en Peter zei: 'Als je dat leuk vindt.'

'Ik wil dat je er netjes uitziet voor de rechtbank.'

Ze had het over de straftoemeting, die een week na het vonnis werd verwacht. Bunny Gorman had aan Tom, die hem betaalde, verteld dat ze schuldig zou worden verklaard maar dat de straf misschien maar achtenhalf jaar zou zijn, waarvan vier onvoorwaardelijk.

'Jenny' – dat was rechter Jacob Jennifer – 'wil haar terugloodsen naar het normale leven, maar hij moet haar helaas wel een opdonder geven. Goed resultaat.'

De expeditie naar de kleermaker zat Tom niet lekker. 'Australiërs laten hun kinderen niet in een pak lopen, Han.'

'Nee? Dat zouden ze wel moeten doen. Moet iedere Australiër er soms uitzien alsof het Leger des Heils hier over de mode gaat?'

'We zijn gemakkelijk, lieverd. Hij kan zijn schooluniform dragen.'

Peter zei: 'Het geeft niet, Tom.'

Tom haalde zijn schouders op en liet het erbij zitten.

De kleermaker moest Isaac Glick zijn, in Collins Street, naast Job's Warehouse. De groezelige ingang en de onverlichte stenen trap leidden naar drie lichte, ruime, met glanzend teakhout gelambriseerde kamers. Hannah had Glick nog nooit ontmoet, maar George Cantor kende hem goed en had hem aanbevolen. Glick was gewend te werken met mannen die zich geheel overgaven aan zijn gecommandeer, geduw en geprik, die hun suggesties lieten weghonen en zich tot stilte lieten manen wanneer ze iets wilden zeggen. Maar met Peter ging hij zachtaardig te werk. Iets van de betovering die Peter op Hannah uitoefende had ook bezit genomen van Glick.

'Wat een knappe jongen,' zei hij terwijl hij Peter opmat en een arm optilde om zijn borstomvang op te nemen. 'Dit zijn monsters.'

Hij liet Hannah en Peter de catalogi met stofmonsters zien, vierkante lappen stof die onderaan met een kartelschaar waren afgeknipt. De twee stonden naast elkaar aan de lange gelakte toonbank terwijl Glick de monsters omsloeg. Glick was opnieuw onder de indruk, nu van Peters opmerkingen: 'Te veel groen. Nee, dat is voor een oude man. Nee, dat patroon is te groot.'

Wat Peter wel mooi vond, was een kamgaren visgraatpatroon uit de Engelse Midlands. Hoe heerlijk dat de jongen zo verrassend was. Hannah had gedacht dat hij geen enkele interesse zou tonen voor stofmonsters en Tom zou imiteren, die liever een gifbeker leegdronk dan ooit naar een kleermaker te gaan.

Glick vroeg haar zachtjes of de jongen haar zoon was; het

leek hem tactvol om 'zoon' te zeggen in plaats van 'kleinzoon'.

Hannah prevelde: 'Ja, mijn zoon', niet met de bedoeling dat Peter het zou horen.

Maar dat deed hij wel.

Ze bezochten Trudy in Fairlea. Het belangrijkste onderdeel van het proces zou op de woensdag na deze ene vrije dinsdag plaatsvinden, en de uitspraak werd nog dezelfde dag verwacht. De straf zou twee weken later volgen. Trudy, die de sympathie van de cipiers had, mocht vrijwel zonder toezicht met haar zoon en Hannah op een bankje op het terrein van Fairlea zitten. Ze droeg nog steeds haar burgerkleding.

Ze zei dat ze wist dat ze schuldig zou worden bevonden en de gevangenis in moest. Ze zei dat ze het niet erg vond. Peter wist zijn moeders liefkozingen stoïcijns te doorstaan. Trudy zei: 'Ik ben blij dat je bij Hannah bent. Ik was geen goede moeder. Maar ik hou van je.' Toen ze terugwandelden naar de receptie, hield Trudy Peters hand vast. Ze huilde bij het afscheid. Ze zei: 'Blijf bij Tom en Hannah. Dat is het beste. Maar kom me wel opzoeken.' Op het eind verloor ze haar zelfbeheersing. Ze liet zich op haar knieën vallen en omarmde haar zoon, bleef geknield zitten toen Hannah Peter de deur uit leidde. Een gezette cipier, een vrouw met een hoornen bril en een zware orthopedische schoen, zei: 'Stil maar, meidje.'

Ze reden naar Hometown terug over de Black Spur-weg, Peter stil, Hannah nerveus. Ze was bang dat hij haar had gehoord. 'Mijn zoon,' had ze gezegd.

Telkens wanneer ze naar Peter keek, meende ze een spottend glimlachje op zijn lippen te zien. Tegen de tijd dat ze bij Dom Dom Saddle waren, het hoogste punt van de Spur, hield ze het niet langer uit. Ze schoot de picknickplaats onder de eiken op en zette de auto abrupt stil.

Ze draaide zich naar Peter, met haar handen nog steeds aan het stuur, en vroeg: 'Hoorde je me?' Haar gezichtsuitdrukking was teder als altijd wanneer ze tegen Peter sprak, maar werd nu vermengd met spijt. 'Hoorde je dat ik je mijn zoon noemde?'

Peter knikte geschrokken, maar raakte niet van zijn stuk.

Hannah keek opzij, veel meer van slag dan ze hoefde te zijn, vond Peter. 'Nou, dat was slecht. Dat was slecht van me.' Ze draaide zich weer naar Peter toe. 'Ik ben je moeder niet,' zei ze. 'Trudy is je moeder. Het spijt me, Peter. Het spijt me heel erg.'

Ze deed het portier open en glipte de auto uit, deed een paar passen en bleef toen met haar armen over elkaar staan, haar gewicht meer op het ene been dan op het andere. Ze legde een hand tegen haar gezicht maar trok die bruusk weg, misschien om Peter in de auto niet de indruk te geven dat ze zou gaan huilen.

Een maand voorbij midwinter, en de dagen begonnen te lengen. Het was vier uur 's middags, en de hemel was nog helemaal licht. In de eiken zat een zwerm parkieten op winterrantsoen, klaar om te bedelen om broodjes en chips. Een stuk of zes verzamelden zich rond Hannahs voeten. Toen ze geen aandacht kregen, begonnen ze vertwijfeld in gebarsten eikels te pikken. In het weitje dat naar de rand van het bos liep, zaten konijnen overeind om in te schatten of ze wellicht wortel en sla uit broodjes toegeworpen zouden krijgen.

Boven de picknickplaats verrees een berg, conisch van vorm, de flanken dichtbegroeid met reuzen- en red boxeucalyptus, Tasmaanse gagel, Australische acacia. Maar het groen van het dichte bos gaf op duizend plaatsen een doorkijk naar het beenderwit van dode stammen, de rechtopstaande lijken van bomen die waren verbrand tijdens de Zwarte Vrijdag-bosbranden van 1939. Sinds de berg in lichterlaaie had gestaan, was er zoveel tijd verstreken dat er een ingewikkeld patroon van levende en dode kleuren was ontstaan. Het was alsof het weelderige gebladerte van de levende bomen een uitgebreide hulpcampagne voor de dode had opgezet door ze te omsluiten en ze her en der overeind te houden.

Hannah was niet uitgestapt om naar de berg te kijken, maar om te grimassen, te sissen en zichzelf een uilskuiken te noemen zonder Peter bang te maken. Het bracht haar in verwarring dat ze Michael zag wanneer ze naar Peter keek. Het zwarte haar, de ernstige gezichtsuitdrukking, het zorgelijke trekje rond de ogen: hetzelfde, ook al was Michael jonger dan Peter toen hij verdween.

Hetzelfde, maar ook weer niet. Het was alsof ze bij het lezen van een boek per ongeluk twee bladzijden had omgeslagen in plaats van één en schrok van het gebrek aan samenhang. Een vraag aan het eind van de vorige bladzijde, een scène, een episode die niet boven aan de volgende werd opgepakt.

Als ze van Peter ging houden, kwam er misschien een eind aan haar verdriet. Als haar verdriet ophield, had de SS gewonnen. Kon ze zich dan niet hechten aan dit kind en toch ook bij Michael zijn toen ze hem uitkleedden, meenamen en vermoordden? Ze zag geen weg, alleen tranen. Handenwringen, woede wanneer het voelde alsof de jongen haar tot ontrouw dwong.

Tegelijkertijd – waarom zou ze het niet toegeven? – hield ze van Peter. Dat kon ze toch wel zeggen? Toen de tederheid van haar hart naar haar keel sprong, wilde ze niets liever dan zijn gezicht in haar handen nemen. Waarom niet alles toegeven: dat ze bang was dat ze weer zou weglopen, Tom met Peter zou achterlaten.

Zou ze dat doen? Misschien. Waarschijnlijk niet. Nee.

Het portier ging open en dicht. Hannah keek over haar schouder en zag Peter behoedzaam dichterbij komen. Hij kwam naast haar staan en keek naar de konijnen.

Hannah wilde zijn hand pakken. Maar het risico.

'Ik vind het pak mooi,' zei hij.

'Echt waar? Tom zal erom lachen.'

De konijnen – zes in totaal, het opperkonijn een imposante bruut met toefjes zwarte vacht in zijn oren – verbeterden hun positie nog een keer, al was het marginaal.

Hannah zei zachtjes: 'Genoeg.' Dit was niet eens hetzelfde continent als dat waarop Michael had geleefd. Ze was alleen bang voor al de onzin die nu onstuimig haar hart binnen denderde. Dat ze de ss naar Australië had gebracht. De glimlach van die officier, zijn zangerige stem, zijn smetteloze witte handschoenen, zijn onwrikbare overtuiging.

Ze dacht: als je dat echt gelooft, dan had je ook gewoon kunnen sterven. Honderd gelegenheden. Je kunt zeggen wat je wilt: je koos voor het leven.

Hannah zag dat Peter op een soort teken van herstel wachtte. Hij was intelligent genoeg om te begrijpen dat hij overweg moest kunnen met Toms vrouw; zij was een soort bijkomend project dat bij zijn toewijding aan Tom hoorde. Dat zag Hannah wel in. Ze kon maar beter goed beseffen dat ze van hem zou gaan houden als een dwaas, en dat hij nooit van haar zou houden.

Dat was dan jammer. Laat hem in godsnaam het kind zijn dat hij was. Ze had hem zien werken aan een tekening van een stoomtrein in een kleurboek, geconcentreerd, met het puntje van zijn tong uit zijn mond. En het vriendinnetje dat hij op school had gemaakt – Kerry, de jongste dochter van

Dulcie Nash – ze keek hoe ze samen speelden, spetterend en gillend in het water bij Henty's waterbekken. Hij liet Sue en Sylvie met hem tutten; ze kamden zijn haar en tekenden zijn gezicht vol met lippenstift.

Ze tastte naar zijn hand en pakte die. Peter keek niet naar haar op, maar hij stond het toe.

Hannah dacht: God weet waar dit zal eindigen. Ze wilde Tom in haar armen hebben. Godzijdank wist hij niets over de kampen. Dat hij voorgoed onwetend mocht blijven. Ze zuchtte diep, en Peter keek even op.

'Niets aan de hand,' zei ze. 'Ik dacht aan Tom. Zou hij het lijstje niet vergeten? Wat denk jij?'

Peter vertrok peinzend zijn gezicht. 'Hij is erg...' Hij zocht naar het woord, keek toen weer op naar Hannah. 'Wanneer je doet wat je moet doen?'

'Betrouwbaar?' opperde Hannah.

'Ja. Hij is erg betrouwbaar.'

Auto's raceten voorbij op de snelweg, langs St Ronans Well en verder door Narbethong, Buxton, Taggerty en Rubicon. De bestemming van twee of drie van die auto's zou Hometown zijn, waar Tom de boekwinkel afsloot met daarin David en dertigduizend boeken. Hij was er vroeg mee, maar Maggie was getroffen door een verblindende aanval van bindvliesontsteking; haar moeder had haar naar huis moeten brengen. Tom had in zijn eentje een buslading toeristen geholpen en moest nu voor sluitingstijd naar de supermarkt en Juicy's slagerij. Als het lukte. Vern Caldicott en zijn caissière, Mandy, verlieten om halfvijf de groenteafdeling en bedienden dan tot halfzes alleen nog op de drankafdeling. Later zou het café opengaan, maar de drank in de supermarkt was goedkoper dan die in het café.

De lijst, Hannahs lijst. Waar was die gebleven?

Terwijl hij naar de pick-uptruck liep, voelde Tom in zijn

zakken, voor en achter, en vloekte intussen op Beau, die al die haast als dolle pret zag en sprong en blafte.

Tom zei hardop: 'Weet ik nog wat erop stond?' Nee. Maar daar was hij, de lijst, in de borstzak van zijn overhemd, godzijdank. Hij liet Beau in de cabine van de pick-uptruck, nam plaats achter het stuur en reed ronkend de oprit af. Hij zou in zo'n tien minuten bij de winkels zijn.

Hij wierp een blik op de lijst en legde die toen op de voorbank tussen hem en Beau in.

Anderhalf pond ossenhaas, bijgesneden zie daarop toe; pond aardappeltjes; snijbiet grote bos niet verwelkt; halve kool; vier wortelen groot niet te groot; paprikapoeder in pakje; zelfrijzend bakmeel pakje, klein; pond boter; drie appels groen; ijs Napolitaans in plastic bak. Dank je wel, lieveling.